Ther

理解他者　理解自己

也人
———
The Other

名人

めいじん

[日]川端康成 著
魏大海 谢志宇 侯为 译

上海书店出版社

川端康成的世界

魏大海

这套五卷本"川端康成精选集"中,最为重要的一些作品,如《雪国》《古都》《千鹤》《名人》和《山音》等,都是由我翻译的。国内有若干不同的汉译版本,如前辈译者高慧勤、叶渭渠等译出的,同辈译者谭晶华、林少华等译出的,各有千秋。

在这套精美的川端康成五卷集面世之际,首先我想表达对恩师高慧勤的敬意和缅怀。高慧勤二○○○年主编翻译了《川端康成十卷集》(河北教育出版社)。在我眼中,那是国内迄今最好的一套川端康成作品集。十卷的译者,除高慧勤先生本人,有当时中国日本文学研究界的前辈李芒先生、刘振瀛先生、李德纯先生、文洁若先生和赵德远先生等,当然也有一些同辈译者,如谭晶华先生和林少华先生等。我和侯为先生,则承担了十卷集中第十卷的翻译(包括川端康成的评论文章和随笔)。其次要感谢为五卷集撰文的原善先生。原善是日本川端康成学会常任理事，日本最著名的川端文学研究者之一。原善之文，可帮助中国读者了解日本学界对川端文学的评价，也会增加五卷本汉译选集的权威性。

遗憾的是战后三部与"魔界"相关的重要作品未能选入，给读者留个念想，来日方长。下面，简单说说日本文坛对川端康成的总体评价。

众所周知，川端康成是二十世纪日本最重要的作家之一，日本第一位诺贝尔文学奖获得者，曾任日本笔会会长、国际笔会副会长，同时也被称为活跃于大正时代与昭和时代、置身于近现代日本文学顶点的作家，乃以卓绝的感受性表现了日本人的心灵精髓（诺贝尔文学奖颁奖辞），给世界各国读者留下深深的感铭。川端康成也是日本"新感觉派"文学的代表作家，二十世纪初与横光利一联袂创办《文艺时代》杂志，借鉴西方的先锋派文学，创立了日本"新感觉派"文学。两人在欧洲达达主义的影响下，在以"艺术革命"为指向的前卫运动触发下，使《文艺时代》成为昭和文学的两大潮流象征之一（另一个是一九二四年六月创刊的《文艺战线》，代表无产阶级文学）。"新感觉派"文学在日本文坛，只是一个短暂的文学现象。后期川端更多体现出日本式的唯美主义特征，小说富于诗性、抒情性，也有庶民性（浅草物）色彩浓重的作品，且有"魔术师"之谓，即衍化、发展了少女小说等样式。川端后期的许多作品，追求死与流转中的"日本美"，有些则将传统的连歌与前卫性联系起来，逐渐确立起融合了传统美、魔界、幽玄和妖美的艺术观或世界观。他默然凝视，对人间的丑恶、无情、孤独与绝望有透彻的认识，在此基础上不懈探究美与爱的转换，将诸多名作留在了文学史中。亦有观点认为，"新感觉派"时代的川端康成与其说是小说家，不如说是理论家，从其种种言说可以看出，那是哲学、美学和西洋式理念的融合物，其中有克罗齐的形象——表现即艺术，也有精神分析学的"自由联想"。川端康成也曾对当时日本文坛具有强大影响力的自然主义文学诉诸批判，称之为"过时的客观主义"。他在《文坛的文学论》中呼吁，当今世界追求的是伟大的新的常识，即所谓明日的常识，新时代的文艺关联于哲学且须取代旧世的宗教。川端康成主张艺术与哲学结合，担负起宗教的功用。

一九三〇年，川端康成一度加入中村武罗夫等组成的"十三人俱乐部"。俱乐部成员自称是"艺术派十字军"。同年十一月在《文学时代》发表的《针与玻璃与雾》，据称受乔伊斯的影响，采用了新心理主义的"意识流"手法。一九三一年一月和七月，他在《改造》杂志发表相同手法的《水晶幻想》，灵活采用了时间、空间无限定的多元性表现手法，体现了实验性作品的应有高度。三岛由纪夫说，从"天性"上讲，横光利一和川端康成原本同为"人工"性写作倾向的作家。但横光在苦斗中，不知何时令自己天生的感受性过度接近"知性"或"西欧性"，继而沉迷于"地狱"和"知性迷惘"之中，最终误读了自己天赋的才能与气质；而川端康成的小说《禽兽》虽被称作一部"极限接近知性的作品"，却在那里窥测"地狱"且在临近"地狱"时适时地转身，远离了"知性""西欧性"和"批评性"而完整保存了"感受性"，秉持了情念、感性、官能的自身法则。《禽兽》之于川端，乃一部分水岭式的作品，川端初次在那样的作品中直视了"迄今仅凭感觉纵横裁断的日本现实或现实本身赤裸裸全无变化的可怖的形态"。在此意义上，这是一部极其重要的作品。

一九一四年五月二十五日凌晨二时，川端康成依靠的祖父逝世。高慧勤的"十卷本"序中，对此有过精到的解读。祖父有志于中国的风水学和中药研究，却未能实现向世间推广的志向。祖父的喜好与过世，对川端的性格形成乃至文学特征都有影响。日后的《十六岁的日记》记于祖父患病卧床期间，其定定看人（默然凝视）的习惯，据说亦与常年伴随因白内障而失明的祖父生活相关。日本学者原善的研究专著《川端康成的魔界》(有精堂，一九八七年四月)中，一再地强调那个所谓的"魔界"概念，并且提到，川端文学的"破伦性"或反道德侧面有放大化的倾向。他说，川端文学的"魔界"乃是制度性、二元性的要素或一种将被弃置的世界观。提及名作《山音》，原善强调说作品描绘了平凡家庭日常中能够窥见的异界，那淋漓尽致的象征性令人感到"魔界"的凌厉或"血的憧憬"。他说川端康成追求的并不是明晰的、一时性的、明确存在的形式，而是一个时代的本质。所谓"破伦性"，中文中似乎没有这个词语，显然不能等同于"乱伦性"。那么如何理解"破伦性"呢？或可理解为破坏或打破固有的传统伦理观念？只破不立，亦非为打破而打破。这里的"破伦性"，显然包含了川端康成独具的哲学性思考，"魔界"体现的正是这样的"破伦性"。例如,《睡美人》表现的极端变异的老人性冲动或性意识，在传统的道德观念中或许是丑陋无比。川端期待的并非所谓的宣扬丑恶。"破伦"或丑陋悖理的表象中蕴含着关乎人性的合理思考。一九六〇年一月《新潮》杂志开始连载《睡美人》，据称作品的世界观与之前的《湖》和之后的《一只胳膊》一脉相通，其间可以窥见一个孜孜以求于新创造的老年艺术家的身影。

借此机会，为了帮助中国读者多方面理解川端文学，拟简单介绍几位日本著名文学史论家或著名作家对川端的评价。

评论家伊藤整认为,将丑转化为美乃川端作品的一大特性。"残忍的直视看穿了丑的本质,最后必然抓住一片澄澈的美,必须向着丑恶复仇。"他说这是川端的"力量所在",川端康成的两种特质有时会"在一种表现中重叠",有时会获得更大的成功。他说"在批评家眼中,二者对立无法调和,却可有机地结为一体"。基于此伊藤整分析道,"唯有川端拥有那种无与伦比的能力,抵至真与美的交汇点"。川端本人的说法是"无论存有怎样的弱点,持之以恒就会对彼者的安心立命发挥作用"。伊藤整又说,"由此可见这位最爱东方经典的作家的心路历程",川端康成的文学史意义在于,一方面他是在"马克思主义与现代主义的对立、交流中"获得成功的评论家,一方面"他又脱离了当时的政治文学和娱乐文学,继承并拯救了大正文坛创发的体现人性的文学"。

三岛由纪夫将川端称作"温情义侠",从不强买强卖推销善意,对他人不提任何忠告,只是让人感受"达人"般"孤独"的"自由自在的生活方式",同时川端的人生全部都是"旅行",川端被称作"永远的旅人",川端的文学也反映出他的人生态度。三岛由纪夫在《永远的旅人——

川端康成·人与作品》中解说道，松尾芭蕉在《幻住庵记》中有一句"终无能无才一筋相连"，这也是川端康成作品与生活的忠实写照。他说与川端作品的造型细部相比，作品的整体构成最终呈现的是某种造型的放弃，原因是相同的艺术观和相同的生活态度。三岛由纪夫高度评价——近代作家中唯有川端康成一人"可体味中世文学隐藏的韵味，即一种绝望、终结、神秘以及淡淡的情色，他完全将之融入了自己的血液"。三岛的评价如雷贯耳，"温情义侠"川端与伪善无缘。普通人很难达到此般"达人"的境界。川端重视人与人之间的和谐，与世无争且善于社交，所以也被称作"文坛的总理大臣"。

著名文学史论家中村光夫则说，横光利一体现的"阳"属于"男性文学"，其文学的内在戏剧性在《机械》中明显表现为"男性同志的决斗"；而川端康成体现的"阴"乃属"女性文学"。某种意义上，横光具有积极的"进取性"，终生在不毛之地进行着艰苦的努力，"有人说他迷失了自己的文学"；相比之下，川端学习了"软体动物的生存智慧"，看似随波逐流却成功地把"流动力"降到最小限度。中村认为恰如生田长江所指出的，横光"始终扮演播种的角色"，川端同样身处彷徨中却有巨大的收获。这种对立给人一种"冷酷的狡诈"感。在中村看来，川端康成作为评论家亦属一流，他总能看破文坛动向的实质，继而在面对时代潮流时显现出一种逃避的态度，实际上却尤为切实地耕耘着自己脚下的土地。

许多读者关心的是，如何看待川端康成与日本第二位诺贝尔文学奖获得者大江健三郎的差异性。已故川端学会会长羽鸟彻哉写过相关论文。原善则认为，川端康成和大江健三郎是两个类型完全相异的作家，没有太大的可比性。恰如同为诺贝尔文学奖获奖作家的海明威与福克纳，将二者进行比较没有太大的意义。川端康成与大江健三郎的文学理念截然不同，他们是完全不同的文学大家。原善强调，在自己眼里大江健三郎更是一个伟大的信徒或使者。对大江而言，他未必绝对地需要文学这样一种媒介；而川端康成不然，川端康成说自己的风格"注重联想"（"文学的自叙传"），或者说他的创作并非基于大脑，他的表达唯有通过文学的媒介才能实现。

总之，川端康成的义学感受性出类拔萃。一九六八年十月十七日，他成为首获诺贝尔文学奖的日本作家。如前所述，获奖的理由是"以卓绝的感受性表现了日本人的心灵精髓（for his narrative mastery, which with great sensibility expresses the essence of the Japanese mind）"。获奖的作品有《雪国》《千鹤》《古都》《水月》《痣信》等。

一九六八年十二月十日，川端康成身着和服正装、挂着文化勋章出席了在斯德哥尔摩音乐厅举行的诺贝尔奖颁奖仪式。第三天，即十二日下午两点十分，在瑞典科学院，川端身着西装用日文做了获奖纪念演说《日本的美与我》。演说中川端康成引用了道元、明惠、西行、良宽、一休的和歌诗句，配英语同声传译。川端康成的人生轨迹跨越战前战后，反映了那个时代。那些独白式的系于和歌的作品，并未受到时代的思想或世态左右，展现了作家自身的艺术观或澄澈的诗性。

值此川端康成逝世五十周年，日本文坛、中国文坛乃至国际文坛正出现新的"川端文学热"。今年四月，日本新潮文库刊行了川端康成的私小说《少年》。有观点认为，这篇小说是重要而奇异的作品。它早就被收录在《川端康成全集》中，最早的单行本是一九五一年的目黑书店版，时隔约七十年推出了此次的新潮文库版。小说涉及旧制中学宿舍的美少年学弟，与川端似有潜在的特殊关系。有人认为这里潜藏着不为人知的青春蹉跌，这样一部作品，竟关联于《伊豆舞女》之川端文学的原点？当然不过是一家揣测。

此次编辑出版五卷本汉译"川端康成精选集"，也在因应这位日本近现代文学大家的纪念活动。编集过程中，我重读了高慧勤的《川端康成十卷集》译序。洋洋洒洒两万余字的鉴赏文,深入、细腻,充满感性体悟和理性剖析,绝非四平八稳的"川端康成论"所可比拟。同时汇聚了充溢的知识性和灵动的文艺性,纯然一篇文字优美、分析到位、感情充盈的散文名作。这里仅引用两段作为结语,以飨读者。例如:

> 川端康成是一位难以把握的作家。他创造的艺术世界,意蕴朦胧,情境飘忽,令人颇有些费解处。倘说他是美的追求者,作品却时时表现美的毁灭,美与死亡常常结下不解之缘;倘说他是女性的膜拜者,有时又不那么热切,甚至还投去冷漠的一瞥;倘说他是官能的崇尚者,却只是发乎情而止乎憧憬,还以遐想的成分居多。在纷繁的人世,他是孤独的,悲哀的。在他构筑的艺术殿堂里,你看到的是一幅幅忧伤的浮世绘。浮世绘是江户时代的市民艺术。"浮世"二字原初写作"忧世",意谓"世道多忧",系佛家用语。后来才转指无常、虚幻而短暂的现世。所以浮世绘表现的,大率皆市民阶层的世态风俗和现世欢情。画师们以新鲜的感觉,观照自然人生,率真地表现主观意象。那春愁撩乱的痴男怨女,那揽镜自怜的青楼

艺妓；雨夜里啼月的杜鹃，暮色中积雪的山径；春日的飞花，秋天的落叶……构成一片清幽淡雅的世界；那色彩，绚丽中带些枯涩，明艳中流露出哀伤，点染出一派十足的日本风情。

又如：

  他在阐述新感觉派的认识论时，强调的直觉体认、主观感觉以及所要达到的"主客一如""万物一如"的"无我之境"，与这种观照精神也是一脉相通的。川端演说辞里解释明惠和尚咏月诗时说："与其说他'以月为友'，毋宁说'与月相亲'；我看月，化而为月，月看我，化而为我；月我交融，同参造化，契合为一。"这同他的新感觉理论多么一致！川端在答奖辞中说："有评论家说我的作品是虚无的。但西方的'虚无主义'一词，于我并不适用。我认为，其根本精神是不同的。"川端是以虚静无为的态度去观照世界，他的小说可以说是"虚无"的，但又不是西方式的"虚无主义"，内中体现了东方精神，与佛教有相通之处，他擅长捕捉外界事物给他的瞬间意象或感觉，所创造的美，宛如那镜中水月一样空灵，不可言说，无迹可求。这可以说是川端小说风格上的一大特征。

期待给读者奉上一套精雕细琢的"川端康成精选集"。

二〇二二年十二月

目录

川端康成的世界
魏大海
1

抒情歌
1

湖
31

名人
177

川端康成的魔力
原善
343

抒情歌

侯为 译

向死人诉说，这是多么可悲的人类习性啊！

我不禁想到人类更加可悲的习性——人类死后的世界，也必须维持生前世界的人类姿容。

感悟植物命运与动物命运的相通之处，这是所有抒情诗永恒的主题——我连讲此话的那位哲学家的名字都忘了，也不知上下文。我只记住了这句话，所以不清楚所谓的植物是仅有开花落叶的情趣还是具有更深的意蕴。不过，我认为佛法的各种经文都是无与类比的可贵的抒情诗。如今，此时的我虽然在向死去的你诉说，但是与其说是面向已在彼世却仍具备此世姿容的你，不如说是想象一个编造的童话故事——你已转世生为我面前萌发的早开花蕾的红梅。这样面对壁龛中的红梅诉说，我的喜悦之情难以言表。倒也未必非得是眼前这种知名花卉，还可以想象你已转生为遥远法国不知名的山上未曾见过的花朵，向那朵花诉说也是完全相同的。我就是这样依然爱着你。

当我说出这样的话时，就忽然感觉像是真的在眺望遥远的国度。其实我什么都没看见，却闻到了这个房间的香气。

这香气已经死了呀！

我嘟囔着笑了出来。

我是个从未用过香水的姑娘。

你还记得吗？四年前的那个夜晚，浴室里突然遭到浓烈香气袭击的我，虽然不知那种香水的名称，却赤身裸体闻到异常浓烈的香气。我非常害羞，随即头晕眼花失去了知觉。恰好与你抛弃我并瞒着我结婚去蜜月旅行的第一夜是同一时间，酒店里的白色寝床上撒了新娘的香水。我当时并不知道你要结婚，后联系起来一想才发现，那完全是在同一时刻。

你是在新床上洒香水时忽然向我道歉的吗？

你是忽然想到如果那个新娘是我就好了吗？

那种西洋香水散发出浓烈的现世的气味。

今夜我的五六个老朋友来家里。我们一起玩了抢诗牌。现在还是正月，却已过了十五，或许是由于过季的缘故，抑或是各自都有丈夫和孩子的我们已过了玩抢诗牌的年龄，大家的呼吸使屋内空气变得重浊起来。发现之后，父亲为我们点上了中国香。房间里清爽了许多，但毕竟大家似乎都沉浸在各自的回忆当中，席间仍未活跃起来。

我相信，回忆是美好的。

在屋顶设有温室的房间，四五十个女人聚集竞相倾吐回忆。屋内弥漫着强烈的异味，屋顶温室里的花朵都会枯萎吧。我倒并非在说那些女人们行为丑陋，而是强调过去远比未来更加鲜活生动而近似于动物。

我心中思忖这种怪异的事情，并想起了母亲的往事。

我被称赞为神童，正是始于抢诗牌大赛。

那时我才四五岁，片假名和平假名一字不识。可不知母亲怎么想的，在敌我双方激战正酣时，忽然瞅着我的脸问："龙枝，你总是那样老老实实地看，都明白了吗？"然后，她抚摸着我的头说："你也上场抢抢看吧。至少也能抢到一张牌吧。对手是个不懂事的小孩子嘛。"于是大家都把刚伸出的手收了回去，注视着我一个人。

"妈妈，这个么？"我若无其事地，真的是若无其事地用比诗牌还小的手摁住母亲膝前的一张诗牌，然后抬头望着母亲。

"哎呀！"最先发出惊叹声的是母亲，大家也都紧随着齐声赞叹。母亲说，这孩子连假名都没学过，就是偶然碰对的嘛。不过，就算是客人们在恭维我家，也把比赛撇在了一边。读牌人也是，说了句："小姐，准备好了吗？"便专为我一个人反复慢读了三四遍。我又摁住一张诗牌，而且猜对了。此后又抢了几次，都准确无误，我却全然不懂诗歌含义，也从未默记一首诗歌。我不会认字读诗。全部猜对也是事实。但我只是若无其事地伸手抢牌且感受母亲抚摸头顶的无限喜悦。

此事立刻得到极大好评。在邀请到我家的客人面前，在母亲和我受邀前往的各家客人面前，年幼的我不知重复了多少次这种呈示母女之爱的游戏。而且，我不仅玩抢诗牌，还渐渐显露出更令人叫绝的神童式奇迹。

在自己能默记《百人一首》中的诗歌并能认读诗牌上的平假名之后，比之若无其事动动手就能猜对的神童时代，我反倒觉得抢诗牌越来越难了。

母亲，你曾那样寻求母爱证据，如今的我却腻烦了，就像讨厌西洋的香水。

作为恋人的你抛弃了我，也是因为我们之间的爱情证据过度充溢吧。

在远离你们所住酒店的浴室里闻到你和新娘的新床香水味，我的心魂就关闭了一扇门。

你去世之后，我还不曾见过你一次姿容。

我也不曾听到你一次声音。

我的天使之翼已经折断。

因为我不想飞到你所在的死亡世界去。

我并非吝惜为你舍弃生命。若能在死后转生为一枝野菊花，我明天就会追随你而去。

这香气已死啦。我嘟囔着笑了出来。这也是笑自己在葬礼和法事之外未曾闻到中国线香气味的习性。但是，我想起就在前不久读过的两个关于香的童话故事。

其一是《维摩经》的众香之国,圣徒们坐在各种散发香气的树下,凭借嗅闻各种香气感悟真理。从一种香气中悟知一个真理,从别的香气中悟知别的真理。

外行人阅读物理学书籍时,知道气味、声音、颜色都只因人的感觉器官差异而不同,但从根本来讲原本无差异。科学家们会煞有介事地编织故事,说灵魂的力量与电气和磁力本是一回事。

有的恋人将信鸽作为爱的使者。男子身在旅途,那么信鸽是怎样从遥远的地方回到女子住所的呢?那对恋人相信,这是由于系在信鸽腿上的书信中有爱的力量。还有能看到幽灵的猫。各种动物能比人类更敏锐地预见到人类的命运。此般例证不一而足。在我孩提时代,外出打猎的父亲曾在伊豆山丢失了英国猎犬。我也曾对你说,那只狗瘦得皮包骨,第八天回到了我家。那只狗除了主人给的食物什么都不吃,那它靠什么从伊豆走回了东京呢?

人通过嗅闻各种香气悟知诸般真理,也并非仅限于优美的象征诗歌。正如众香国里的圣徒们把香气当作心灵的食粮那样,雷蒙德讲述的灵之国的人们将颜色当作心灵的食粮。

陆军少尉雷蒙德·洛奇,是奥利弗·洛奇先生的小儿子。他在一九一四年作为志愿兵入伍,附属于南兰开夏第二团出征。在一九一五年九月十四日进攻霍格高地时阵亡。过了不久,他通过灵媒伦纳德夫人和艾尔弗雷德·武特·彼得斯详细地传达了灵之国的各种情况。他父亲洛奇博士,把来自灵界的消息编辑整理成一本大书。

伦纳德夫人的宿灵是名叫菲达的印度少女,而彼得斯的宿灵是名叫穆恩斯通的意大利老隐者。所以,灵媒使用不规范的英语讲述来自灵界的消息。

有一次,居住在灵之国第三界的雷蒙德去第五界游览,只见那里有一座像是用雪花石膏建造的巨大殿堂。

那座殿堂洁白无瑕,里面亮着很多各种颜色的灯火呢。有的地方满是红色灯火,还有……蓝色的,正中央像是橙色的。那些都不是由这些词语所想象的鲜活的色彩,而是特别柔和的色调。然后那位先生(菲达称雷蒙德为那位先生)望着灯火问:那些颜色是从哪里来的呀?这时出现了很多非常宽阔的窗户,上面镶嵌着那些颜色的玻璃。于是殿堂里的人们走进透过红色玻璃的粉色光中伫立,走进蓝光中伫立,也有人沐浴着橙色光和黄色光。那位先生心想:大家为什么要做那样的事情呢?有人告诉他,粉色是爱的光,蓝色真的是抚慰心灵的光,而橙色是智慧之光。大家都去各自所希望的光中伫立。据向导所讲,这比地上人们知道的重要得多。即使是在现世,各种光效仍会得到进一步研究。

你笑了吧？我们按照那种光效，把地上爱的卧室装饰得色彩缤纷。精神病医生也很注意颜色。

雷蒙德关于香气的神话也像颜色的神话那样幼稚。

地上枯萎花朵的气味飘升上天，能使天上开出与地上同样的花朵。灵之国的物质都由地上飘升的气味形成。如果注意仔细看，地上的死物和腐朽的东西都有各自的气味。某种气味升天之后，就会形成它变成气味之前的物体。刺槐与竹子气味不同。腐朽的麻与腐朽的呢绒气味也不同。

人类的灵魂也不会像鬼火的火球那样一下子飞出尸骸，而是像线香的青烟从死尸徐徐上升。青烟升天后在某处汇聚，就像复制留在地上的尸体般造就此人的灵体。因此，那个世界的人与这个世界的人姿容一模一样。雷蒙德也是连睫毛和指纹都与生前毫无二致。不仅如此，他在这个世界曾有过龋齿，到了那个世界竟全部换成了齐整的牙齿。

曾经在这个世界失明的人在那个世界重见光明，曾经跛脚的人重新健全起来。那个世界中同样有马、猫和小鸟等，也有砖瓦房。更加令人欣慰的是，就连雪茄烟和威士忌苏打，都能用来自地上的气味精华或以太之类制造出来。幼年夭亡的孩子进入灵界后也能长大成人,雷蒙德还能见到幼时离开人世到那个世界长大成人的兄弟。而对地上世界知之甚少的那种精灵般姿容的美丽,尤其是身着彩光织就的衣裳、手执百合花、名叫莉莉的少女的清纯,使人不禁想象在诗人笔下会得到怎样的赞美。

与大诗人但丁的《神曲》和大心灵学者斯威登堡的天堂和地狱相比,雷蒙德的灵界互通只是婴儿的咿呀学语而已。不过正因如此,才可作为煞有介事的神话故事引人莞尔。另外,比起冗长的煞有介事的记述页面,我更喜欢神话故事浓郁的风韵。说到洛奇,他也未必真的相信灵媒中那个世界的情状属实。他只是生造佐证——证明自己与死去的儿子多次互通,即灵魂不灭,并向在欧洲大战中失去心爱之人的几十万母亲和恋人奉上这本书。确实,在我读过的无数灵界互通中,再没有像雷蒙德这样富于现实性的记述了。我与你这个人永别,不能不从此书中得到抚慰。不过,仅仅从中找出一两个神话故事,恐怕是大错特错了吧?

但是说到但丁和斯威登堡,西洋人的彼世幻想与佛典中众佛居住世界的幻想相比,是多么现实、少弱和卑俗啊!东方的孔子也曾简洁地归结——"未知生,焉知死",但我认为,佛教经文中关于前世和来世的幻想正是无与伦比的抒情诗。

如果伦纳德夫人的宿灵菲达是印度少女,那雷蒙德讲述在天堂见到基督时感到战栗的喜悦,怎么会看不到天界中释迦牟尼世尊的姿容呢?怎么没有讲述佛典中所教示的那个世界的丰富幻想呢?

雷蒙德说灵魂会在圣诞节返回地上的家逗留一整天,可遗属们却认为人死后灵魂也会灭亡,他因此为那些灵魂们的失望憾叹不已。我由此想起,在你去世之后,我从未在盂兰盆会像祭奠你的精灵那样迎接你。

你也会对此感到失望吗?

我还喜欢记述目连尊者的《佛说盂兰盆经》。在《睒子经》中,还出现道丕借读经功德使父亲的骷髅跃出白骨堆的故事。我也喜欢释迦牟尼世尊前身白象的故事。从烧麻秆的迎魂火到放河灯的送魂火,我觉得这些"精灵祭"(祭灵节)的形式都是美妙的儿时游戏。日本人为"无缘佛"(无人吊祭的亡灵),不忘"川施饿鬼"(对溺亡者慰灵),甚至举行"针供养"(忌针节)。

不过,我觉得一休禅师歌咏"精灵祭"的心意最美好:

> 山城瓜与茄,摘下即奉供。京都加茂川水清,皆可祭神灵。

这是多么盛大的精灵祭呀！今年新摘的瓜也是精灵，茄子也是精灵，加茂川的河水也是精灵。还有桃子、柿子和梨。逝者也是精灵，生者也是精灵。这些精灵聚集一处无心无念地面对面，心中感叹：哎呀呀，真是难能可贵。万众共祀的精灵祭，此即一心法界之讲经说法。法界即一心，故而一心即法界。草木国土皆为"成佛祭"。

松翁（布施松翁）即如此诠释一休的诗歌意境。

《心地观经》中讲道，一切众生轮转五道经百千劫，几经生死轮回之后在某时某地与父母结成一家。因此，世上男子皆为慈父，世上女子皆为悲母。

此处使用"悲母"一词。

并写着父亲有"慈恩"，母亲有"悲恩"。

将"悲"字仅仅读解成悲哀不免肤浅，佛法中，母恩重于父恩。

你还清楚地记得我母亲去世时的情景吧。

当时你突然问我，你在想你母亲吗？我是多么惊讶啊！

那天碧空如洗，雨雾仿佛被一下吸干。初夏的阳光分外明亮，世界显得空空荡荡。窗下草坪升起无比清新的阳炎，已是夕阳西下时分。我坐在你的膝头，望着西边仿佛刚刚重新描画过轮廓般清晰的杂树林。草坪边缘渐渐变成黄昏色，我就想到夕阳余晖即将映在阳炎中。正在这时，母亲走了过来。

我没得到父母的允许就同你住在一起。

但是，我并不为此感到羞耻，只是深感意外地站起身来。母亲像要说什么却用左手摁住脖颈，忽地消失了。

我趁势又把身体的重量完全放在你膝头，你问，你在考虑你母亲的事吗？

"哎呀！你也看见了？"

"什么？"

"我母亲刚才来过啦！"

"哪里？"

"那里。"

"没看见。你母亲怎么啦？"

"哦，她不在了。她是来女儿这里通知自己的死讯啊！"

我立即回到父母家里，母亲的遗体尚未从医院送回。音信不通的我，对母亲生病的事毫不知情。母亲因患舌癌病故，所以才会摁住脖颈让我看的吗？

我看到母亲的幻象与母亲停止呼吸完全是同一时刻。

我甚至没想为这位悲母设置盂兰盆会的祭坛，更别说通过巫女的招魂术听母亲讲述那个世界的情状。对我来说，把杂树林中一棵小树想象成母亲，同其诉说会更有满足感。

释迦劝说众生，要从轮回的束缚中解脱并进入涅槃的不退转境界。因此，那些反复转生的灵魂依然是执迷不悟的可怜的灵魂。但我不禁想到，这是世上独一无二的轮回转生教诲，编织出形形色色的梦幻般的神话故事。我认为，这是人类创造的最美的爱的抒情诗。印度早在《吠陀经》的时代即有这种信仰，所以它原本应该是东方的精神。但是希腊神话中也有明快开朗的花的故事。以《浮士德》的玛加蕾特牢狱之歌为代表，西方关于人类转生动植物的传说多若繁星。

说到古代的圣者和近年的心灵学者，思考人类灵魂的人们尊崇的大都只是人类的灵魂，却蔑视别类的动物和植物。人类耗费数千年，在各种意义上辨明人类与自然界万物的区别，且在此方向上盲目演化至今。

难道不是这种自以为是的徒劳，致使当今的人类灵魂无限孤寂吗？

也许人类早晚会沿着这条来路逆向返回。

你会嘲笑这是太古先民和未开化民族的泛神论吗？然而科学家越是细致入微地探寻所谓造物之本的物质，就越是必将醒悟：那种物质就在万物之间流转。此世的无形物质气味到彼世成为有形物质，这也不过是科学思想的象征之歌。物质之本和能量不灭，我这个智慧浅薄的年轻女子半生苦思不能悟道。我为何非要考虑灵魂不灭这样的问题呢？"灵魂"这个词，莫不是流转于天地万物之间能量的一个形容词？

灵魂不灭的观念应该是生命执着和死者留恋的一种表现，相信死者的彼世灵魂也有此世生前的人格，这也许正是人情悲哀幻想之习性。人类不仅会将生前的体貌，还会将此世的爱憎也带到那个世界去。而且，即使生死相隔，亲子仍是亲子，此世的兄弟在彼世仍作为兄弟共同生活。听说，西洋的死灵亦即冥土大抵也与现世社会相仿，我反而感到——这种人类独尊和生命执着的习性是孤僻孤寂的。

与其成为白色的幽灵世界的居民，我想不如在死后变成一只白鸽或一株银莲花。如果怀着这种愿望，在世时心中的爱会多么宽广舒展啊！

古时，毕达哥拉斯流派也认为，恶人之魂在来世必须塞进野兽或飞禽的体内，令其受苦受难。

十字架上鲜血未干，耶稣基督在第三日升天。主的尸体消失，只见两个身着闪光衣裳的人站在近旁。众人惶恐地伏地叩首，其人道，尔等如何在死者中寻觅生者？他不在此处，早已死而复生。主在加利利时就曾说过，尔等记好，人之子必定交于罪党之手被钉在十字架上，并于第三日复活。

雷蒙德在天界看到的耶稣基督，身上也穿着与那两人同样的闪光衣裳。不仅是基督，灵之国的人们都身穿彩光织就的衣裳。那些灵魂认为，这是用自己的心灵制作的衣裳。也就是说，在地上度过的精神生活会成为死后灵魂的衣裳。在关于灵魂衣裳的故事中，包含着此世的伦理教义。与佛教所说的来世相同，雷蒙德的天国里也有最高的第七界，随着灵魂的修行过程逐渐升至最高境界。

佛法的轮回转生之说也像是此世伦理的象征。它教导人们前生的鹰转生为今生的人，今生的人转生为来世的蝶或佛，都是人在此世言行的因果报应。

这是可贵的抒情诗的秽垢。

古代埃及的抒情诗《亡灵书》闻名遐迩，其中的"转生之歌"更加直白。希腊神话中伊里丝的彩虹衣发出更加绚烂的光彩，银莲花的转生显得更加明朗喜悦。

甚至连明月、星辰乃至动物和植物都被当成神灵，那些神灵均以完全相同于人类的情感时而哭泣时而欢笑。这样的希腊神话，显示出晴日里在青草地裸身舞蹈般的健朗。

神灵捉迷藏一样若无其事地变为草花。森林里的美丽精灵贝尔蒂丝变为雏菊花，就为躲避丈夫以外青年们爱恋的目光。

达芙妮逃脱放荡的阿波罗的追赶，为保全少女的纯洁变为月桂树。

美少年阿多尼斯则要抚慰因他的死而悲伤的恋人维纳斯，复活后变成了福寿草模样。阿波罗哀叹美貌青年雅辛托斯的死，将密友的身姿变成了风信子花。

如此看来，我将壁龛中的红梅想象成你，也对花朵倾诉衷肠，不好吗？

奇哉！烈火之中生莲花，爱欲之中显正悟。

我被你抛弃而知晓了银莲花的心意，正如此言所示吧？不知何时，风神开始朝思暮想称作银莲化的美丽森林女神。不知怎么，这事传至风神的恋人花神耳中。花神嫉妒万分，就把毫不知情、清白无辜的银莲花逐出了宫殿。好几个夜晚，银莲花在荒野中哭盼天明。后来忽然开悟——既如此，那就索性变成草花吧！只要这个世界还在，就作为美丽的草花生存下去，以草花的淳朴心灵接受天地自然的泽惠吧！

与其做那可悲的女神，不如化身为美丽的草花，那是多么快乐的事情！想到这里，女神的心终于敞亮起来。

你抛弃我所带来的怨恨和绫子夺走你所带来的嫉妒，整日整夜煎熬着我。我曾几次想到，自己与其做一个可悲的女人，不如索性变成银莲花那样的草花，该有多么幸福啊！

人类的眼泪是奇怪的东西。

如果说奇怪，今晚我对你的诉说似乎统统奇怪。但仔细思索又觉得，我所说的都是几千年来几千万乃至几亿人梦寐以求的事情。我似乎是作为人类一滴泪珠般的象征抒情诗而生于此世的女子。

在有你这个恋人的从前，我的眼泪在夜晚入眠之前流下腮边。

但是，在失去你这个恋人之后，我的眼泪却在早上醒来时流下腮边。

我在你身旁入眠时从未梦见过你。与你分手之后却每晚梦到你拥抱着我。我在梦中哭泣，早上醒来悲伤不已。这与那时夜晚入眠高兴得流泪完全相反。

在精灵们的世界，万物的气味、颜色，不都成为心灵的食粮了吗？更何况恋人的爱？它会成为女子的心泉，又有什么不可思议呢？

在你还属于我的从前，无论是去百货店买一条衬领还是在厨房用菜刀切一条马头鱼，我都能与幸福女人特有的爱心相通。

可是失去你之后，无论是花朵的色彩还是小鸟的鸣啭，对我来说都变得乏味而虚无。天地万物与我灵魂的通道突然被截断。与其说我是为失去的恋人，不如说我是为失去的爱心而悲伤。

我由此读到的，就是轮回转生的抒情诗。

受到这些诗歌的启示，我在飞禽走兽、草木花朵中发现了你也发现了我，逐渐地重新找回了包容天地万物的慷慨的爱心。

我所感悟的抒情诗，莫非是人类爱欲的悲哀结果？

我曾如此地爱过你。

按照刚与你见面尚未表明爱意时的习性，现在的我依然望着含苞待放的红梅聚精会神地祈愿，希望自己的灵魂像无形的波流般涌向死去的你的未知所在。

当我看到母亲的幻象时，我什么都没说，你就问，你母亲有什么事儿了吗？我们两人如此成为一体，我觉得任何力量都不能把我们分开，就放心地告别你参加了母亲的葬礼。

我坐在留在父亲家的三面镜化妆台前，在分别后第一次给你写信。

父亲因母亲去世而回心转意，允许我们结婚。或许是为了做出相应的表示，他给我置办了黑色丧服。我现在正怀着悲痛的心情化妆，但这是与你在一起后初次穿上礼装。我显得有些憔悴，但确实很美哦！我真想让你看看镜中的我呢！于是，我偷空写了这封信。尽管黑色也很美，但我想求你为我们置办更加艳丽多彩的结婚礼服。我想尽早回到你的身边。可我以前是那样离家出走的嘛！我想，这是向父亲表示歉意的好机会，所以要忍耐到母亲的三十五日祭。绫子在你那里吧？你的日常生活就交给她照顾吧。我弟弟比任何人都坚决地站在我这边。他虽然人小，却会在亲戚们面前袒护我，真是太可爱了。这化妆台我也要带回去啦。

第二天傍晚，你寄来的信到了。

守灵夜和其他事会很劳累，你要多注意身体。这边有绫子过来帮忙呢。龙枝你说过，教会学校的朋友，那位法国姑娘回国时赠送的化妆台，是留在家里的物品中最可惜的。那个抽屉里的香粉已经变得硬邦邦，但还是原样未动吧？我虽身在远方，却仍感到那镜中映出你身穿黑色礼服的美丽姿容。就在眼前。而且，我很想早些让你穿上艳丽多彩的婚礼服装。我来置办也行，不过央求你父亲置办肯定会让他高兴。虽说有点儿乘人之悲，但你父亲可能回心转意，我想他会允许我们结婚的。你是你弟弟的恩人，他会怎么想呢？

我这封信不是对你来信的回复，你的来信不是对我去信的回复。

我们两人同时各自写了同样的内容。对我们来说，这并不稀奇。

这也是我们相爱的证据之一，是从我们尚未住在一起时就有的习性。

你常说，与龙枝在一起不会碰到意外灾祸，所以很放心。在我说出先前隐瞒的弟弟险些溺水的那件事时，你也这样说过。

夏天，海滨出租别墅的井边，我正清洗家人的海水泳衣，突然听到年幼的弟弟在呼叫，看到他在海浪中挥动的一只手、船帆、傍晚阵雨的天空、汹涌的波涛。我惊惶地抬头一看，依然好天气，但我还是赶忙跑进屋里说，妈妈，弟弟出事了。

母亲大惊失色，拽着我的手朝海岸奔去。这时，弟弟正要乘上帆船。

我的两个女学生朋友和即将八岁的弟弟都在，操纵手是个高中生。他们把三明治、甜瓜还有制作冰淇淋的器具都装上船，准备早上出发去八公里外沙滩相连的避暑地。

结果，他们返航时在洋面遭遇强风骤雨，在操帆转向的瞬间船体倾覆。

船上三人都抓住倒伏的桅杆在波涛中漂浮。汽艇前往救助,所以只是喝了些海水并未危及生命。但是如果年幼的弟弟参与其中,船上只有一个大男孩,两个女生未必擅长游泳,所以不知会发生什么事情。

母亲当即赶往海边,就是因为她相信我的灵魂具有预见未来的力量。

我因擅抢诗牌而备受赞赏时,小学校长说想见见我这样的神童。母亲便领我造访校长家。那是在我上小学之前的事,只能勉强数到一百个数。我连阿拉伯数字都不认识,却能轻易地做乘法和除法,甚至连"鸡兔同笼"的应用题都能立即说出答案。这对我来说简直是易如反掌,既不用公式也不用演算,只是若无其事地说出答数而已。我还能回答简单的地理和历史问题。

不过,倘若没有母亲在我身旁,这些神童般的特异功能绝不会出现。

校长夸张地拍着膝头感叹不已。母亲对他说,我家有什么东西不见了,只要问这孩子立刻就能找到。

校长问,是吗?随即翻开桌上的图书让母亲看。这是第几页……难道她也能知道吗?我又若无其事地说出了页码,与那个页数相合。于是,校长用手指摁住书看着我问道,那你知道这一行写的是什么吗?

水晶念珠、紫藤花。白雪落在梅花上。漂亮的小宝宝在吃草莓。

哎呀!太令人惊讶了!她真是个千里眼神童。那这本书的书名是什么?

我歪头想了片刻说,是清少纳言的《枕草子》。

虽然我说的"白雪落在梅花上"和"漂亮的小宝宝在吃草莓",与原文"白雪落于梅花之上"和"绝美的乳儿食草莓"有出入,但我依然清楚地记得当时校长的惊愕表情和母亲的骄傲神态。

那时,除了会背诵乘法口诀之外,像明日的天气、家犬腹中胎儿的数目和雌雄之别、当天的来客、父亲回家的时刻、新来女佣的相貌、偶发别处病人的死期等等,不管什么事情我都喜欢预言并已养成了习性。而且预言多一语成谶。如此,周围的人就会恭维奉承,我因此相当得意并越来越喜欢这样做。我童稚天真,沉迷于这些预言游戏。

随着成长我失去了童真,预知未来的特异功能渐渐离我而去。难道是栖宿于孩童心中的天使抛弃我了吗?

在我成为姑娘的时候,天使只是像心血来潮的闪电般造访于我。

我刚才说过,在我闻到你和绫子新床上的香水味时,那个心血来潮的天使就已折断了羽翼。

在我还是年轻姑娘的前半生的书信中,最不可思议的就是那封关于铲雪的书信。它已成为令人怀念的回忆,如今我已无力再写。

东京下大雪了吧?在你家的玄关,银灰色的牧羊犬扯着铁链向来铲雪的男子凶猛狂吠,简直要把绿色的犬舍拽倒。如果它那样向我狂吠,远道而来的我也进不了你家的门。可怜的是,铲雪男子背上的婴儿哭了起来。你出门来亲切地哄着孩子。我心里想,如此相貌寒碜的老头,怎么会有这么欢实可爱的婴儿?可那老头年龄并不大呀。只是艰辛劳累、老态尽显嘛。本来是女佣来铲雪,对吧?这时,乞丐模样的老头过来点头哈腰地说:我已年老体衰,再加上背着小孩,谁家都不愿意让我铲雪。今天从早上就没能给孩子喂奶,请可怜可怜孩子吧!女佣说,这可怎么办呢?然后来到客厅,你正在用唱机听肖邦的乐曲。房间里雪白的墙壁上,面对面地挂着古贺春江的油画和歌川广重的版画《木曾山雪景》。印度花布的壁挂上是极乐鸟的图案,椅子的布罩是白色,里面是绿色皮革。同样白色的煤气炉两端有袋鼠形状的装饰。餐桌上摆着打开的相册,那一页是伊莎多拉·邓肯的希腊古典舞照片。在屋角的装饰架上,依然摆着圣诞节的康乃馨花。想必是一位美丽女士所赠,所以过了正月你都没舍得扔掉。然后,窗帘是……哎呀!其实我从未看到过你家的客厅,这些都是随意想象。

可是当我看到第二天的报纸时,得知东京非但没下大雪,反倒是个温暖晴朗的星期日。我不禁捧腹大笑。

这封信上所写你家的情景,并不是我看到的幻象。

亦非梦中所见。

这些都只不过是写信时把不经意浮现的词语连缀而成罢了。

可当我下决心成为你的人并离家出走坐上火车时,东京下了大雪。

不过,在我走进你的客厅之前,已经完全忘记那封关于铲雪的书信。

我刚刚看到了那个房间,尽管此前我们连手都没牵过,我却突然投身于你的怀中。对呀,你就是这么爱我嘛!

是的,犬舍很快就搬到房后去啦。就在龙枝你来信到达的那天。

于是你就把房间布置得和我信中所写完全一样了,是吧?

你怎么装起糊涂来了？房间一直就是这个样子嘛！我根本就没有动过。

哎呀，真的吗？我像刚刚发现似的环视屋内情景。

龙枝觉得不可思议本身就不可思议嘛。我看到那封信多么惊讶啊！我想，那个人竟然如此爱我。我相信，正是由于你的灵魂曾多次造访我家，所以才会那么了解这个房间。既然如此，像这样只是灵魂常来而身体却不来太没道理，所以我才有自信和勇气写信叫你抛弃家来我这里嘛。你在与我见面之前先梦见了我，这不正说明我们是被命运相连的两个人吗？

我的心毕竟与你息息相通啊！

这也是我们爱情的证据之一。

第二天早上，果然像我信中所写，有个老头来铲雪了。

我每天都去迎接从大学研究室回家的你。你回家的时间并不固定，而从郊外的车站回家，有热闹的商业街和冷清的杂树林两条路。但是，我们总会在半路上相遇。

从我们两人的口中总是相互说出同一个词。

我无论在哪里做什么，当你有求于我时，不必召唤我就会来到你身边。

你在学校时想吃什么晚餐，我在家里都能知道并照样做好。这是常事。

我们之间充满了过多的爱的证据吧？已经多到除了分手别无选择的地步。

有时候，我送绫子到玄关时心里在想，现在让她回去有些担心，就请她再坐一会儿。还没过十五分钟，绫子就流出很多鼻血。如果这是在半路上，她恐怕会很为难吧。

这也是因为我知道你喜欢绫子吗？

我们如此相爱，而且我已预见到你们两人的恋情，可我为什么没能悟知你和绫子结婚，还有你的死呢？

为什么你的灵魂没有告知我你的死呢？

将繁花盛绽的枝条伸向碧蓝海面的夹竹桃、白木的路牌、林梢间缭绕的雾气，在这样的海岸小路上，我遇见了身穿飞行服、戴着皮手套、眉毛浓黑、笑起来嘴唇左角微微上翘的青年。这是我做的一个梦。在我们并肩同行时，我的心为爱激荡。虽然美梦破灭，但醒来的我以为自己要和空军将校结婚，很长时间都没忘记这个梦。我甚至清楚地记得，海岸附近行驶的轮船上涂有"第五绿丸"字样。

过了两三年之后，我在温泉街与梦中风景完全相同的小路上与你相逢。那天早上叔父带着我，因为这是我有生以来第一次来，所以应该从未见过那里的风景。

你看到我时就像得救般松了口气，然后一见钟情地问我，去镇上怎么走？

我赶紧把通红的脸扭向海面，啊——那艘尾部涂着"第五绿丸"清晰可见的轮船在航行。

我颤抖着默默前行。你跟在我身后问：你要回镇上吗？可以告诉我自行车店或汽车店在哪儿吗？突然冒昧打扰，我正在骑摩托车旅行，突然遇到马车，那马被轰鸣声惊吓发狂，我为了让路撞到石壁上，摩托车可惨啦！

向前走了不到二百米，我们就已经十分融洽了。

我觉得以前曾见过你呢——我甚至说出了这样的话。

我也在想，为什么没能早些见到你呢？也就是说，我这句话和你说的意思一样。

而且，我在温泉街上望着你的背影，心里发出呼唤，无论距离有多远，每次你都会立刻回头。

凡是和你一同去过的地方，我都会感到以前曾经去过。

凡是和你一同做过的事情，我都会感到以前曾经做过。

尽管如此，我们之间那条连心的红线却突然断掉。真的是这样。只要弹奏钢琴的 B 音，小提琴的 B 音就会应答。音叉会共鸣，灵魂相通也正是这种状态。所以，我没感应到你死的信息，是因为你或我哪一边的灵魂接收器出故障了吗？

或者是由于你和新娘的安乐，我对自己灵魂的超时空作用力产生了恐惧，所以关闭了我的灵魂之门吗？

以亚西西的圣方济各为首，倾慕十字架之主基督的少女们信仰笃深，她们的腋下像被尖矛刺破般涌出鲜血。还有那些专心念咒将人咒死的生灵与死灵。谁都听过这样的故事吧？知晓你的死时我不寒而栗，所以更想变成草花了。

此世之魂与彼世之魂一团火热灵魂的士兵们，灭除了生死隔绝的人的思维习性，在两者之间架桥开路，为灭除这个世界的死别悲哀而战斗——这是心灵学者们说的话。

但是，如今、现在的我从灵之国听到你爱的证据时心想，与其在冥土或来世再做你的恋人，不如你我都变成红梅花或夹竹桃花，让传授花粉的蝴蝶促成我们的姻缘。这样会更加美好。

如果这样做，就不必再仿效悲哀的人类习性，这样向着死人诉说了吧。

解说

日本和洋女子大学准教授　深泽晴美　文

侯为　译

《抒情歌》(《中央公论》，一九三二年二月)是向已成为死人的"你"诉说的神秘性小说。作者认为佛教经文等也是可贵的抒情诗。"虽然，我实际上并不相信《抒情歌》中出现的心灵说，但我相信灵魂之诗。这部赞颂灵魂开端的作品合我心意"，"虽然我今后也很难相信灵魂不灭和彼世的存在，但将这'抒情歌'的世界写成更深刻象征的那一天或许会到来"。这是川端自己尤为喜爱的作品。新感觉派代表作家、川端的同行好友横光利一说，这是不知母亲相貌的川端"记述母亲所写"的作品。三岛由纪夫也曾指出，这是论述川端的人们必须反复阅读的重要作品，应该予以关注。

湖

谢志宇 译

夏末。不，应该说是初秋，桃井银平出现在轻井泽。他先换掉旧裤子，然后穿上新买的法兰绒裤，又在新衬衫外面再套一件新毛衣。雾色茫茫的寒夜，他还买好了藏青色的雨衣。若想买齐整套服装，轻井泽倒是很方便的。鞋也很合脚，旧鞋子扔到了鞋店的筐子里。可是，包裹在包袱皮里的旧衣物又怎么处理呢？把它扔在无人居住的别墅里，到明年夏天之前没人会发现吧。银平拐进小路，到了一户无人居住的别墅窗边，试图打开窗户，窗板却钉死了。撬开它吧？这会儿又有点害怕，总像在犯罪似的。

银平搞不清自己究竟是不是被当做了罪犯而正遭追捕中。也许受害者还没有控诉自己的犯罪行为。银平把那包旧衣服扔进了厨房门口的垃圾箱里。心情轻松了许多。不知是避暑客人的随意还是别墅管理人员的怠慢，往没有认真清理的垃圾箱里扔进那包东西时，垃圾箱发出了压挤湿纸张的声音。那包旧衣服撑得垃圾箱的盖子有点盖不拢，但银平根本没介意。

走了约莫三十步，他回头看了看，眼前出现了一幕幻景：在垃圾箱周围，银色的飞蛾在雾中成群地飞舞。银平停下来，打算去把那包东西拿回来。银色的幻景却从头上的落叶松处发出一道蓝色的光就消失了。落叶松像是路旁的林荫树，绵延不断。尽头是一扇灯光明亮的拱门。那是土耳其澡堂。

银平进了院子用手摸了摸自己的脑袋,觉得头发长短合适。银平有绝技,就是用保险刮脸刀自己修剪头发,旁人常惊叹不已。

被称为土耳其女郎的浴女把银平领进了浴室。从屋里朝外关上门后,浴女便脱去白衬衫,腹部以上就只剩下一个乳罩了。

浴女还帮银平解开雨衣的扣子。银平先是一惊,但马上就任她摆布。她蹲下身去,连袜子都替他脱了。

接着,银平走进了香水浴池。大概是瓷砖颜色的缘故,池水也显出碧绿色。香水味儿并不好闻。对于一路上东躲西藏,住过信浓各处便宜小旅馆的他来说,这种香气无非就是花香的味道。从香水浴池里出来后,浴女又给他冲洗了一遍。她蹲在他的脚下,连脚趾缝都用手帮他洗干净了。银平俯视着浴女的头。她的秀发披散在双肩,好像旧时的妇女沐浴后披散着头发一样,一直披到脖子处。

"给您洗洗头吧。"

"什么?连头都给洗?"

"来,我给您洗洗头。"

银平忽然犹豫起来。自己刚刚用保险刮脸刀修剪过头发,却担心浴女会说你好久都没洗头了吧,挺臭的。但他还是用双肘支在膝上,把头向前探了出去。她用肥皂水搓揉他的黑发时,他已不担心了。

"你的声音真好听。"

"声音?……"

"对,听了就一直留在耳边,不愿它散去。仿佛有一种非常优美的东西,从耳朵的深处渗透到了头脑里。坏人听到这声音,也会变得和颜悦色……"

"啊,是娇滴滴的声音吗?"

"不是娇滴滴,而是无法形容的甜美……充满了哀愁,带着爱情,形成了明朗而清脆的声音。它同歌声又不一样。你是在恋爱中吗?"

"啊,要是这样的话就放心了……"

"等等……你在说话时别那么使劲儿挠我的头……我听不清你的话。"

浴女停下了手,困惑地说:

"这样吗?那我就不能说话了。"

"人的声音居然像仙女。只是电话里听的两三句,也感到余韵缭绕。"

银平的眼眶里真的噙满了泪水。从这位浴女的声音里,他感受到了清新的幸福和温暖的救赎。它是一种永恒的女性的声音,或许像慈祥的母亲一样的声音吧。

"你老家在哪儿……?"

浴女没回答。

"天国吗?"

"不,在新潟。"

"新潟?……新潟市吗?"

"不,是个小镇。"

她变得小声,还带点颤抖。

"雪国啊,身体真美……"

"哪里啊,不美。"

"身体美,而且,我从来没听过这样好听的声音。"

搓洗完毕,她用提桶里的热水帮他冲洗了几遍,然后用大毛巾裹住他的头,擦了擦,又简单地梳了梳头。

接着在银平的腰间围上一块大毛巾,让他进了蒸汽浴箱里。她打开四四方方的木箱前板,轻轻地把他推了进去。箱子上方的板上有一个孔,可以把头伸出来。银平把头伸出来后,浴女就放下木盖,孔周围也严严实实地盖住了。

"断头台呀。"银平睁大眼,随即说了一句。他有些惊讶,伸在孔外的脑袋左顾右盼,扫视周围。

"也常有客人这么说。"她没有发觉银平的恐惧心理。银平望了望进来时的门扉,视线停留在窗子上。

"把窗关上吗?"她朝着窗子那边走去。

"不。"

或许是蒸汽浴室里过分潮湿才打开了窗子吧。浴室里的亮光照在室外的榆树绿叶上。榆树粗大挺拔,亮光照射不到繁枝茂叶的深处。银平仿佛听见了微弱的钢琴声,透过幽暗的树叶阵阵传来。音不成调,无疑是一种幻听。

"窗外是庭院吗?"

"嗯。"

夜晚微暗灯光照射下,树叶爬满窗子。床边站着一位白皙的裸体姑娘。这是银平不能相信的世界。姑娘赤脚站在粉红色的瓷砖上。果然是一双年轻人的脚,膝盖后面洼陷之处有着阴影。

银平心想,如果自己独自在这间浴室里,大概也会像被人死死地把头卡在洞口外一样,感到忐忑不安。桶里有一个类似椅子的东西,他坐在上面,感到腰部一下子热了起来。身子后面也好像有一块热木板,他把背靠过去。木箱的三面都是热的,也许是在冒蒸汽吧。

"要待几分钟呢?"

"随你便,一般十分钟……也有习惯了的客人待上十五分钟的。"

门口衣柜的上面有个小座钟。现在只过了四五分钟。

浴女拧干了一条毛巾，放在银平的额头上。

"唉哟，我有点上头了。"

银平只有头露在木板外，表情严肃。他闲极无聊猜想：自己这副样子大概很滑稽吧。银平摸了摸汗淋淋的胸膛和腹部，全是湿漉漉的，不知是汗珠还是蒸汽。他闭上了眼睛。

浴女在客人进入蒸汽浴箱后，便去忙其他的了。银平听到，她从香水浴池舀了热水冲刷冲澡处。银平念及海浪拍击岩石的声音。两只海鸥在岩石上大展羽翅，彼此用嘴相啄。他想起了家乡的大海。

"几分钟了？"

"七分钟了。"

浴女又将拧干的毛巾放在银平的额头上。银平感到一阵清凉，冷不防将脖子向前伸了伸。

"哇，好痛！"他像是恢复了感觉。

"怎么啦？"

浴女以为他是被热气蒸晕了，随手将落在地上的毛巾捡起来，又放在银平的额头上，并用手按了按。

"要出来吗？"

"哦，没事……"

银平产生了一种幻觉，即尾随在这个嗓音优美的姑娘身后。留存在他记忆中的是东京的某电车道,人行道两旁种植着银杏树。银平浑身汗流浃背。他头露在木板孔外,好像套上了枷锁,身体动弹不得,意识到这些也就歪起头来。

浴女离开银平身旁。对银平这副模样,她多少感到几分不安。

"就这样只露出头,你看得出我有多大岁数吗?"银平试探了一句。浴女不知如何回答。

"男人的岁数,我可猜不出来。"

浴女并没有仔细端详银平的头。银平也就没机会说自己三十四岁。他估计浴女只二十岁左右。从肩膀、腹部和腿脚来看,她肯定还是个处女。她那几乎没有化妆的脸蛋上显出鲜嫩的粉红色。

"好了,出来吧。"

银平的语调带着几分悲伤。浴女把夹住银平咽喉的板子打开,紧紧抓住围在他脖子上的毛巾两端,小心翼翼地把他拉了出来,好似拖着贵重物品一般。然后擦干他身上的汗水。银平的腰上围了条大毛巾。浴女在靠墙的躺椅上铺了条白浴巾,叫银平趴下,随后从肩膀开始给他按摩。

按摩不光是揉捏,有时还要用巴掌锤打。银平对此一无所知。浴女的手掌虽是少女的手掌,但却格外有力。随着在背上连续猛烈的拍打,银平的呼吸也变得急促起来。他回忆起自己的幼儿用圆乎乎的巴掌使劲敲打自己的额头。自己低着头,孩子就拼命地打在自己的头上。这是何时的幻觉呢。不过,现在这个孩子是在墓地下面用手疯狂地敲打覆盖在他身上的土墙吧。监狱那黑黢黢的墙壁正从四面向银平挤压过来。银平出了一身冷汗。

"扑什么粉吗?"银平说。

"是的,您觉得不舒服吗?"

"哪里。"银平慌忙地说,"又出了一身汗……听你的声音还会不舒服,那是想干坏事呢。"

她突然停下了手。

"像我这样的人一听见你的声音,其他的一切仿佛都消失了。一切都消失也是挺危险的,但是声音,抓不住也追不上,就像是不断流逝的时间呀、生命呀。难道不是这样的吗?拿你来说吧,你什么时候都能发出美妙的声音。但是,你一旦沉默起来,无论谁都不能强迫你发出美妙的声音呀——即使强迫你发出惊讶声、愤怒声或哭泣声,但是否用自然的声音说话,是你的自由啊。"

浴女就以这种自由沉默着。她从银平腰部按摩到大腿内侧。连脚底和脚趾头都按摩到了。

"请翻过身来,仰卧……"

浴女小声地说,声音小得几乎听不见。

"什么?"

"这回请您仰卧……"

"仰?……是仰卧吗?"

银平一边理了理围在腰间的大毛巾,一边翻过身来。浴女刚才那略带颤抖的细语,带着花香直冲入银平的耳朵里,银平顺从地翻过身来。从耳朵渗入那芳香般的陶醉,以前从未体验过。

浴女站着,将身体紧贴在窄小的躺椅上,开始揉捏银平的胳膊。浴女的胸脯就在银平的额头上方。胸罩并不很紧,但白胸罩的边缘还是有勒紧的痕迹。从胸部到乳房,看得出她发育还不十分丰满。浴女有一副略带古典色彩的长脸蛋,额头也不宽阔。也许是没把头发梳起来,而是往后披着的缘故吧,显得个子颀长,炯炯有神的眼睛更加明显了。从脖子到肩头的线条也还没隆起,胳膊显得圆乎乎的。浴女那润滑的肌肤逼得太近,银平闭上了眼睛。他眼里呈现的是木匠的钉箱里装满了细小的钉子,个个都光亮刺眼。银平睁开眼,仰望着天花板。天花板涂的是白色。

"我的身体比实际年龄要显得苍老,过于操劳了吧。"

银平喃喃自语。他还没说出自己的年龄。

"您今年多大?"浴女不由得问。

"三十四岁哟。"

"是吗?很年轻嘛。"浴女的声音遮掩了感情。接下来按摩银平的头部,然后按摩靠墙一边的胳膊。躺椅的另一侧贴着墙壁。

"脚趾又长又干瘪,像猴子一样。你知道,我走了很多路……每当我看到自己这丑陋的脚趾,就感到恶心。你那只白嫩的手都帮我抚摸了。你给我脱掉袜子的时候,没吓一跳吗?"

浴女没有搭话。

"我也是在本州西部的海边长大的。海岸边尽是些凹凸不平的黑色岩石。我常光着脚在上面行走,长长的脚趾紧紧抓住岩石似的……"银平半真半假,撒谎似的说道。

为这双难看的脚,银平在年轻时不知编造过多少次各类谎言。这双脚的脚背皮肤又厚又黑,脚掌心皱皱巴巴,长脚趾骨节突出而弯曲,常常引发别人不快的感觉乃是事实。

这会儿他仰卧着让人按摩,看不见脚趾头。他把手放在脸上方,悄悄地望了望自己的脚。从胸部到胳膊,浴女给他搓揉,正好看见她乳房的上方。还好,银平的手长得不像脚那样异常。

"本州西部的什么地方?"浴女极其平静而自然地问。

"本州西部……"银平支支吾吾,"我不愿谈及自己的出生地。和你不同,我已经没有故乡了……"

浴女并不想了解银平老家的事,根本没兴趣听。这间浴室的照明不知是怎样装的,在浴女身上竟没有一丝阴影。她一边按摩银平的胸部,一边将自己的胸部倾斜过来。银平一时不知手怎么放才好,索性闭上眼睛。他如果把手放在腹部,又担心会不会碰到她的侧腹。他总觉得,哪怕只是指尖碰到人家,自己也会马上挨一记耳光吧。银平感觉自己果真要挨揍。惊吓之中,就努力想睁开眼,可眼皮怎么也张不开。他用力拍打眼睑,几乎淌出眼泪,痛得好像烧热的针扎了眼珠子一样。

打在银平脸上的不是浴女的巴掌,而是蓝色的手提包。挨打的时候,他并不知道用的是手提包。挨打之后才看到落在自己脚边的手提包。但人家究竟是用手提包打自己,还是将手提包扔过来砸了自己,银平最终也弄不清楚。总之,手提包狠狠地打在自己脸上是千真万确的。就在这当儿,银平清醒过来了……

"啊!"银平喊了一声。

"喂,喂……"银平想叫住那女子,提醒她手提包掉了。可那女子的背影早已消失在药店拐角了。蓝色的手提包就落在了马路当中，仿佛成了银平犯罪的确凿证据。手提包的拉链口露出一叠千元钞票。刚开始，银平看到的不是钞票，而是作为犯罪证据的蓝色手提包。她扔下手提包逃走，似乎就构成了银平的犯罪。就是在这种恐惧中银平把手提包捡了起来。发现一千日元的钞票而大吃一惊，那是捡起手提包之后的事了。

后来银平也曾怀疑那家药店是不是自己的幻觉。如此一个大公馆的巷子里，没有一家商店，唯独孤零零地有一家破旧的小药店，叫人不可思议。但是，写着蛔虫药出售的招牌，明明出现在店铺入口的玻璃门一侧。更不可思议的是，在进入这条巷子的电车道拐弯处，有两家一模一样的水果店。两家门对门，门口都摆了一排装着樱桃、草莓的小木箱。银平尾随那女子走进来时，除了那女子外，当时什么也没看见。不知为什么，唯独两家相对的水果店突然跳入他的眼帘。或许是他想把通往那女子家的拐角记住的缘故吧。水果盒里一粒粒摆得整整齐齐的草莓也都映入自己的眼睛。那的确有水果店呀。或许是电车道拐弯处只有一边有水果店，自己错以为两边都有吧。那种时候把一件东西看成两件也未必不可能。后来，银平打算去弄清楚是不是有水果店和药店，他曾同这种诱惑做过反复的斗争。事实上,那条街是否存在也不能确定。他只是在脑子里描画了东京的地理,大致估计。对银平来说,那是女子遁去的方向,就是一条路而已。

"对了,也许她本来就打算把钱扔掉的吧。"

浴女正按摩银平的腹部,无意中他却喃喃自语。忽然他睁开眼睛。可没等浴女发觉,他又垂下了眼帘。也许他的眼神有点儿像地狱里怪鸟的眼神。关于女子的手提包,不论是扔掉的物品名称还是扔者的人事,幸亏自己没有胡乱地说出来。银平抽紧肚皮,尔后痉挛起来。

"痒得很呀。"银平说罢,浴女便慢下来。这回可真的痒了。银平愉快地笑出声来。

直到现在为止,银平仍是这样解释:不论是那女子用手提包揍银平也好,还是将手提包扔给银平也罢,她一定认为自己是冲着手提包里的钱才这样跟踪她的。她的恐惧心达至极点,于是扔下手提包逃跑。不过女子也可能并不想扔下手提包,而是用手里拿着的某个东西来赶走银平。不料用力过猛,手提包顺势脱手。无论哪种情况,从女子用手提包猛打银平脸部来看,两人之间的距离是相当近的。也许是进了僻静的公馆巷之后,银平没想到自己跟得太近吧。莫非女子发现了银平,恨恨地扔下手提包逃之夭夭……

银平的目标不是钱财。他并没有察觉，也不曾想过女子手提包里装有一大笔款子。他本想消灭掉犯罪的明显证据，拾起手提包后才发现里面装着二十万日元。平整无折的两叠十万日元钞票。还有存折。看来女子是刚从银行出来，在打算回家的路上。她肯定以为银平是从银行开始就盯上她的。除了成叠的钞票外，包里只有一千六百块钱。银平打开存折，只见上面支出二十万日元之后，还剩下大概两万七千日元。这就是说，她取了大部分存款。

女子名叫水木宫子，银平也是从存折上知道的。如果他的目标不是钱财，而是被女子的魔力吸引，他就应该将这笔钱和存折送还给宫子。但银平并没有将钱归还给她。如同银平尾随女子一样，这笔钱财像似有灵魂的生物紧跟着银平。银平偷钱，这还是头一次。与其说是偷，倒不如说是钱财吓坏了银平却又不肯离去。

捡手提包时，根本不是为了偷钱。捡起来一看，手提包里包含着犯罪的证据。银平把手提包挟在西服腋下，小跑去往电车道。由于不是穿大衣的季节，银平买了一块包袱布，然后急匆匆地出了商店。他用包袱把手提包裹了起来。

银平租了二楼的一间房子独自生活。他将水木宫子的存折和包袱布等，放在炭炉里烧掉了。由于事先没有记下存折上的地址，也就不晓得宫子的住处。现在已无将钱归还主人的打算。他想到烧存折、手绢和梳子类会有异味，烧手提包的话，皮革肯定更臭。于是他用剪子将手提包剪成碎片，一片一片地往火里扔，花了好多的时间。手提包的拉链、口红和粉盒上的金属不容易燃烧，半夜里银平就把它们扔到了阴沟里。这些日常的物品不怕被人发现。他将没用完的口红挤了出来，不觉打了个寒战。

银平爱听收音机也认真读报，却没有二十万日元和存折手提包遭到抢劫的消息。

"嗯，那女的到底还是没去报案。她一定是有什么原因才没去……"银平喃喃自语，突然觉得心中闪出一团奇怪的火焰。银平尾随那女子，也是因为女子身上有一种吸引银平的特别的东西。可以说，他们两人同是一个魔界里的居民吧。凭经验，银平感到了这一点。想到水木宫子可能是自己的同类，他顿时暗自兴奋。但他也后悔当初没记下宫子的住址。

银平跟踪，宫子害怕。也许她自己并没有意识到，害怕之余也有痛切的暗喜。施动和被动皆会给人带来快乐。街上颇多漂亮女人，银平却偏偏选中了宫子跟踪，恍若麻药中毒者发现了同病患者。

银平首次跟踪的女子——玉木久子，其情况明显就是这样的。说是女子,久子仅是个少女而已,年纪比声音优美的浴女还小。久子是高中生,又是银平的学生。他和久子的事情被发觉后,就被开除了教职。

银平尾随到久子家门前,立刻被那扇门的威严所震撼。石墙相连的门扉上,铁框格子的上方刻有蔓藤的花纹。门开着。久子从蔓藤花纹的对面回过头来,朝银平喊了声:"老师!"她那苍白的脸上飞起了一片潮红,美丽极了。银平的脸颊也发热。他用嘶哑的声音说:

"啊,这里是玉木同学的家吗?"

"老师,您有什么事吗?是到我家来的吧?"

不可能有悄悄跟踪到学生家里的道理。

"是啊,不错啊。这样的房子经战火洗劫留存下来,真是奇迹啊。"银平故意装作感叹的样子,看了看里面的情况。

"房子都烧光了。这是战后才买的。"

"这里是战后……玉木,你父亲是干什么的呢?"

"老师,您有什么事吗?"

久子隔着铁门上方的蔓藤花饰,用生气的目光瞪了银平一眼。

"嗯,对了。脚气……对,你父亲知道专治脚气的特效药吧?"银平哭丧着脸问道。他心想,在这座豪华的大门前谈脚气,成何体统?但是,久子却认真地反问道:"是脚气吗?"

"对,脚气药。玉木,你不是在学校跟同学说过治疗脚气的特效药吗?"

久子睁大眼睛,好像要努力回忆起这件事似的。

"老师好像……再也走不动了。脚气药的名称,你能不能问一下你父亲?我在这里等你……"

银平一直看着她的身影消失在公馆门里之后,才逃跑离开。他那双丑陋的脚仿佛也在追逐着自己。

银平推断,久子大概不会把自己被跟踪的事告诉家里或学校吧。那天晚上,他被头痛折磨得无法入睡,眼帘也阵阵痉挛。就是睡着也睡得很浅,时不时惊醒。每次醒来,他都用手揩去额头上渗出的冷冰冰的汗珠。聚集在后脑壳的毒素冲上了头顶,然后绕到额头,便觉得头痛无比。

银平第一次头痛,是从久子家的门口逃出,在附近的商业街闲逛之时。在熙熙攘攘的人行道中央,银平站立不住,按着头蹲了下来。头痛的同时还感到一阵晕眩。似乎街上响起中了大奖的铃声——叮叮叮、当当当,又像是消防车疾驰而过的鸣叫。

"你怎么啦?"

一个女子用膝盖轻轻地碰了碰银平的肩膀。银平回过头望了望,她似乎是战后常出现在繁华街上的站街女。

为避免妨碍过往的行人,银平将身子靠在花店的橱窗上。他几乎将额头紧贴在橱窗的玻璃上。

"你一直在跟踪我吧。"银平对女子说。

"谈不上跟踪。"

"不是我跟踪你吧?"

"嗯。"

女子回答暧昧。不知是肯定还是否定,模棱两可。要是肯定,女子下面要说些什么呢?女子停顿了一会儿,银平等得有些焦急了。

"既然不是我跟你,那就是你跟踪我喽。"

"随便怎么说都行……"

女子的姿态映在橱窗的玻璃上,也像是映在橱窗玻璃对面的花丛之中。

"您在干什么?快站起来吧。过路人都在看呐。哪儿不舒服吗?"

"嗯,脚气。"

银平开口就是脚气,连他自己也感到吃惊。

"脚气疼得走不了路。"

"真是个让人头疼的人。附近有一户好人家,进去歇歇吧。脱掉鞋子和袜子就好一些。"

"但我不想让人看见我的脚。"

"谁也不想看你的脚嘛……"

"会传染的。"

"不会传染的。"女子说着,一只手伸进银平的胳肢窝里。

"走吧,快!"女子拉起银平要走。

银平用左手指紧紧抓住自己的额头,望着映在花丛中的女子的脸。这时,对面花丛中又出现另一张女子的脸。可能是花店的女主人。银平像要抓住橱窗对面一株洁白的天竺牡丹花,他用右手紧紧攀着橱窗的大玻璃,慢慢地站起身来,花店老板娘皱起她那细眉头,定定地看着银平。银平担心自己的胳膊弄破玻璃窗流血,慢慢把身体的重心移到女子这边。女子叉开双脚站得稳当。

"逃跑可不行哟!"说完,她突然猛地掐了银平的胸口。

"哎呀,疼……"

银平的反应敏感。他不知道自己从久子家门口逃出后,为什么要来到这条繁华的大街。被那女子一掐,他的头脑顿时清醒了,仿佛站在湖边吹着山上迎面来的凉风一般,神清气爽。这应该是翠绿季节里吹起的凉风。花店的大玻璃窗如同湖水一般翠绿,银平觉得自己的胳膊肘会不会将它捅破。于是他的脑海里马上又出现了一湾结冰的湖。那是母亲老家的湖。湖岸虽有小镇,但母亲的故乡却是农村。

湖面雾气弥漫,结冰的湖岸那边笼罩在茫茫云雾之中。银平问表姐弥生,敢不敢去结了冰的湖面上散步。看似邀请,实际上是想把她哄出来。少年时代的银平怨恨过弥生,诅咒过她,甚至希望脚下的冰层裂开,让弥生掉到湖里去。弥生比银平大两岁,但论起鬼点子银平要比弥生多。银平的父亲在银平虚岁十一岁时奇怪地死去了。母亲整日提心吊胆,差点儿回了娘家去。比起春天般温暖的环境下长大的弥生,银平确是更需要一些鬼点子。银平的初恋选择表姐,其中也许就有一个悄悄的愿望,即不愿意失去母亲。银平幼年的幸福是同弥生在湖边漫步,双双倒影在湖面上。漫步的同时银平凝望着湖面,心里祈愿映在湖面上的两个倒影永不分离。但幸福却是短暂的。一是大两岁的少女十四五岁时,把银平当作了异性而疏远;二是银平父亲的去世,使母亲家乡的人都忌讳银平家。弥生亦非常露骨地疏远银平。也是在这个时候,银平才起了歹念——愿湖面的冰层裂开,弥生掉到湖里去。不久,弥生同一个海军军官结了婚,现在想必成了寡妇。

现在银平从花店的玻璃窗里又联想到湖面的冰层。

"你拧得太重了。"银平摸着胸口对站街女说,"一定会有瘀青的。"

"回家给你太太看看吧。"

"我没太太。"

"你说什么?"

"真的。我是单身教员。"银平平静地说道。

"我也是个单身女学生呢。"女子回答。

这女子肯定是信口开河。银平心里这么想,看也不看她一眼。说是女学生,银平又头疼了起来。

"脚气痛吗?所以我不让你走那么多路嘛……"女子说着,看了看银平的脚板。

银平心想,一直被跟踪到家门口的玉木久子,反过来跟踪自己的话,看见自己同这样的女子走在一起,会怎么想呢?想着想着,银平回头望了望来来往往的人群。银平不知道久子进屋后,会不会再回到门口来,不过他确信,此刻久子的心肯定在追赶自己。

第二天,久子班上有银平的国语课。久子等在教室门外。

"老师,药。"说着,她敏捷地将一包东西塞进银平的衣兜里。

银平昨晚头痛,没有备课,再加上睡眠不足,疲劳不堪,这堂作文课就让学生自由选择题目。

一个男生举手问道:

"老师,可以写生病的事吗?"

"啊,什么都可以写。"

"虽然有点恶心,比如脚气也可以写吗……"

教室里一阵大笑。学生们都望着这个男生,没人将奇异的目光投向银平。他们似乎并不是在嘲笑银平,而是针对那个男生。

"写脚气也可以吧。老师没这方面的体验,没法提供参考。"

银平说着,望了望座位上的久子。学生们还在嘲笑,不过这笑声似乎是袒护无罪的银平。久子只顾埋头写着什么,没有抬头,但脸红到了耳根。

久子把作文交到了讲台上。银平看得真切,作文的题目是《老师给我的印象》。银平心想是写自己吧。

"玉木同学,课后请留一下。"银平对久子说。

久子微微地点了点头,似乎不愿让人察觉。她眼珠向上翻,瞟了银平一眼。银平感到那是她瞪了一眼。

久子离开窗边,一度望着庭院。等到全班同学都交了作文,她才转过身来走到讲台边。银平慢慢地整理好作文,站起身来。一直走到过廊,他什么也没说。久子跟在后面,相隔一米远。

"谢谢你的药。"银平回过头说,"脚气病的事,你是不是对谁说了?"

"没有啊。"

"对谁都没说吗?"

"嗯。对恩田说了。我们是好友……"

"哦,就恩田……?"

"对,就恩田。"

"对一人说,就等于对大伙儿都说了嘛。"

"不可能。这是我和恩田两人之间的约定。我俩说好,彼此之间不保留任何秘密。无论什么事情都要如实告诉对方。"

"这样亲密的关系吗?"

"是啊。我父亲患有脚气,我就是说给了恩田。不巧被老师也听到了。"

"这样吗?但是,你对恩田就没有任何秘密了吗?不会吧。你仔细想想看。你对恩田真的就没有什么秘密吗?你能一天二十四小时都同恩田在一起,把心里想着的事连续说上二十四个小时吗?不可能吧。比如晚上睡觉做的梦,早晨醒来就已忘了,这样你怎样说给恩田听呢?

也许梦里同恩田关系闹翻,你想杀死恩田呢。"

"我不会做那样的梦……"

"总之,什么好友彼此没有任何秘密,那是病态的空想,是掩盖女孩子弱点的假面具。所谓没有秘密,只是天堂或地狱的事,人世间是绝对不存在的。你说你对恩田没有秘密,那就不是一个活人了。你摸着良心想想吧。"

银平的这番话,久子一时理解不了。她不知道银平为什么要讲这一通理论。

"难道友情就不可信吗?"久子终于反驳了一句。

"没有秘密就不会有什么友情。不光在友情方面,人的一切感情都是一样的。"

"啊?"少女还是不能理解,"凡是重要的事,我都和恩田谈过的。"

"那,怎么说呢?……最重要的事,像海滩最末处的小沙粒那样无关紧要的小事,你也要对恩田讲吗?……你父亲和我的什么脚气,这些究竟有多重要呢?对你来说,恐怕只是可讲可不讲的事吧。"

久子像被悬在半空中,突然被人踢下来一样,六神无主。这是银平在故意刁难。久子脸色煞白,哭丧着脸。银平用爱抚她的口吻继续说道:

"你家里的事情,什么都要告诉恩田吗?不一定吧。……比如你父亲工作上的秘密,你就没说吧。另外,今天的作文,你好像写的是我的事。这样的话,你写的有些事也没有给恩田讲过吧。"

久子饱含泪水,恨恨地瞪了一眼银平,然后就沉默不响了。

"玉木同学的父亲,战后从事什么样的工作?取得怎样了不起的成功?我虽然不是恩田,但也想听你说说……"

银平表面做出轻松的样子,话语中明显带着强迫的意味。那样的一座宅邸,如果是战后买的话,难免会让人怀疑——多半是通过所谓黑市买卖或犯罪行为弄到手的。银平的话仿佛板上钉钉,封住了久子的嘴,使自己跟踪久子的行为正当化。

不过银平又想,久子今天照常来上课,还给自己带来了脚气药,写了作文《老师给我的印象》……看来不必担心昨天发生的事情了。银平再次确认了自己昨晚的推断。另外,银平之所以像醉鬼似的,神志恍惚或梦游般地跟踪久子,是因为被久子的魔力迷惑。久子已经将她的魔力倾注在银平的身上。昨天被跟踪,说不定她已意识到自己的魔力了吧。或许她还暗自享受着其中的刺激呢。银平感受到了这个妖艳少女的魅力。

银平感觉恐吓久子应到此为止。于是他抬起头来，结果看见在走廊的尽头，恩田信子正看着他们。

"你的好友担心，正等着你呢。那么……"银平对久子说。

此时久子的样子不像个少女。她不是轻快地离开银平，跑向恩田那边，而是低着头，一步步后退而去。

三四天后，银平向久子致谢说：

"那药真灵。多亏你的药，全好了。"

"是吗。"久子化妆后的脸上浮现出可爱的酒窝，轻松愉悦。

不过，事情未以久子的可爱而结束。久子和银平之间发生的事情被恩田信子告发到学校，学校把银平革职了。

几年后的今天，银平在轻井泽的土耳其澡堂里，一边让浴女按摩腹部，一边浮想着久子的父亲在那高大的洋房里，坐在豪华的安乐椅上，用手撕脚皮的情景。

"嗯，脚气患者，大概不能上土耳其澡堂洗澡吧。被蒸汽这么一熏，痒得可受不了。"银平说着，轻蔑地一笑。

"有脚气的人来过这里吗？"

"不知道。"浴女没有正面回答的意思。

"我们这种人也不知道什么是脚气。那是过着奢侈生活、脚皮细嫩的人才长的吧。高贵的脚却长着卑贱的病菌。人生就是这样的。像我这种猿猴般的脚，脚皮又硬又厚，即使打算培植，也长不出来。"银平嘴上说着，心里却在想，浴女白皙的手正在按摩自己这双丑陋的脚掌，潮乎乎的，仿佛沾在上面似的。

"长脚气的脚，多讨厌啊！"

银平皱了皱眉头。他想，眼下心旷神怡，自己为何要向这位漂亮的浴女大谈脚气的事呢？

难道非说不可吗？肯定是那时候对久子撒了谎的缘故。

在久子家门口，银平说自己为脚气所折磨，所以打听治脚气的药名，那是随便撒的谎。三四天后，他又对久子致谢说："脚气全好了。"也是在继续撒谎。银平并没患什么脚气。上作文课时他说自己——"没体验过"，倒是真的。久子给他的药，他也全部扔掉了。他对站街女说自己苦于脚气也是信口开河，是上次谎言的继续。开头撒过了一次谎，后面就顺理成章了。如同银平跟踪女子一样，谎言也紧跟在银平之后。罪恶恐怕也就是这样的。犯过一次罪，罪恶就紧随其后，恶上再加恶。恶习同样如此。第一次尾随了女人，之后就会使银平再次跟踪女人。

如同脚气病一样顽固。不断传染，扩大，不会断绝。今年夏天的脚气，暂时治好了，但到了明年夏天还会长出来。

"我不是脚气。我也不知道什么是脚气。"银平呵斥自己似的脱口而出。哪有人会将跟踪女人时的战栗和恍惚,用肮脏的脚气来比喻呢?莫非是撒过一次谎的缘故?银平这样联想着。

但在久子家门前信口开河地撒了个谎,说自己生了脚气,这是不是因为自己的脚生得实在难看而产生了自卑感呢?眼下银平的脑海里突然闪过这一想法。这么说来,跟踪女子,也是这双脚走出来的,难道还是同丑陋有关系吗?想到这,银平惊愕不已。因为肉体局部的丑陋或美丽,就跟踪、就哭泣吗?丑陋的脚尾随美女,这是天意吗?

浴女从银平的膝头一直按摩到小腿。她背对着银平。也就是说,银平的脚完全暴露在浴女的眼前。

"好,行了吧。"

银平有点儿慌乱。他将长长的脚趾关节往里弯曲,收缩起来。

浴女用甜美的声音说:

"给您剪剪脚趾甲吧?"

"脚……脚趾甲……你帮我剪脚趾甲?"银平尽量掩饰自己的狼狈相,"长得是太长了。"

浴女手心贴在银平的脚心上,一边用她柔软的手掌把弄弯了的、猿猴般的脚趾弄直,一边说:

"是长了点……"

浴女小心翼翼地修剪脚趾甲。

"你要是总在这儿就好了。"银平说。他已经想通了,任凭浴女摆布他的脚趾。

"想看你的时候,到这儿来就行吧?想让你按摩,只要报你的工作牌号就行了吧?"

"是的。"

"我不是陌生的过路人,也不是来历不明的人,更不是不跟踪过路人就会失去再次见面机会的人。我说得似乎太玄妙了……"

银平懂了。这只丑陋的脚倘若、一旦被随意仔细地按摩,会令人留下幸福的热泪。他从来没有过让浴女单手握脚、修剪脚趾甲的体验。这样,自己那双丑陋的脚就一清二楚地暴露出来了。

"我说的话有些玄妙,但是真的。你没有碰到过类似的事情吗?对待陌生人就以过路人的方式分手,过后却又感到可惜……这种心情,我常有。一个多么令人喜欢的人啊,一个多么漂亮的女子啊。这样引起我心动的人,在这个世界上绝无仅有哪。与这样的人或在马路上擦肩而过,或在剧场里比邻而坐,或从音乐会场前并肩走下台阶,然后就这样分手,一生中再也见不到第二次。尽管如此,却又无法把那素昧平生的人留住,也无法与之搭话。人生就是这样的吧。这种时候,我几乎悲痛欲绝。有时变得不知所措。我就想哪怕到天涯海角,也要一直跟踪对方。可是做不到呀。因为跟踪到天涯海角的话,也许会把她杀死的。"

银平一口气说了许多,接着吸了口凉气,掩饰自己的情绪。他又接着说道:

"刚才所说的有点儿夸张。想听你的声音,能给你打电话就好了。但你和客人不一样,你是不方便的。你喜欢的客人,即使你衷心希望他下次再来,但是来不来只能由对方定。也许不会再来了。由此,你不觉得人生就是这样虚幻缥缈吗?人生就是如此。"

银平看着浴女的脊背,只见她的肩头随着修剪脚趾甲的动作而微微起伏。修剪完后,她依然背对着银平,踌躇了一会儿。

"您的手呢?……"她转过身来望着银平。银平躺着把手举到胸前瞧了瞧。

"手指甲没脚趾甲长,也没有脚趾那么脏……"

他没有拒绝,浴女又帮他剪起手指甲来。

银平知道，浴女对自己好像渐渐有些厌恶了。刚才信口开河说的那些话，他自己都感到不快。跟踪到底就会杀人吗？他捡起水木宫子的手提包后就走掉了，不知今后还能不能有第二次相见的机会。就像街上的过路人擦肩而过一样。玉木久子也和他完全隔开，分手后再难相见。跟踪到最后，并没有杀人。久子也罢，宫子也罢，也许都消失在他手够不着的世界里了。

令人吃惊的是，久子和弥生的脸鲜明地浮现在银平眼前。银平把她们的脸同浴女的脸做了比较。

"你这样周到的服务，客人要是不再来，才怪呢。"

"哎，我们是做买卖的嘛……"

"这么好听的声音。哎，我们是做买卖的嘛。"

浴女把脸扭向一旁。银平害羞似的合上了眼帘。从眼缝里，隐隐约约地看见白色的乳罩。

"把它拿掉吧。"银平说着扯住久子乳罩的一端。久子摇了摇头。银平用力一扯，手中的松紧带缩成一团。久子呆呆地看着银平扯掉自己的乳罩，胸部顿时显露无遗。银平右手里紧紧握着乳罩。

银平睁开眼睛，看了看右手，浴女正给自己修剪指甲。久子比浴女小几岁？可能小两岁或是三岁吧？久子的肌肤如今大概也像浴女一样变得白皙了吧。

银平嗅到了久留米出产的藏青色棉布的香味。那是银平少年时代的衣服。这乃由女学生久子穿的青哗叽裙子的颜色产生的联想。久子把脚伸进那青哗叽色裙子时哭了。银平也饱含着泪水。

银平的右手手指没有一点力气了。浴女用左手托住银平的手，右手拿剪子利索地修剪着。在母亲老家的湖边，银平和弥生手牵手漫步在冰湖上时，右手也是瘫软无力的。

"你怎么啦？"

弥生说着就往岸边走。银平如果那时紧拽住她的手，恐怕早就把她沉入湖水的冰层之下了。

弥生和久子并非过路人。银平不仅知道她们的住址，而且和她们有往来，随时可以见面。尽管如此，银平还是跟踪了她们且又被迫离开了她们。

"您的耳朵……也弄弄吧。"浴女说。

"耳朵？耳朵怎么弄？"

"给您弄弄。请坐起来……"

银平起身坐在躺椅上。浴女开始轻轻地揉着银平的耳垂。浴女将手指伸进耳朵里，他就觉得手指在里面微妙地转动着，一扫耳朵里浑浊的空气，耳朵瞬时变得舒服，并带有微微的香味。他听着耳朵内细微的声音，同时还有带节拍的微妙震动。仿佛浴女用另一只手,轻轻地敲打着伸进银平耳孔里的那只手指。银平顿时觉得恍恍惚惚的。

"你在干什么?好像在做梦。"他掉过头去,看不见自己的耳朵。浴女抬起胳膊,朝着银平的脸,重新将手指伸入银平的耳朵里,这回慢慢地旋转。

"天使之爱,呢喃细语啊。我要把以前黏附在耳朵里的他人的声音全都清除,只想听你那动人的声音。人间的谎言好像也从耳朵里消失了。"

浴女将赤裸的身躯靠近赤裸的银平旁,向银平演奏起天上的音乐。

"我的手艺不好,让你见笑了。"

按摩结束了。浴女给还坐在躺椅上的银平穿上袜子,扣上衬衣的纽扣,穿上鞋并系好了鞋带。剩下该银平做的只是系好皮带和领带。银平走出浴室,在喝冰橘子汁时,浴女一直站在他的身旁。

浴女接着一直把他送到大门口。一走出夜色笼罩下的庭院,银平看见了一个幻影。一张巨大的蜘蛛网上,挂着各种各样的虫子和两三只秀眼鸟——蓝色的羽毛和眼边那可爱的白色小圈格外醒目。秀眼鸟只须扑打翅膀,蜘蛛丝就会弄断,但它却合起翅膀,身体细长地挂在网上。待蜘蛛一靠近它,它就会啄破蜘蛛的肚皮吧。蜘蛛将尾部对着秀眼鸟,盘踞在网中央。

银平抬头看得更远,看见黑黝黝的森林。母亲老家的湖岸上,晚上失火了。大火倒映在水面上,银平被那火光吸引。

被人抢走了装有二十万日元的手提包,水木宫子却没有去警察局报案。对宫子来说,二十万算是一笔巨款,与命运休戚相关,但她却也有难以说清的地方。可以说,银平完全没必要为这事南下逃到信州。要说有什么东西跟踪着银平,那就是银平随身携带着的钱吧。仿佛不是银平偷了钱,更像是银平不愿意抛弃这笔钱,于是钱就紧跟着银平。

银平脱不了偷钱的干系,可他几乎要喊住宫子告诉她掉落了手提包,哪里还有时间偷钱?宫子也不认为是银平抢包。没有明确的证据说是银平偷钱。她在马路当中扔掉手提包时,在场者只有银平一人。银平理所当然成为第一嫌疑人。但宫子并没有亲眼所见呀。所以拾包的也许不是银平而是其他行人。

"幸子,幸子!"当时宫子一跑进大门,就呼唤女佣,"我手提包弄丢了。你帮我去找找看。就在那家药店前。赶快跑去找找。"

"好的。"

"动作慢了,就会被人家捡走的。"

宫子喘着粗气,跑上了二楼。女佣阿辰紧跟宫子上了二楼。

"小姐,您说丢了手提包……"

阿辰是幸子的母亲。阿辰先到这家,然后再把女儿叫过来住。宫子一个人生活的这个小家庭本来就没必要雇两个女佣。阿辰抓住了这家的弱点为所欲为,大大越过了女佣的身份。阿辰有时把宫子称作"太太",有时又称作"小姐"。有田老人到这家来的时候,她一定把宫子称作"太太"。

不知是什么时候,宫子受了她的诱导,无意中把心里的话说了出来:"在京都的旅馆里,侍候我的女佣,每当我独身一人的时候,她就叫我'小姐'呢。有田在场的时候,尽管我们的年龄相差很大,她就叫我'太太'……'小姐'这称呼也许是把人看作小傻瓜吧。听起来像有几分可怜的样子。我自己也有些伤感。"阿辰听了宫子的这些话后,乘势说道:"那么以后我也这样称呼您吧。"从此以后,她就这样沿袭下来了。

"但是,小姐,走路时丢掉手提包,不觉得有些蹊跷吗?手上又没有拿其他的东西,只拎着一个手提包哟。"

阿辰瞪圆了小小的眼睛,一动不动地盯着宫子。

阿辰的眼睛不睁大也是圆圆的,就像一对小铃铛。也许是阿辰眼角又细又短的缘故,她的小眼睛一睁圆,就和幸子的眼睛一模一样,着实有几分可爱。只是阿辰的眼睛看上去显得很不自然,叫人不得不提高几分警惕。事实上,如果仔细看看就感到,她眼睛的深处不知隐藏着什么东西。那双淡茶色的明眸,反而给人以一种冰冷的感觉。

阿辰白皙的脸也又圆又小。脖颈粗大,越往下越肥胖。胸部过于丰满,双脚却细小。女儿幸子的小脚生得可爱,简直令人瞠目。但母亲的脚脖子虽然很细,小脚却显得有点儿丑陋。母亲和女儿都是小个子。

阿辰的脖子肉乎乎的。虽说是仰视宫子,可脑袋并没有抬起多少,只是向上翻了翻眼珠子。宫子站立在那儿,阿辰仿佛看透了宫子的心。

"掉了就掉了嘛。"宫子以责备女仆的口吻说,"证据就是手提包没了,你看。"

"小姐,您不是说就掉在那家药店前面了吗?知道掉的地方,就在家附近,竟也能掉吗?尤其是像手提包这样的东西……"

"掉了就是掉了嘛。"

"往往有这种情况,容易把伞忘了。明明手里拿着的东西，怎么会掉呢？这就好比猿猴从树上掉下来一样不可思议。"阿辰又摆出了奇妙的比喻，"一旦自己发觉掉了，捡起来不就行了吗？"

"那当然。你是什么意思？要是当场就注意到掉了的话，实际上那就不可能丢了嘛！"

宫子这才发现，自己原来穿着外出的西服裙上了二楼，直挺挺地站着。本来宫子的西服衣橱、和服衣柜都在二楼四叠半的房间里。有田老人来了以后，占用了隔壁那八叠大的双人间，这样一来倒是方便了更换衣服。但也看得出整个楼下是阿辰的势力范围。

"请你到楼下拧条毛巾来。凉水的哟。我出了点汗。"

"是。"

宫子以为自己这么一说，阿辰就会下楼去。自己光着身体擦汗的话，阿辰也不会在二楼。

"好，我把洗脸盆的水加冰箱里的冰块拿上来，让您擦洗吧。"阿辰回答。

"下面我自己来，你不用管了。"宫子皱了皱眉头。

阿辰下楼梯走开的同时，院子的大门也打开了。只听得见幸子在说：

"妈妈，我从药店前一直找到电车道，没看见太太的手提包呀。"

"我也估计到了……你上二楼告诉太太吧。那你是不是报了案呢?"

"啊?还要向派出所报案吗?"

"呆头呆脑的,真没法子。快去报案……"

"幸子,幸子。"宫子从二楼呼唤道。

"不用去报案了,里面又没什么贵重的东西……"

幸子没有回答。阿辰将洗脸盆放在木盘里,端上二楼。宫子脱掉了裙子,只剩下内衣了。

"给您擦擦背,好吗?"阿辰非常恭敬地说,令人讨厌。

"不用了。"宫子接过阿辰给她拧好的毛巾,伸出双腿,从腿脚擦起,连脚趾缝都擦了。阿辰将宫子揉成一团的袜子展平叠好。

"不,不,那是要洗的。"宫子将手巾扔到阿辰的手边。

幸子一上二楼,就在旁边的四叠半房间的门槛处,双手着地施礼说:"我回来了。您没有掉东西呀。"她的举止有些滑稽,但可爱极了。

阿辰对宫子有时格外殷勤,有时又粗心大意,有时则黏黏糊糊地亲昵过度,态度一日三变,反复无常。她对女儿行为、礼节的教育却一直都是这样,十分严格。有田老人回去时,她让幸子蹲下给老人系鞋带。有几回,患神经痛的有田老人是将手搭在蹲下的幸子肩上才站起来的。宫子早就看透了！阿辰是有意让幸子从宫子手中将老人夺过去。但宫子不知道阿辰是不是已经把她的企图一五一十地告诉了十七岁的幸子。阿辰还让幸子抹上香水。宫子提到这件事时，阿辰便回答说：

"这孩子体臭太厉害了。"

"让幸子去警察局报案，怎么样？"阿辰紧逼似的问。

"真啰嗦呀。"

"多可惜呀。里面装有多少钱啊？"

"没装钱。"宫子闭着眼睛，把冰凉的毛巾敷在上面，一动也不动地待了一会儿，但心脏的跳动加快了。

宫子有两本银行存折。一本写的是阿辰的名字，存折也放在阿辰那里。这笔钱是不让有田老人知道的，这是阿辰出的点子。

那二十万日元，是从宫子名下的存折里提取的。不过取这笔钱，对阿辰也是保密的。宫子担心有田老人一旦发觉，会问起这笔钱的用途，因此她就不能粗心大意地去警察局报案。

对宫子来讲，在某种意义上这二十万日元是出卖青春的代价，是宫子的血汗钱。为了它，宫子只得拿出自己年轻的身躯，任凭半死不活的白发老人摆布，浪费了自己短暂的黄金年华。这笔钱掉落的一瞬间就被人捡走，对宫子而言，她再无任何财产。这几乎无法令人相信。如果说把这笔钱花了，花完之后还是可以回忆起的；但如果把这笔钱积蓄起来又白白地丢失了，那么回忆起来只会让人心痛。

丢失二十万日元时，宫子也并非没有一瞬间的战栗。但那是快乐的战栗。宫子觉得，与其说慌忙逃跑是害怕身后跟踪自己的男子，不如说是突然涌上心头的快乐令之感到震惊。

当然，宫子不认为是自己把手提包丢了。正如银平至今也闹不明白她是用手提包打自己还是将手提包扔给自己一样，宫子也不明白自己是为了打他还是扔给他。但当时手是有强烈的反应的。整个手麻木了，传到胳膊，传到胸部，全身疼痛般地恍恍惚惚。在男子跟踪自己的过程中，她浑身沸腾的热血仿佛一瞬间全部爆发出来。在有田老人身上埋藏的青春，一时间复活了，又像是一种复仇似的战栗。如此看来，对宫子来说，漫长岁月里积蓄二十万日元的自卑感，在这一瞬间全部获得了补偿。所以，她的钱不是白白失去了，而是获得了相应的价值。

但跟踪与二十万日元真的没有任何关系。用手提包挥打男子还是将手提包扔给男子，当时的宫子简直把钱的事忘得一干二净，连手提包从自己手中脱落也没有发觉。

不，在她转身逃跑的时候也没有想起钱的事。从这个意义上讲，宫子弄丢了手提包这个说法是正确的。另外，朝男子扔手提包之前，宫子实际上已经忘记了手上的手提包，也忘记了里面还有二十万日元。宫子心里当时只想到被男子跟踪，而这种思绪与心扉撞击之时，手提包已不在自己手上了。

宫子踏进自家大门时，那种快乐的余兴还残留在脸上。为了掩饰，她径直上了二楼。

"我想脱光衣服，请你到楼下去吧。"宫子从脖子揩到胳膊，对阿辰说。

"到洗澡间去洗洗，不好么？"阿辰用怀疑的目光看了看宫子。

"我不想动了。"

"是吗？但是从电车道进来，在药店前才丢，这是确实的吧。我看我还是到派出所去问问……"

"我不知道是在哪儿丢的。"

"为什么？"

"因为当时我被人跟踪……"

宫子只想早点儿独自拭去战栗的痕迹，因而一不留神说漏了嘴。阿辰圆圆的眼中闪着光。

"又被跟踪了？"

"是啊。"

宫子的语气变得粗暴起来。说出来,快乐的余兴就完全消失了,留下的只是流着冷汗般的战栗。

"今天是直接回家的吗?还是又领着男子到处走,才将手提包丢失的吧?"

阿辰回过头,看了看坐在那里的幸子,说:

"幸子,发什么愣呀?"

幸子一副眩晕的神情,刚准备站起来,突然打了个趔趄,满脸通红。

宫子经常被男人跟踪的事,幸子是知道的,有田老人也知道。有一次在银座的马路当中,宫子悄悄地对老人说:

"有人跟踪我。"

"什么?"老人刚要掉过头去看,宫子制止说:

"不能看!"

"不能吗?你怎么知道有人跟踪呢?"

"当然知道。就是刚才从前边走过来的那个头戴蓝色帽子的大个子嘛。"

"我没注意,刚才擦肩而过的时候,是不是有什么暗示?"

"真好笑!难道你会问他,你是过路人,还是走进我生活中的人？"

"你高兴了吗？"

"那我真去试试看……唔，打赌吧。看他一直会跟踪到哪里……我真想试试。跟一个拄着手杖的老人一起走是不行的，您就进那家布店看着吧。我走到那头再折回来，这段路上如果有人跟踪的话，您就输给我一套夏天的白色西服。不要麻布料的哟……"

"如果宫子你输了呢？……"

"啊？那您就一晚上睡在我胳膊上好了。"

"可不许回头或者跟他搭话。不许赖皮。"

"当然咯。"

有田老人预料到这次打赌自己肯定要输的。老人心想，即使输了，宫子还是让他通宵枕着她的胳膊睡觉。但自己一旦睡着了，是不是依旧枕在她的胳膊上，谁也不知道。老人苦笑着走进了卖男装布料的布店里。目送着宫子和跟踪她的男人，老人心中不可思议地荡漾起青春的活力。这不是忌妒。忌妒是不容许的。

老人家里有一个以女管家的名目雇来的美人。她比宫子大上十几岁，是个三十开外的人。一个年近七旬的老人，分别枕着两个年轻人的胳膊。对老人来说，只有母亲才能使他忘却这个世界的恐怖。老人也告诉了女管家和宫子她们彼此的存在。老人吓唬宫子，如果她们两人相互嫉妒的话，自己在恐惧之余也许会变得狂暴，甚至会加害于她们，或是引起心脏麻痹，最后猝死。虽是信口开河，老人还是有一种被害妄想的恐惧症。至于心脏衰弱的事，宫子早已知道。在必要时，宫子用柔软的掌心一直给他抚摸胸口，或把漂亮的脸蛋轻轻地贴在他的胸部。这个叫梅子的女管家当然会忌妒。宫子凭自己的经验意识到，有田老人只到宫子家才会讨好宫子，就是为了避开梅子的嫉妒。一想到年轻的梅子还会因这样的老人产生忌妒心，宫子顿生一种无聊的厌世情绪。

有田老人常在宫子面前夸奖梅子是"顾家"的人，所以宫子有时也感到老人是想从自己身上寻求一种娼妇式的感觉。不过，对宫子也好，对梅子也罢，老人渴望的明显是一种母性的温存。有田两岁时，生母就和父亲离婚了，接着来了继母。这事，老人对宫子反复说过好几遍。

"要是继母来到我们家，也能像宫子或梅子一样，我该有多幸福啊！"老人对宫子娇声娇气地说道。

"这谁也不知道。我嘛，您要是继子的话，我肯定虐待您。一定是个可恨的孩子吧。"

"是个可爱的孩子呀。"

"像是弥补做继子受到虐待的痛苦，到您这把年纪还有了两位好母亲,您不是很幸福吗?"宫子带着几分讥讽的口吻说道。

"没错,没错。我很感谢哩。"

有什么需要感谢的!宫子感到愤怒。对这个年近七旬的勤劳工作者,她又感到接触中并非全然没有人生的领悟。

有田老人是个勤劳工作的人,他为宫子懒散的生活方式着急。宫子一人独处的时候也百无聊赖。每天的生活,似乎全部就是等待老人的出现,青春的活力也渐渐消失了。女仆阿辰为什么会如此充满活力,宫子感觉不可思议。老人出外旅行,总是由宫子陪伴。阿辰则给她出主意,让她虚报房费,也就是在账单上多开些名目,就能将多出的部分退回给宫子。但是,即使有旅馆能够这样做,宫子也觉得自己过得太凄惨了。

"那么,就从中抽点茶钱和小费吧。算账嘛,还是请太太到隔壁房间去。老爷爱面子,让他多给点茶钱和小费,他一定会大方地拿出来。去隔壁房间之前,就从中抽头吧。比如三千日元中就抽一千,藏在腰带里或衬衣胸前的口袋里,一般人是不会知道的。"

"哎呀,真叫人吃惊。这太掉价、太麻烦……"

然而,想想阿辰的工资,恐怕就不是琐碎麻烦的事情了。

"这有什么麻烦？要攒钱就只能积少成多，没其他办法。尤其是像我们这种身份的女人……存钱这种事儿，就是得积少成多。"阿辰憋足劲儿说，"我同太太当然是一伙儿的，怎么能眼看着老头子大口大口地吸吮太太的青春血液呢。"

有田老人一来，阿辰连声调都改了，善变得就像烟花女。刚才阿辰的那番话，对宫子来说着实有点令人不快。宫子感到一阵寒心。但比起阿辰的声调或话语，更使宫子感到悲伤的是日积月累的攒钱，或是完全相反，在如梭的岁月中，宫子的青春年华也在无谓地消逝。

宫子和阿辰的教养根本不同。战败以前，宫子是在蜜罐中抚育成长的。她的确没想到连付旅馆费都要从中捞取油水。她觉得，这似乎可以证实，给自己出谋划策的阿辰，已在厨房里零零星星地做过一番手脚。就拿买点感冒药来说吧，阿辰去买或让幸子去买，价钱就相差五元十元的。阿辰就是这样积少成多。她究竟积攒了多少钱呢？宫子出于好奇，也曾起过一个念头，从阿辰的女儿幸子那儿探听探听。阿辰好像没给女儿零花钱，大概存折也没给她女儿看过。反正数目有限，不值得一看。然而对阿辰积少成多、犹如蚂蚁般的秉性又不能等闲视之。总之阿辰的生活状态是健康的，宫子则是病态的。宫子年轻美貌，似乎是一种消耗品；相形之下，阿辰活着却不须消耗自己的什么东西。宫子听说，阿辰曾被阵亡的丈夫弄得吃尽苦头，顿时生起一种轻松的感觉。

"弄得你哭泣了吗？"

"当然哭了……几乎每一天眼睛都哭得又红又肿。他甩过来的火筷子，扎在幸子的脖颈上，至今还留着一块小伤疤呢。在脖颈后头呢，您看看就知道的。那伤疤是再好不过的证据了。"

"什么证据？……"

"什么证据！小姐，就是那种说都没法说出口的证据呀。"

"可是，像你阿辰这样的人也会被人欺侮？可见男人还是了不起的啊。"宫子佯装不谙世事地说道。

"是啊。不过，各人的想法不一样嘛。那时我迷上了我的丈夫，简直就像被狐狸精迷住了似的，无暇考虑别的事情。……现在狐狸精不再附身，好了。"

听了阿辰的这番话，宫子不禁想起自己的少女时代。在那场战争中，自己失去了初恋的情人。

由于宫子生长在富裕的家境中，有些时候，她对金钱看得很淡。对如今的宫子来说，二十万日元是一笔巨款，但宫子一家因战争失去的,与现在的二十万日元根本不能同日而语。当然要挣到二十万日元,对宫子来说难上加难。因为需要才从银行取出这笔钱,宫子一时也感到为难。如果捡钱的人把钱送回来,二十万巨款,也许会见诸报端的。银行存折也放在包里面,失主的姓名和住址都写得清清楚楚。捡钱的人要么直接送到失主家,要么由警察前来家里通知。宫子连续三四天都特别留意报纸。她觉得跟踪她的那个男人也会知道她的姓名和住址,想必钱还是那个男的偷走了?要不然那个男的捡到了手提包,或者即使没有捡到,他也应该紧紧跟踪上来才对呀?看来还是挨了手提包的击打,吓得慌忙逃走了?

宫子弄丢了手提包,是在去银座让有田老人买夏天白色衣料以后刚过一星期的事。在这一周内,老人没到过宫子家。老人是在发生手提包事件之后的第二天晚上才出现的。

"哎呀,您回来啦。"阿辰高兴地迎接,接过湿淋淋的雨伞,又问道:"您是走回来的吗?"

"嗯。真是倒霉的天气啊。莫非是梅雨天?"

"您感觉痛吗?幸子,幸子……"阿辰呼喊幸子,"对,对,我让幸子洗澡去了。"说着阿辰就赤着脚,迈下门槛给老人脱了鞋。

"如果洗澡水已经烧好了的话,我想洗个澡暖和暖和。阴森森的,像今天这样气候骤冷的天……"

"怕这会儿不方便吧。"阿辰皱起了那双小眼睛上的短眉毛,"唉,我干了一件不合适的事。不知道您回来,就让幸子先去洗澡了,这下可怎么办呢?"

"没事的。"

"幸子,幸子,快出来吧。你把浴缸表面那层轻轻舀出来。弄干净点哦。其他地方也好好冲一冲……"说着,阿辰就急忙走开了。她把水壶架在煤气炉上,又点燃了浴缸的煤气,接着又折了回来。

有田老人依然穿着雨衣,伸出双腿自己摩挲着。

"您洗澡时让幸子给您按摩一下吧?……"

"宫子呢?"

"噢,太太说她去看看新闻就回来。……是那种只播放新闻的电影院,很快就会回来的。"

"那请你给我叫个按摩师来吧。"

"嗯。是总叫的那个吗……?"阿辰说完站起身来,把老人的衣服拿过来。

"洗澡之后更衣吧。幸子!"阿辰又唤了一声幸子。

"我去叫她来。"

"她已经洗好了吗?"

"嗯。已经……幸子!"

约一小时后宫子回来时,有田老人已躺在二楼的床铺上,让女技师按摩。

"很痛啊。"他小声地说。

"糟糕的雨天你还出门呀。等会儿再洗个澡,浑身会清爽些。"

"是啊。"

宫子随意地靠着西服柜橱坐了下来。她有一周多没看见过有田老人了。只见他脸色发白,非常疲惫的样子,脸上和手上的淡茶色老人斑更显眼了。

"我去看新闻片来着。看了新闻片,就感到生机勃勃。去的路上,本想不去看新闻电影,去洗洗头。可美容院已停止了营业,所以……"宫子说罢,看了看老人刚刚洗过的头。

"润发剂真香啊。"

"幸子一个劲儿地洒香水。"

"据说她体臭很厉害。"

"嗯。"

宫子进到洗澡间,洗了头。她叫幸子给她干毛巾,擦了头发。

"幸子,你的脚多可爱呀。"

宫子两只胳膊支撑在膝盖上。这时伸出一只手去摸眼皮底下幸子的脚背。幸子有些颤抖，传到了宫子袒露的肩膀上。幸子也许是继承了阿辰的秉性吧，手脚似乎也有些不干净。她只拿宫子扔在纸篓里的用过的口红、断了齿的梳子、掉落的发夹等一类小玩艺儿。宫子也知道幸子憧憬和羡慕自己的美貌。

浴后，宫子在白地蓟草花纹的单衣上披了一件短外褂，然后给老人按摩腿脚。她心想，如果自己住进老人家里，恐怕就得每天给他按摩腿脚了吧。

"那个按摩师，技术很好吗？"

"不好。还是到我家去的那个人手艺好。手法熟练，按摩也认真。"

"那也是个女的吗？"

"是的。"

老人家里那个所谓的女管家梅子，也是每天都给老人按摩的。宫子想到此就不由得厌烦起来，手也随之没劲了。有田老人抓住宫子的手指，让她按摩坐骨神经末梢的穴位。宫子的手指并不听使唤。

"像我这样细长的指头恐怕不行吧。"

"是吗？……未必吧。年轻女子那充满爱情的手指才好呢。"

宫子的背脊感到一股凉意。她的手指刚一离开穴位，又被老人抓了回去。

"像幸子那样的短手指不是很好吗？您让幸子学习按摩，怎么样？"

老人默不吭声。宫子倏地想起雷蒙·拉迪盖[1]《魔鬼附身》里的一句话。她先看了电影再读原作的。玛特说：

"我不希望你的一生遭到不幸。我哭了。难道不是吗？对你来说，我实在是老了。……这段爱的表白纯真而稀有。今后，不论我碰到什么样的热恋，再也不会有比这种纯洁的爱情更使人动心的了。因为一个年仅十九岁的姑娘说自己老了而放声痛哭。"

玛特的情人十六岁。十九岁的玛特比二十五岁的宫子年轻多了。委身老人、虚度年华的宫子，读到这里时感到了异常的刺激。

有田老人总是说宫子长得比实际年龄还年轻。这不是老人的偏袒，无论谁都会有同样的感觉。宫子自己也感到，有田老人这样说是因为老人喜欢，也羡慕自己浑身散发的青春活力。老人担心的是有一天宫子的容颜会失掉

---

1 雷蒙·拉迪盖，另译雷蒙德·哈第盖，法国作家。主要作品有《魔鬼附身》《德·奥热尔伯爵的舞会》等。

少女的娇嫩，浑身上下也变得松弛。一个年近七旬的老人有一个二十五岁的情妇，而且希望她年轻。仔细想想，不免令人感到奇怪且肮脏。但宫子往往忘记了责备老人，有时反而被老人的想法所左右，盼望自己青春永驻。年近七旬的老人希望宫子年轻，同时又渴望能从二十五岁的宫子那里得到一种母性的爱。宫子并不打算满足老人的这种欲望，但有时候她也产生错觉，仿佛自己就像母亲一样。

宫子用拇指按住趴着的老人的腰部，用胳膊支住要骑上去似的。

"你就骑在腰部吧。"老人说，"轻轻地踩在上面吧。"

"我不愿意……让幸子来弄好吗？幸子个子小，脚也小，更适合吧。"

"那还是个孩子，还害羞呐。"

"我也觉得害羞呢。"宫子边说边想——幸子比玛特小两岁，比玛特的情人大一岁。这又意味着什么呢？

"您打赌输了，就不来了吗？"

"那次的打赌吗？"老人转动着脖子，好像一只甲鱼，"不是的，是神经疼起来了。"

"因为去您家的按摩师技术很好吗？……"

"嗯，可能是的吧。再说我打赌输了，又不能枕你的胳膊睡……"

"好吧,我让您睡吧。"

宫子很清楚,有田老人已经让她按摩了腰和腿,剩下的就是把脸埋在宫子的怀里,享受与他的这个年龄相仿的快乐。繁忙的老人,把自己在宫子家度过的时间,称作"奴隶解放"的时间。这句话让宫子想起,这正是自己的奴隶时间。

"澡后穿单衣要着凉的,行了。"

老人说着翻过身来。正如宫子所预料的那样,老人享受了枕胳膊。宫子对按摩感觉厌恶了。

"但是,你被那个戴蓝帽子的男人跟踪,是个什么滋味呀?"

"痛快呗。这同帽子的颜色没啥关系。"宫子故意绘声绘色地说道。

"如果只是跟踪的话,戴什么颜色的帽子倒无所谓……"

"前天,也有个奇怪的男子一直跟踪我到那家药店。我丢了个手提包。太可怕了。"

"什么?一周之内竟有两个男人跟踪你?"

宫子让有田老人枕着自己的胳膊,一边点头示意。老人与阿辰不同,他觉得走路丢了手提包也没有什么奇怪的。也许他对宫子被男子跟踪一事惊愕不已,再也无暇顾及别的事了。老人的惊讶，令宫子多少有些快感，为此身体也放松许多。老人把脸埋在她的怀里，并从温乎乎的胸怀里掏出双手按在太阳穴上。

"我的东西。"

"是啊。"

宫子像孩子般地回答过后就一声不响了，眼泪簌簌地掉落在白发苍苍的老人头上。灯熄灭了。也许那男子已经捡到手提包了吧。那男子决心跟踪宫子的瞬间，欲哭未哭的神情浮现在昏暗之中。

男子像是"啊"的一声呼唤，事实上听不见，但宫子听见了。

男子擦肩而过。他停下脚步、转过头来的瞬间，却被宫子头发的光泽、耳朵和脖颈的肤色反射出来的悲伤吸引住了。

他"啊"地叫了一声，仿佛头晕目眩，眼看着要倒下去。事实上看不见他的样子，但宫子却看得见。事实上听不见他的叫声，宫子也听见了。宫子回过头，瞥见男子欲哭无泪这一表情的一瞬间，那男子便决定跟踪她了。这男子似乎意识到了悲伤，他已经失去了自我。宫子当然不会失去自我，但却感到从男子躯壳中分裂出来的他的影子，悄悄地钻进了自己的肉体里。

宫子起初只是回头一瞥,后来再也没掉头看后面了。她对男子的相貌已全然没有印象。如今也只有那张哭丧而歪曲的面孔在黑暗中浮现在她的脑海里。

"真有魔性。"有田老人过了很久才自言自语地说了一句。宫子流着眼泪,没作回答。

"你真是个魔性的女人啊。被那么多各种各样的男子跟踪,你自己不害怕吗?你的身体里附着肉眼看不见的恶魔呀。"

"好疼啊!"宫子缩成一团。

宫子想起一到花季乳房就胀痛。那时,仿佛能看见自己洁净无垢的裸像。如今,虽说自己比实际年龄显得年轻,可已经完全是个妇女体型了。

"您净说坏话。难怪神经痛。"宫子随便回敬了一句。宫子心想,一个纯朴的姑娘变成了心术不良的女人,体型也随之变化了。

"什么坏话。"有田老人认真地说,"让男子跟踪,有意思吗?"

"没有意思。"

"你不是说畅快吗?和我这样的老头子在一起,满心郁闷复仇之念吧。"

"复什么仇?"

"这个嘛,也许是对你的人生,或者是对不幸吧。"

"说心中畅快也罢,说没有意思也罢,事情都不会是那么简单的。"

"是不简单啊。所谓对人生复仇,绝不是一件简单的事。"

"这么说,您陪着像我这样年轻的女人,是要报复人生喽?"

"这个……"老人一时语塞,然后又说,"不是什么报复。要说报复,我是属于遭报复的一方,也许正遭报复呐。"

宫子没有用心听他说话。她心里想的是:自己既然已经说出丢手提包的事,还要不要说出包里装有一笔巨款,且让有田老人补偿给自己呢?不管怎样,二十万日元这数字太大了,自己说多少金额比较好呢?这钱虽说是向老头子要的,却是自己的存款,随便自己怎么支配。如果说这钱是供弟弟上大学用的,向老头子请求补偿时会容易些……?

宫子小时候就被人说过,如果同弟弟启助调换一下,是个男孩儿就好了。然而,自从被有田老人蓄为小妾之后,也可能是丧失了希望的缘故,也许是养成了懒惰的毛病,她变得懦弱了。"妾者计较容貌,正室则不然。此乃理所当然。"宫子在一本什么书上读过古人的这段话,她感到眼前一片漆黑,很是悲伤。自己连引以为豪的美貌都失去了。只有被男子跟踪的时候,这种自豪感也许才会涌上来。不过宫子也清楚,男子跟踪自己,不只是因为自己貌美。正如有田老人所说的那样,或许自己浑身散发着一股魔力吧。

"不过,这真危险啊。"老人说。

"有种游戏叫捉迷藏。常常被男子跟踪,不就是像捉恶魔游戏吗?"

"也许是的吧。"宫子奇妙地回答,"在人类当中有一种不同于人类的魔族,也许真有一种叫魔界的东西呢。"

"你感觉到了?你真是个可怕的人。要受伤的哟,不会正常死亡的……"

"我的兄弟姐妹中就有这种情况。比如,我那个像女孩子一样的弟弟吧,他也写了遗书哟。"

"为什么?……"

"一件很无聊的事。弟弟本想同他要好的朋友一起升大学,可自己去不了,如此而已……今年春天的事了。那位叫水野的朋友,他家境好,人也聪明。他对我弟弟说:'入学考试时,如果可能,我教你,就是写出两份答案也可以。'弟弟的成绩也不坏,可他胆小,总担心在考场上犯脑贫血什么的，结果真的犯了脑贫血。即使考试通过，也没指望入学。所以愈发怯懦……"

"这个情况，以前没听你说过呀。"

"就是告诉您，也没有什么用啊。"

宫子停了一会儿又说：

"那个叫水野的孩子成绩很好，没什么问题。母亲为了让弟弟入学，花了好多钱呢。为了祝贺弟弟入学，我也在上野请他们吃晚饭，然后去动物园观赏夜樱。有弟弟、水野、水野的恋人……"

"是么。"

"虽说是水野的恋人，可只有十五岁啊，周岁。……就在动物园观赏夜樱的时候，我被一个男人跟上了。他带着太太和孩子，竟把她们扔在一边，跟踪起我来了……"

有田老人显得有些惊讶。

"你为什么要这样做呢？"

"为什么要这样做？……因为我羡慕水野和他的恋人，同时又感到悲伤。这绝非我的原因呀。"

"不，是你的原因。你当时不是挺愉快的吗？"

"你过分了！我并不感到愉快。丢手提包的时候，我非常害怕，就用手提包打了那个男的。也许是扔给了他。因为当时脑子一片糊涂，什么也不知道。手提包里面还有一大笔钱。母亲想跟父亲的朋友借一笔钱,供弟弟上大学。她正犹豫不决时,我打算给一点钱,就从银行取了钱,回家的路上……"

"包里装了多少钱?"

"十万日元。"宫子慌忙说了个半数,自己随即抽了一口气。

"哦,确实是一笔巨款啊。被那个男的抢走了?……"

宫子在黑暗中点了点头。她的肩在不停地颤抖,心也跳得厉害,老人也感觉到了这些。对自己只说了一半金额,宫子感到更加屈辱了。那是一种掺杂着恐惧的屈辱。老人用手慈祥地爱抚着宫子。宫子想自己可能会得到半数金额的补偿,眼泪再次夺眶而出。

"不要哭了。这种事情重复多次的话,就会惹出大麻烦的。被男子跟踪,刚才你所说的前后矛盾百出,知道吗?"有田老人平静地责备了一句。

老人枕着宫子的胳膊入睡了。宫子却睡不着。梅雨一个劲儿地下着。光听呼呼的鼾声,猜不出有田老人的实际年龄。宫子将手臂抽了出来。她用另一只手将老人的头悄悄抬起,没有惊醒老人。这个讨厌女人的老人,在女人身旁、依赖女人进入梦乡。想想刚才老人所说的,宫子也感到矛盾百出,而且越想越觉得自己可恨。有田老人讨厌女人，宫子在无言中渐渐明白。老人还在三十岁左右时，妻子出于嫉妒而自杀身亡。也许是女人嫉妒心的可怕渗透了他的骨髓吧，一旦女人有所暴露，他立刻就拒之千里。不管是出于自尊心还是自暴自弃，宫子觉得，自己从不因有田老人嫉妒什么。不过她毕竟是个女人，一时失言，脱口讲了些带有嫉妒性的话时，老人便表现出厌恶的神色，使宫子的嫉妒完全冻结了似的。她感到寂寞冷清。然而，老人讨厌女人，好像不仅仅是因为女人的嫉妒，也不是因为自己老了。对于生来就讨厌女人的人，宫子就嘲笑他们：女人是会嫉妒的哟。但想到有田老人和自己在年龄上的悬殊，又觉得指责老人厌恶或喜欢女人，未免有些可笑。

宫子曾羡慕过弟弟的朋友及其恋人。宫子也从启助那里听说，水野有个叫町枝的恋人。宫子在庆祝弟弟他们入学的那天，第一次见到了町枝。

"简直没见过像她那样纯洁的少女啊。"启助以前曾这样夸奖过町枝。

"十五岁就有恋人，不是早恋吗。不过，是啊，虽说十五岁，虚岁十七了。现在的孩子十五岁有情人，还是有好处的。"宫子又改口说道，"不过，阿启，女人真的纯洁还是假的纯洁，你能看出来吗？光凭肉眼，恐怕很难明白吧。"

"能看出来。"

"那你说，什么是女人的纯洁性？"

"这个问题哪能谈得清楚哟。"

"阿启这样看，是吧？"

"就说姐姐吧，一看见某个人，心里大概就能看出个大概吧。"

"女人城府都深，并不像阿启你这样天真……"

启助也许还记得宫子说的这番话。宫子在母亲家初次见到町枝时，启助比水野更窘迫，涨红了脸，心里怦怦直跳。宫子不让弟弟的朋友来自己家，于是决定在母亲家聚会。

"阿启，姐姐也很欣赏那个孩子呢。"宫子在里间，边给启助穿上新的大学制服边说道。

"是吗？哎呀，袜子这时候才穿。"启助说罢坐了下来。宫子撩起蓝色的百褶裙，也和他对视而坐。

"姐姐也为水野祝福吧。所以我才让水野叫上町枝一起来的。"

"对的，我祝福他。"

莫非启助也喜欢町枝？宫子很同情意志懦弱的弟弟。启助一口气地说道：

"据说水野家是极力反对的，于是就给町枝家写了封信。……信里尽是些很不礼貌的词语，气得町枝家也火冒三丈。今天，町枝也是偷偷跑来的。"

町枝穿一身女学生的水手式服装。说是为了祝贺启助升学，她带来了一小束蝴蝶花。花插到启助书桌上的玻璃花瓶里了。

宫子打算去上野公园观赏夜樱，于是邀请他们去上野的中国餐馆。公园人山人海，无法慢慢欣赏。樱树凋残，花枝尚未完全抽开。不过，借助灯光，看到花色仍浓，粉红颜色。不知町枝是少言寡语，还是顾忌宫子在场，她不怎么说话。只是说起自家的庭院里，樱花花瓣落满了刚修剪过的枝头，清晨起来，一眼望去，实在太美了。她还说，来启助家的路上，看见像半生不熟的蛋黄似的夕阳，映照在护城河两边的樱花中。

清水堂旁，行人渐渐稀少。宫子走下昏暗的石阶，一边对町枝说："记得大概是三四岁的时候……我曾叠了纸鹤，同母亲一起来到清水堂，把它吊起来，祈愿父亲的病早日康复。"

町枝默不作声。她同宫子一起走在石阶上，中途停下来，回首望了望清水堂。

在博物馆正面的大路上，人潮汹涌，挤得水泄不通。

一行人只得往动物园方向去了。在东照宫参道的两侧燃起了篝火。他们走在石板道上。排列在参道两侧的石灯笼,在篝火的映照下形成一个个黑影。石灯笼上方盛开着樱花。赏花的客人三五成群地围坐在石灯笼后面的空地上摆设筵宴,中央分别点上了蜡烛。

每当醉汉们摇摇晃晃地走过来,水野便充当盾牌,保护着身后的町枝。启助离他们两人稍远一些,站在醉汉与他们两人之间,仿佛在保护他俩。宫子抓住启助的肩膀,躲闪着醉汉。她心想,启助会有这么大的勇气呵!

在篝火亮光的映照下,町枝的脸蛋显得更加美丽。她那面颊的颜色,宛如紧闭着嘴的端庄圣女。

"姐姐。"町枝唤道,好像被宫子的后背吸引似的紧躲身后。

"你怎么啦?"

"学校的同学……和父亲一起呐。我家的近邻。"

"町枝要藏起来吗?"宫子说着和町枝一起回过头去看,并下意识地抓住了町枝的手。宫子紧紧握着这只手,继续往前走。刚摸到町枝手的一瞬间,宫子几乎要喊出声来。虽然同是女性,但这只手却妙不可言。不仅是柔滑腻润,连同町枝那少女般的美,也一下进入宫子的心里。

"町枝,你很幸福啊。"宫子这样说。

町枝一个劲儿地摇头。

"这又为什么?"

宫子吃惊地望着町枝。町枝的双眼在篝火的映照下闪闪发光。

"你也有不幸的事吗?"

町枝沉默,把手拿开了。宫子牵着女人的手走路已是好几年以前的事了。

宫子经常和水野见面,所以那天晚上她的视线几乎没离开町枝。从见到町枝那一刻起,内心就有一股无尽的忧愁,仿佛要独自飘向远方。即使在马路上遇见町枝,和她擦肩而过,自己恐怕也会转过头来,久久凝视着她的背影吧。男人跟踪宫子也是出于这种亢奋的感情吗?

厨房里传来陶瓷器掉落或倒下的声音,宫子才回过神来。今晚又有老鼠?宫子犹豫不定,是不是应该到厨房里去看看。好像不止一只老鼠,或许是三只。她觉得老鼠似乎也被梅雨淋湿了,伸手就去摸自己洗后披散的头发,悄悄地抑制住了一股冰凉。

有田老人似乎很痛苦地扭动着身子并渐渐激烈起来。宫子蹙起眉头,心想又来劲了,并把自己的身子挪开一些。老人常被噩梦纠缠,宫子也早已习惯。老人像即将被勒死的人一样,肩膀起伏剧烈,胳膊好像要挣脱掉什么东西,用力地打了一下宫子的脖子。呻吟声一遍遍地响起。要是把他摇醒就好了,可宫子一动不动,身体似乎僵硬。一股残忍的情绪涌上她的心头。

"啊!啊!"

老人边叫喊叫边挥舞着手。在梦中他寻觅着宫子。有时候,只要他紧紧搂住宫子,无须睁眼也会恢复平静。但是今晚的悲鸣,把他自己惊醒了。

"啊!"

老人摇了摇头,无力地贴近宫子。宫子抚摸着他的身体。每次都是这样。

"您又做噩梦了。可怕的噩梦吧?"宫子并未开口说这些。然而老人却不安似的问:"我有没有说什么梦话?"

"没说什么,只是被噩梦魇住了。"

"是吗。你还没睡着吗?"

"没有。"

"是吗,谢谢。"

老人把宫子的胳膊拉到了自己脖子下。

"梅雨天更不行啦。你睡不着,大概是梅雨的关系哩。"老人羞惭地说,"我还以为我的喊声太大,把你吵着了。"

"就算睡着了,可还不是要经常醒吗……"

有田老人的叫喊声,把睡在楼下的幸子也吵醒了。

"妈妈、妈妈,我害怕。"

幸子胆小,紧紧搂住了阿辰。阿辰抓住女儿的肩膀,把她推开说:

"有什么好怕的,老爷嘛。害怕的是老爷。老爷有毛病,一个人睡不好觉。就是旅行也要带上太太,非常宠爱太太呢。如果没那个毛病,照他这个年纪是不需要女人的。他只不过是在做噩梦,没什么可怕的。"

坡道上六七个孩子在玩耍,中间也夹杂着女孩子。大概是学龄前儿童从幼稚园回家的路上。他们中的两三个人手拿短木棒,没拿短木棒的孩子也装作拿着。大家弓着腰,佯装拄手杖的样子。

"爷爷、奶奶,直不起腰来……爷爷、奶奶,直不起腰来……"

他们边唱边打拍子,跌跌撞撞地走着。歌词就这么几句,翻来覆去唱不停,不知有什么意思。与其说好玩儿,莫如说他们对自己的表演一丝不苟入了迷。他们的身体跌撞得越来越夸张,其中一个女孩子踉踉跄跄地倒下去了。

"喂,痛啊,痛啊。"

女孩子模仿老太婆的动作抚摩腰部,然后又站起来加入了合唱。

"爷爷、奶奶,直不起腰来……"

坡道上面是高高的土堤。土堤上长满新草,不规则地立着一些松树。松树还不粗大,但颇似昔日纸楣扇或屏风上画的那样,在春天的黄昏中显得苍劲。

夕阳下,孩子们从坡道的正中朝土堤方向蹒跚爬去。他们东摇西晃地走路。这条路上危险的汽车已很少过往,行人也稀疏。在东京也常有这种住宅街。

这时候,一个少女牵着一条柴犬从坡道下爬了上来。不,还有一个人,是桃井银平,他紧跟在少女身后。此时的银平已迷溺于少女而丧失了自己。他似乎无法数清自己是跟在一个人身后还是几个人身后。

少女在坡道一侧的银杏树下悠闲散步。这条路仅一侧种树,步行道也顺着树延伸着。另一侧是柏油马路,中途突然屹立着一道石墙。一家大宅邸的石墙沿坡由下而上。种着树的一侧有一户战前的贵族家宅邸,内宅幽深宽广。步行道旁挖了一条深沟,垒着石崖。或许是仿造护城河吧。沟对面是平缓的斜坡,栽种着小松树。松树看得出先前有人精心修剪。松林上方看得到一堵白色的围墙。围墙低矮,瓦片屋顶。银杏树高耸,稀疏的芽叶还不足以把枝头遮盖，由于树高以及长势的原因，在斜阳的辉映下或淡或浓，在少女的头上呈一片翠绿。

少女上身穿白色毛衣，下身是粗布裤子。灰色的蹭旧了的裤脚被卷起，露出鲜艳夺目的红格子花纹。叠短的裤子和帆布球鞋之间，少女白皙的脚隐隐可见。浓密润滑的黑发披垂在双肩，从耳朵到脖子白嫩无比，实在美极了。她牵着狗链，肩膀稍微倾斜。这少女奇迹般的魅力牵掣着银平。光是红色格子的叠边和白帆布运动鞋之间看到的少女的洁白肌肤，就足以使银平的内心充满了哀伤，以致想死，或想把少女杀死。

银平想到了以前家乡里的表姐弥生，想起他从前的学生玉木久子。现在他感到她们比不过这少女。弥生皮肤白皙，但暗淡无光。久子肌肤微黑，却色泽凝滞。她们都没有这位少女天仙般的韵味。再说，比较同弥生玩耍时的少年银平和接近久子时的主任教师银平，现在的银平落魄潦倒心力交瘁。春天的黄昏，银平却仿佛置身于刺骨的寒风中，衰萎的眼眶里挤满了泪珠。走了一小段上坡道，他便气喘吁吁，膝盖以下麻木无力，已追不上少女了。银平还没看见过少女的脸。他想至少要同少女并肩走上斜坡，哪怕是谈谈狗也好。这是个千载难逢的好机会，这机会就在此地，简直令人难以置信。

银平张开右掌甩了甩手。这是他行走时激励自己养成的习惯。此时他还有一种感觉，自己手里握着一只尚有体温的死老鼠。死老鼠睁着眼、嘴里流着鲜血。老鼠是湖畔弥生家那只小狗在厨房里逮到的。小狗叼着老鼠不知如何是好，弥生的母亲对狗说了些什么，并摸了摸它的头。小狗就乖乖地放开了。老鼠落在地板上，小狗又想扑过去时，弥生抱起了小狗。

"好了，好了。你真棒，真棒呀。"弥生一边夸奖它，一边用命令的口气对银平说，"银平，快把老鼠拿开。"

银平赶忙捡起老鼠。老鼠嘴里流着血，滴了一滴在地板上。老鼠的身体还热乎乎的，令人毛骨悚然。它还没闭眼，眼睛着实有些可爱。

"快捡起来。"

"扔到哪儿？……"

"扔到湖里去吧。"

在湖边，银平抓住老鼠的尾巴使劲儿抛向远处。黑夜里只听见"扑通"的孤独的水声。银平一溜烟逃回家去。银平想，弥生不就是大舅舅的女儿嘛。当时，银平十二三岁。后来银平做了一个被老鼠吓呆的梦。

捉过一次老鼠后，小狗仿佛记住了似的，每天就只盯着厨房。人要是跟它说些什么，它就如同听到抓老鼠的指令，飞快地跑进厨房。要是没看见老鼠的影子，它就照例蹲在厨房的角落里。可它毕竟不是猫。当它抬头望见老鼠从橱柜顺着柱子往上爬时，就歇斯底里地吠叫起来，活像被老鼠附了身，变得神经衰弱。连眼珠颜色都变了的这只狗，让银平感到憎恶。他寻思着从弥生的针线盒里偷一根穿着红线的针，扎进小狗薄薄的耳朵。离开这个家，此时应该是最好的时候了吧。事后大家围绕着红线扎进小狗耳朵一事议论纷纷，或许就会怀疑那是弥生干的。但银平在狗耳朵上一针扎下去时，狗发出悲鸣逃之夭夭而令计划落空。银平将针线藏进了口袋里，回到自己家中。他在纸上画了弥生和狗的像，用那根红线针穿了好几下，然后放进书桌的抽屉里。

银平本想同牵狗的少女随便聊聊小狗，没想到回忆起那只抓老鼠的狗。对于讨厌狗的银平来说，聊聊狗也不会有什么有趣的话题。他觉得若要靠近少女牵着的那条小狗，小狗肯定会咬他。但是，银平没有追上少女，当然不是狗的缘故。

少女边走边弯下腰，解开了小狗脖子上的链条。获得解放的小狗一会儿跑在少女的前面，一会儿又跑到少女的后边，甚至丢开少女，跑到了银平的面前。它闻了闻银平的鞋。

"哇!"银平尖叫一声,跳了起来。

"阿福,阿福。"少女叫着小狗。

"救命啦!"

"阿福,阿福。"

银平脸色吓得苍白。小狗跑回到少女身边。

"啊,吓死我了。"

银平摇摇晃晃地蹲了下来。这个动作有些夸张,目的在于吸引少女的注意,但银平确实是头晕目眩,闭上了眼睛。他心跳得厉害,又想吐。他按着额头,半睁着眼睛,看见少女又将链条挂在小狗的脖子上,头也不回地爬上了斜坡。银平又气又恼,觉得自己蒙受了莫大的耻辱。他猜想,那只狗闻他的鞋,一定是知道自己的脚丑陋吧。

"畜生,我也要在那只狗的耳朵上扎针。"银平嘟囔了一句,跑上坡道。追上少女之前,怒气就消失了。

"小姐。"银平用嘶哑的声音喊着。

少女仅仅转过头来,束发飘拂,脖子的美丽使银平苍白的脸燃烧起来。

"小姐,这只狗真可爱。什么品种啊?"

"柴犬。"

"哪里的柴犬?"

"甲州的。"

"小姐的狗吗?每天都定时出来散步吗?"

"嗯。"

"总是走这条路吗?"

少女未回答,看样子也并未觉得银平特别可疑。银平回头望了望坡道下面。哪儿是少女的家呢?翠绿丛中像有一户和平幸福的家庭。

"这只狗会捉老鼠吗?"

少女没有一丝笑容。

"抓老鼠的是猫,狗是不抓老鼠的啊。不过,有的狗倒是抓老鼠。从前我家的那只狗就抓老鼠哩。"

少女连看也不看银平一眼。

"和猫不同,即使抓到老鼠狗也不会吃的。小的时候,我最讨厌的就是去扔死老鼠。"

银平讲了些连自己都觉得恶心的话。那只嘴角边淌着鲜血的死老鼠又浮现在他的眼前。他还窥见了老鼠紧合的白牙齿。

"这是叫做日本狆的种类吧。那家伙颤动着弯曲的细腿奔跑,我很讨厌。狗和人,都是有各种各样的啊。狗能这样同小姐出来散步,真幸福啊。"银平说。

银平大概已经忘记了刚才的恐惧,他弯下腰身想去抚摸狗的脊背。少女忽然将链条从右手换在左手,让狗躲开了银平的手。银平看着狗在移动,一边想去紧紧搂住少女的脚,好容易才控制住涌上心头的冲动。少女肯定每天傍晚牵着狗,爬上这条坡道,在银杏树下散步吧。那就躲在土堤上偷看这位少女吧!银平突然涌起了这一念头,不过很快就打消了这个想法。银平心怀释然。他恍如赤裸着身子躺在嫩草中一样,全身清新。少女将永远地朝着银平所在的方向,登着这坡道上来。这是多么幸福啊。

"对不起。这只小狗很可爱,我也喜欢狗的……只是讨厌捉老鼠的狗。"

少女没有任何反应。坡道的尽头就是土堤。少女和小狗踏着土堤上的青草走远了。一个男学生在土堤那边走了过来。少女先伸出手,握住了男生的手。银平两眼发昏,惊讶不已。原来少女借口遛狗,是来这里幽会的。

银平注意到少女那双黑眼睛受爱情的滋润闪闪发光。这突然的震惊使他有点儿头皮发麻,感到少女的眼睛恍如一弯黑色的湖水。银平感到奇妙的憧憬和绝望。他多想在这清亮纯净的眼中游泳,在那弯黑色的湖水中赤身游泳啊。他无精打采地走着,不久就爬上了土堤。他躺在青草丛中,凝望着天空。

那个学生是宫子弟弟的同学水野,少女就是町枝。宫子为了祝贺弟弟和水野入学,把町枝也叫来观赏上野的夜樱,是约莫十天前的事了。

水野也觉得町枝黑色的眼珠水灵灵的,非常漂亮。黑眼珠占满了整个眼眶,水野也被吸引住了,神魂颠倒。

"早晨,我真想看看町枝一觉醒来时睁大的双眼。那时的眼睛是怎样好看的一双眼睛呢?"

"大概是惺忪的睡眼吧。"

"不会吧。"水野不相信町枝的话,"我一睁眼就想见町枝呐。"

町枝点点头。

"迄今为止,我是醒来两个小时以内才能在学校见到町枝呀。"

"醒来两个小时以内,你是说过的。从那以后,清晨一起来,我也就想到两小时以内……"

"那就不会是惺忪的睡眼了吧。"

"会是一双什么样的眼睛,谁知道呢。"

"日本有这样的一双黑眼睛,真是一个好国家啊。"

这双黑眼睛把眉毛和嘴唇衬托得越发美丽。黑发和眼睛颜色相互辉映,更增添了几分艳丽。

"你是借口遛狗才从家里出来的吧?"水野问道。

"我没说,可我牵着狗,一看我这副打扮就明白了嘛。"

"在你家的附近会面,是很冒险的啊。"

"我不忍心欺骗家里人。如果没有狗,我就出不来了。即便能出来,也会挂着一副不好意思的脸回去,家里人一看就会明白的呀。水野,你们家比我们家,更不同意我们的事吧……"

"不谈这些吧。反正我俩都是从家里出来,又要回到家去的,如今想家中的事,太没意思了。既然是出来遛狗,就不能太长时间对吧?"

町枝点点头。两人在嫩草地上坐下。水野把町枝的狗抱起放在膝上。

"阿福也认得水野哩。"

"要是狗也能说话,那它说出去,咱们从明天起就不能再见面啦。"

"即使不能见面,我也要等着你,这行了吧。我无论如何也要考……去你的那所大学。这样,醒来还是两小时以内……"

"两小时以内吗?……"水野喃喃地说,"也可以变成不要两个小时,肯定……"

"我母亲说太早了,不要相信。但我觉得早了也是幸福。更小的时候就想见到水野你呢。初中时也好,小学时也好,随便多小的时候,只要见到你,我就肯定会喜欢你的。我还是个婴儿时，就被人背着在这里玩耍呢。水野，你小时候没走过这条坡道吗？"

"好像没走过。"

"是吗？我经常想，我还是婴儿的时候，不是也在这坡道上见过水野吗，所以我才这样喜欢你的……"

"我小时候要是走过这坡道就好了……"

"小时候，人家总说我可爱。在这坡道，经常被一些不相识的人抱起来呐。那时我的眼睛比现在更大更圆哩。"町枝朝着水野把眼睛睁得大大的，"前些时，各个中学都在举行毕业典礼呢。下了这坡道，往右拐是护城河，那里有小船出租。我牵着狗走过去，就看见一些今年刚初中毕业的男孩和女孩，把毕业证书卷成圆筒拿在手里，坐在小船上呢。我想他们肯定是为了纪念毕业才来划船的。真羡慕啊。有的女孩手拿毕业证书，靠在桥栏上望着同学们划船。我中学毕业时，还不认识水野呢。水野，你和别的女孩游玩过吧？"

"我才不会和女孩子们一起玩呢。"

"是吗？"町枝歪着脑袋。

"天气还没转暖，小船也没下水的时候，护城河上有些地方还结着冰。那时有很多野鸭呐。我记得当时我还想：冰上的鸭子和水里的鸭子，哪个会更冷？据说因为有人打野鸭,它们白天逃到这里来,一到傍晚,要么回到乡下的山里,要么回到湖里……"

"是吗?"

"我还看见过举着五一节红旗的队伍,从对面的电车道通过呐。当时银杏树刚刚吐出新叶,一面面红旗排队走过,我只觉得好看。"

现在两人所在的坡下的护城河早被填平,从傍晚到夜间,变成了高尔夫球的练习场。对面的电车道上,栽着银杏树,黑色的树干在一簇簇嫩叶下非常醒目。树梢上,黄昏的天空笼罩着桃红色的雾霭。町枝的手抚摩水野膝上的小狗,被水野紧紧攥在手心里。

"我在这里等你的时候,仿佛听到静静的手风琴声。我闭上眼睛躺着。"

"什么曲子?……"

"嗯……好像是《君之代》……"

"《君之代》?"町枝有些吃惊,更靠近了水野,"《君之代》? 水野,你不是没当过兵吗?"

"每天夜很晚,我都收听广播里的《君之代》。或许是这个缘故?"

"每天晚上我都要说,水野,晚安!"

町枝没把银平的事情告诉水野。町枝也没感到自己曾被一个很奇怪的男人搭讪过。这事早已忘了。银平躺在青草丛中，要看还是能看得到。她不仅没看他，即使看过去，也不会意识到他就是刚才那个男子吧。银平则不时注意着他们两人。一阵泥土的凉气蹿上了银平的脊背。可能这是处在穿冬大衣和风衣之间的季节，银平却没穿。他翻过身来，面向着町枝他们。他不是羡慕他们两人的幸福，而是在诅咒他们。他闭上眼睛后就浮现出一幕幻影：仿佛看到他们两人在熊熊燃烧的火焰上从水上漂荡而来。他觉得，这般景象证明他们两人的幸福不会长久。

银平仿佛听见了弥生的声音——"银平，姑妈漂亮吧？"银平曾和弥生双双坐在湖边盛开的山樱树下。樱花倒映在水中，不时传来小鸟的鸣叫。

"姑妈说话时露出牙齿，我很喜欢。"

那样一个美人为什么会嫁给像银平父亲那样的丑男人呢？弥生有些遗憾。

"父亲是姑妈唯一的同胞亲属。我父亲说，阿银的父亲既然已过世，让姑妈带着阿银回到我们家住好了。"

"我不干！"银平说罢，涨红了脸。

他仿佛将要失去母亲而不情愿，或是将要和弥生住在一起而不自在？也许两种想法兼有之。

那时，银平家中除母亲外，还有祖父母及大姑妈居住。银平虚岁十一那年,父亲死于湖中。有人说,因他头上带有伤口,估计是被人杀死后扔到湖中的。不过他喝了湖水,所以也有可能是溺死的。也有人怀疑,他可能是在岸边和什么人争吵而被推入水中的。令人气愤的是,弥生家有人指桑骂槐,说银平的父亲大可不必特地跑到妻子老家来自杀嘛。十一岁的银平便下了决心,如果父亲是被人下毒手害死的,非要找到这个仇人不可。银平每次到母亲的老家,就来当时漂浮父亲尸体的附近,躲在茂盛的胡枝子丛中,留意每个过往的行人。他想绝不让杀害父亲的人大摇大摆地走过这里。有一回,一个牵着牛的男人走过来,牛突然发起了脾气。银平吓得不知所措。有时还绽开白色的胡枝子花,银平采了一些带回家,夹在书本里做标本,他发誓要替父亲报仇。

"我母亲,她也不愿意回家呀。"银平对弥生大声地说道,"因为我父亲是在这个村里被人杀害……"

弥生看到银平煞白的脸,吓了一大跳。

弥生没有告诉银平,村里人传说银平父亲的幽魂会在湖边出现。据说只要在银平父亲死亡的湖边走过,就会听见身后的脚步声,回头看时又不见人影。人们拔腿就跑。幽魂的脚步不能走动。人跑远了,幽魂的脚步声也就听不见了。

小鸟的鸣叫从山樱的上枝头转到下枝头，弥生也会联想起幽灵的脚步声。

"阿银，我们回去吧。花倒映在湖面，真叫人害怕。"

"有什么害怕的。"

"银平，你是因为没仔细看过……"

"不是很漂亮吗。"

弥生站起来，手却被银平使劲拽住了。弥生倒在了银平的身上。

"银平。"弥生喊了一声，整了整和服的下摆便逃走了。银平追了上去。弥生喘不过气，停下了脚步，突然抱住了银平的肩膀。

"银平，和姑妈一道来我家吧。"

"不愿意！"银平边说边紧紧地抱住她，眼泪顿时从眼眶里流出来。弥生也用模糊了的眼睛凝视着银平，过了一会儿说道："姑妈曾对我父亲说：'如果住在那样的房子里，我也会死掉的。'这话我听见了。"

银平抱着弥生，仅此一回。

当地人都知道，弥生的家即银平母亲的娘家，在湖畔一带是名门。她为什么要嫁到门户不当的银平家？母亲是不是有什么原因？银平对此抱有怀疑是在好几年后的事了。那时，母亲已离开银平回到了娘家。银平上东京攻读后，母亲患肺病在娘家与世长辞，原来从母亲那里寄来的一点学费也断绝了。祖父也已去世，银平的家只剩下祖母和姑妈健在。听说姑妈领了一个婆家生下的女孩儿抚养。银平长年没同家乡通信，也不知道这个女孩子是否已经出嫁。

银平感到，尾随町枝来到青草坪上躺下的自己，同从前在弥生家村庄的湖边躲在胡枝子花丛中的自己相比，没有什么变化。一样的哀伤流过银平的内心。为父亲报仇的事，他已经不再那么认真地思考了。就算杀父的仇人现在还在世上，大概也老得不成样了。如果有个又老又丑的老头子来找银平，忏悔杀父的罪过，银平会不会像摆脱了缠身的魔鬼那般痛快呢？会不会重新唤起两人当年在那里幽会的青春时光呢？山樱花倒映在弥生家湖面上的旧时情景，如今还清晰地浮现在银平的心上。那是一弯如镜子般的、平静得没有一丝波纹的湖泊。银平闭上眼睛，想起了母亲的容颜。

这时，少女牵着小狗从土堤走了下去。银平睁开眼睛的时候，只见男学生站在土堤上目送着她。银平也猛然站起来，目送着走下坡道的少女。夕阳的影子渐浓，映在银杏树叶上。道上已没什么过路的行人。少女头也不回，拉着走在前头的小狗的狗链，匆匆地往家里赶。少女迈着轻快的碎步,真是太美了。银平心想,明天黄昏少女一定还会爬这条坡道。他想着想着吹起口哨来,朝着水野站立的方向走去。水野发现了银平,并望着他,他照样吹着口哨。

"你真快活啊。"银平对水野说。

水野没有理睬他。

"我说你很快活。"

水野皱了皱眉头,看了看银平。

"哎呀,不要一副讨厌我的样子嘛。在这儿坐下谈谈吧。有人获得幸福,我就羡慕他的幸福。我就是这种人。"

水野正要走开。

"喂,别走呀。我不是说坐下来谈谈嘛……"银平赶忙说。

水野转过身来说:

"我才不走呢。不过,我跟你好像没来往吧。"

"你以为我是想敲竹杠吗?你误会了。请坐下来吧。"

水野依旧站着。

"我觉得你的恋人很漂亮。这样议论她不行吗?真是个美丽的姑娘。你太幸福了。"

"那又怎么样?"

"我想同幸福的人说话。说真的,那姑娘实在漂亮,我就尾随她走过来了。原来她是和你幽会。我吃了一惊。"

水野也惊愕地望了望银平,想往对面走去。

银平赶忙从后面把手搭在他肩上,说:

"来,咱们说说话吧。"

水野狠狠地推了银平一下。

"混蛋!"

银平从土堤上滚落下去,跌倒在下面的柏油马路上,右肩似乎异常的疼痛。他在柏油马路上盘腿坐了一会儿,用手按着肩膀,站起身来,爬上土堤,对方早已不知去向。银平胸部难受,喘着粗气又坐了下来,一会儿又突然趴在草丛里。

为什么少女走后银平要接近男学生,他自己也觉得不可理解。他边吹口哨边走过去,恐怕原本是没有恶意的。看样子他是真心想和那个男生说说少女的美。假如那个学生的态度能够真诚一些,他还会把男生未曾意识到的少女美说给他听。可他却做出一副厌恶的表情。

"你真快活啊!"

银平贸然说出这句话,实在太笨拙。其实可以说点别的话题。尽管如此,却被学生推倒滚落下去了。他感到自己已无一点力气,身体着实衰弱了。银平真想大哭一场。

他一只手抓住青草,一只手抚摩着疼痛的肩膀,桃红色的晚霞朦胧地映入他眯缝的眼睛。

明日起,想必那少女不会再牵着狗出现在这条坡道上。不,说不定明天之前男生还未能同少女联系,她没准儿还能登上这一排银杏树的坡道。可是,学生已经认得了自己,自己已不能出现在这坡道或土堤上了。银平扫视了土堤一圈,也没有找到一处藏身之地。那身穿白毛衣、卷起裤脚、露出红色格子的少女姿影,从银平的脑海中迅速消逝了。桃红色的天空把银平的头都染红了。

"久子,久子。"银平用嘶哑的嗓音,呼唤着玉木久子的名字。

他坐上出租车去见久子,并不是在暮色的晚霞中而是在下午三点钟左右。街上的天空好像也是桃红色的。透过车窗玻璃,眼前的街上是一片浅蓝色。从摇下玻璃的驾驶席车窗看见的天空又是不同的颜色。银平便探过身子问司机:

"天空是不是一片淡淡的桃红色?"

"是啊。"司机用随意的口吻回答说。

"染上了红霞的原因吗?莫非是我眼睛的缘故?"

"不是眼睛的缘故……"

银平仍然探着身子,闻到司机旧工作服的气味。

那以后，银平每次乘出租车都习惯性感到眼前有淡红的世界和淡蓝的世界。透过车窗看到的是浅蓝色。与之相对的是，从摇下玻璃的驾驶席车窗看见的却是桃红色。他本以为仅此而已，但天空、沿街房屋的墙壁、马路以及一排排的树干实际上也都出乎意料地染上了桃红色。银平几乎无法相信。在春季或秋季，一般的出租车是关闭客席车窗的，仅驾驶员的窗口开着。银平无论到哪里，不是每次都能乘坐小汽车的。不过即便如此，只要乘上了车，这种感觉就会重复出现。

银平以后形成了这样一种习惯性想法——司机的世界是温暖的桃红色，客人的世界则是冰冷的浅蓝色。客人就是指银平本身。当然，通过玻璃的颜色看到的世界是清澈的。东京的天空和街道都凝聚着灰尘。也许是浅桃红色。银平常常从座席上探出身子，将双肘支撑在司机身后的靠背上，凝望着桃红色的世界。混浊空气的温热使他的心情烦躁起来。

"喂，老兄！"银平真想一把抓住司机。或是想要表达某种反抗或挑战。倘使一把揪住司机，他便像是精神异常的狂人。银平在身后迫近司机，带着忽闪凶狠的眼神。而町市和天空却呈明亮的桃红色。司机没有感受到任何威胁。

另外，即便想威胁也没什么威胁的吧。银平通过出租车窗玻璃的设置，第一次分辨出桃红色的世界和浅蓝色的世界是在去见久子的路上。而他向司机的肩膀探过身去，是因为那是见久子时自己的姿势。在这种出租车上，银平总是想起久子。从出租司机旧工作服发出的味道，不久就感受到久子蓝色学生服的香味。此后，不论从哪个司机身上都感受到了久子的气味，即使司机穿的是新工作服也没有变化。

第一次把天空看成桃红色的时候，银平已被学校革职，久子也已转校。两人悄悄地幽会了。银平担心事情暴露，曾悄悄对久子说：

"可不能跟恩田说啊。就我们两人知道的秘密……"

久子也懂这是在秘密幽会，脸颊一直红到耳根。

"能保守秘密就会甜蜜、愉快。一旦泄露，就会变成可怕的复仇之鬼呀。"

久子脸上露出微笑，眼睛向上看了看银平。那是在教室走廊的一端。一个少女跳起来抓住靠近窗户的樱树枝，像抓住单杠一样，悠闲地荡着身体。树枝摇晃个不停，树叶间的摩擦声，透过走廊上的窗玻璃都能听见。

"恋爱，除两个当事人，绝对不能有第三者的。清楚吗？就说恩田吧，现在已经是我们的敌人，社会上的耳目啦。"

"可是,我也许会告诉恩田的。"

"那不行。"银平害怕地环视了四周。

"太痛苦了!如果恩田很关心地问我,阿久,你最近怎么啦?我可能就瞒不住她了。"

"为什么需要同学的关怀呢?"银平加重语气说。

"我一见到恩田,一定会哭出来。昨天我回家,用水洗了洗哭肿的眼睛,可还是解决不了问题。夏天冰箱里有冰块可能好一些……"

"这不是闹着玩儿的事情。"

"可是真的太痛苦啦。"

"我看看你的眼睛。"

久子乖乖地把眼睛转向银平。从眼神来看,与其说是她看着银平,倒不如说是让银平看看她的眼睛。银平感受到久子的肌肤,他沉默不语了。

和久子建立这种关系以前,银平也曾想过,向恩田信子探询一下久子家庭的内情。据久子说,她对恩田无所不谈。

银平觉得恩田这个学生有些地方难以接近。向她打听久子的事吧,又怕她看透自己的内心活动。恩田的学习成绩优秀,个性也很强。有一回上课时,银平给她们读福泽谕吉的《男女交际论》："川柳[1]诗句写道，走出二三条街后，夫妇才相伴不离。"又如："丈夫将出外旅行，妻子依依惜别；妻子病魔缠身，丈夫亲切看护。诸如此类，公公、婆婆就看不惯。这是违背公婆心意的。此等奇谈，世上也并非绝无仅有。"

女生们听了哄堂大笑，恩田却不笑。

"恩田同学，你没笑吗？"银平问。

恩田不作答。

"恩田，你不觉得可笑吗？"

"不可笑。"

"自己觉得不可笑，但大伙都觉得可笑而笑了，你笑笑不也很好吗？"

"我不愿意。一起笑也未尝不可。不过大家笑，我也可以不跟着笑嘛。"

"诡辩。"银平一本正经的样子，"恩田同学觉得不可笑，大伙觉得可笑吗？"

教室里顿时鸦雀无声。

"不可笑吗？这篇文章，福泽谕吉是在明治三十九年写的。战后的今天读了还不觉得可笑，那就成问题啦。"

---

[1] 日本的一种诗歌形式，内容大多是调侃社会现象，轻松诙谐。

银平接着这么说。话说到中途,突然不怀好意地问道:"话又说回来,有人见过恩田笑吗?"

"见过,我就见过。"

"见过。"

"她常笑的呀。"

学生们你一言我一语地边笑边回答。

银平后来想到,这恩田信子和玉木久子之所以成为最好的朋友,也许是因为久子也把异常的性格隐蔽起来。久子身上似乎荡漾着一股引诱银平跟踪的魅力,她内心的情感深藏,不是后来也接受了银平的跟踪吗?久子这个女性像霎时触电而战栗一样,一下就开窍了。她委身于银平的时候,恐怕也和大多数少女一样,醒悟了对吧?就连银平也感到一阵战栗。

对银平来说,或许久子也是他第一个恋人。他们在高中是师生关系,银平却喜欢上了久子。银平觉得这段爱情是他半生以来最幸福的时候。父亲在世时,幼年的银平在农村曾向往过表姐弥生,无疑那是纯洁的初恋,只不过那时自己年纪太小。

银平不能忘记九岁还是十岁那年,他做了真鲷的梦,受到表扬。故乡的海里,那深黑色的波浪上漂浮着一艘飞艇。仔细一看,原来是一条大的真鲷,从海里跳跃起来,而且长时间地飘浮并停留在空中。不止一条，真鲷从一簇又一簇的波浪之间跳跃。

"啊，好大的真鲷！"银平大喊一声就醒过来了。

"这是个吉祥的梦。了不起的梦。银平会有出息的。"人们纷纷赞扬道。

那天的前一天，银平从弥生那里得到了一本画册，里面就附有飞艇的画。银平没见过真实的飞艇。但当时已经有了飞艇。大型飞机发展起来后，如今估计已没飞艇了吧。银平所做的飞艇和真鲷的梦，如今也成了过去。与其说是银平做的将来有出息的梦，不如说是梦兆，将来有可能与弥生结婚的吧。银平并没有发迹。即使没有失去高中国语教师的工作，也没有出人头地的希望。与梦完全相反，既没有美丽真鲷从茫茫人海中跃起的力气，也没有在人头之上的空中飘浮的力量。莫非一切都成了堕入幽深海底的因果报应？自打和久子说起鬼火的话题，幸福变得短暂，沦落却很快到来。正如银平曾对久子发出的警告，她向恩田泄漏的秘密，可能变成复仇的魔兽闹得沸沸扬扬。恩田告发是不留情面的。

那次之后，银平决意在教室里不多瞧久子一眼。难办的是，他会不由自主地把视线移到恩田的座位上。银平把恩田叫到校园的一角，请求她保守秘密甚至还威胁过她。

然而,恩田对银平的憎恨不是出于正义感,而是出于义愤的直观上的纠罪感。银平跟她大谈爱情的至高无上,她却会断然地说:

"先生心地不好。"

"你才心地不好。人家向你述说了心里的秘密,你却把秘密泄露出去。难道还有比这事更恶劣的吗?难道你的肚肠爬满了蛞蝓、蝎子、蜈蚣吗?"

"我没有向任何人泄露过呀。"

然而不多久,恩田就分别给校长和久子的父亲写了信。虽然是匿名信,但据说署名是"蜈蚣绒"。

银平终于按久子选择的地点幽会了。久子的父亲在战后买的房子,按过去的说法是郊外,不过战前山手[1]一带的宅邸遭战火洗劫已是残垣断壁,只留下部分钢筋水泥墙。久子害怕被人发现,喜欢在这样的墙根同银平幽会。现在这住宅的废墟大都修建了大小不一的房屋,空地已所剩无几。一个时期令人生畏的废墟或危险地方的情景早已消失。那地方的确被人们遗忘了。那里杂草丛生,高得足以把他们两人隐藏起来。当时还是女学生的久子,也许认为这里原来是自己的家从而放心一些吧。

---

[1] 山手指的是东京都内文京区、新宿区一带,因其靠近山,得此称呼。

久子是很难给银平写信的。银平也不能给久子写信，不能往久子家里或学校里打电话，不能托人捎口信。总之，同久子联系的途径几乎都不通，只好在这块空地的钢筋水泥断壁的内侧，用粉笔写点留言，让久子到这儿来看。约定好写在高墙的下端。野草掩盖，不易被人发现。当然不能写得太复杂，充其量写上希望见面的日子和时间，起一种秘密告示板的作用。有时也由银平来看久子写下的留言。久子方面决定了幽会时间，可以用快信或电报通知银平。而银平方面则需要提前早早将日子和时间写在墙上，然后等待看到久子写上答应的暗号。久子受到监视，夜间很难出来。

银平在出租车里第一次看到桃红色和浅蓝色的那天就是久子约自己的日子。久子蹲在靠近墙的草丛中等着银平。有一回银平对久子这样说："这堵墙的高度不正好说明你父亲太残酷无情了吗。墙上还插着玻璃碴儿和倒钉尖吧。"的确，从周围新建的平房是窥不见墙这边的。即使修建一户两层洋房，由于是新式的设计，楼房低矮，从二楼探出身子，庭院的三分之一遮掩在视野之外。久子了解这一情况，就待在靠墙的地方。门原先是木造的，没被烧毁。这土地不准备出售，首先就没有好奇的人进来。午后三点左右，就可以在此幽会了。

"啊,你刚从学校回来吗?"银平说着,一只手搭在久子的头上,然后蹲了下来,靠过身去,用双手捧着久子苍白的脸。

"老师,没有时间呀。放学回家的时间家里人都掌握了。"

"我知道。"

"我说有《平家物语》的课外讲座,想留下来听,可家里不同意。"

"是吗?你等好长时间了吧?脚麻了吧?"银平把久子抱到膝上。光天之下,久子有点儿难为情,顺势滑了下来。

"老师,这个……"

"是什么,钱?怎么啦?"

"我偷来准备给您的。"久子闪着目光,"有两万七千日元呢。"

"令尊的钱吗?"

"母亲那里的钱。"

"我不要。马上就会发现的。还是放回去吧。"

"发现的话,就点火把房子烧掉好了。"

"你又不是卖菜的阿七……哪有人为两万七千日元,就烧掉价值一千多万日元的房子呢?"

"这是母亲背着父亲攒的私房钱,她不会嚷出去的。

我也再三考虑才偷出来的。既然已经偷出来,再把它放回去,那就更可怕了。人家一定会看见我哆哆嗦嗦的样子的。"

银平收下了久子偷来的钱,已经不是第一次了。这不是银平的策划,而是久子自作的主张。

"老师我勉强也可以维持生活。我有个学生时代的朋友,他是一家公司经理的秘书,那经理叫有田,这个朋友不时让老师为经理撰写讲演稿。"

"有田先生?……那人叫有田什么?"

"叫有田音二,是个老人。"

"哎呀,他是我现在这个学校的理事长呀。他……家父就是拜托有田先生帮我转校的。"

"是吗?"

"原来理事长在学校的讲话稿,也是桃井老师写的啊?我过去不知道呀。"

"人生就是这么回事。"

"是啊。明月之夜,我就猜老师大概也在赏月吧;风雨的日子,我就想老师的公寓不知怎么样了。"

"据秘书说,这位叫有田的老人患有一种奇怪的恐惧症。秘书拜托我说,讲稿里尽量不要写妻子、结婚一类的事。我觉得在女子中学讲话,当然要写上啰。有田理事长在演说中,恐惧症没发作吧?"

"没有。我没有注意呀。"

"啊,是吗?在公共场合嘛……"银平独自点了点头。

"所谓恐惧症发作,会是什么样的呢?"

"症状各种各样。我们说不定也会发作的。要不然我发作一次给你看看?"

银平说罢,摸着久子的胸部闭上了眼睛,故乡的麦田此时浮现在他的眼前。一个妇女骑着农家的无鞍马,从麦田对面的道路奔跑过来。女子的脖颈上围着一条白色的手巾,在前面打了结。

"老师,勒住我脖子也行啊。我不想回家了。"

久子浑身发烫,喃喃自语。银平发现自己的一只手抓住了久子的脖子,随即吓了一跳。他把另一只手也搭了上去,试图量量久子的脖子。在柔嫩的肌肤里银平双手的指尖碰在了一起。银平借势把钱包滑进了久子的胸口。久子马上缩了下胸部,向后退了一步。

"把钱拿回家吧……这样做,你我都要犯罪的。恩田不是告发,说我是个罪人吗?据说她在信中这样写着,那样一个阴暗的人,那样一个撒谎的人,以前必定还干过许多坏事……你最近见过恩田吗?"

"没见过。也没来信。我不了解她的为人。"

银平沉默了片刻。久子展开了一块尼龙布铺着。这样反而感觉到了泥土的凉气。四周的清草吐出阵阵芳香。

"老师,请您还跟踪我吧。不让我发觉地跟踪我吧。最好还是在放学回家的时候。现在的学校路远了。"

"然后在那扇豪华的大门前,你装作才发现的样子,是吗?然后你在铁门里红着脸瞪着我,是吗?"

"不。我会让您进来的。我家很大,不会被人发现。我的房间里,也有地方可以躲藏起来。"

银平欣喜若狂。这不久就实施了。但银平却被久子的家人发现了。

此后又不知经过了多少岁月,银平主动疏远了久子。即便在他被牵狗少女的男朋友——那个男生从土堤上推下来之后,他依然仰望着桃红色的晚霞,情不自禁地呼唤着——"久子!久子!"慢慢回到公寓里。土堤的高度是银平身高的两倍,肩膀和膝盖都摔得青一块紫一块的。

第二天的傍晚,银平又不由自主地来到了银杏道的土坡上,看看少女来了没有。那位纯洁的少女对银平的跟踪,似乎根本就不在意。银平也觉得没有一点要加害她的意思。他顶多只是像掠过长空的大雁一样悲叹而已,也好像是目送着美好年华的流逝而已。银平是个不知将来命运如何的人。那少女也不会是永远都那样美。

银平昨日跟学生搭讪，学生已记住了他的长相，他便不能在银杏道上转来转去了，更不能在男生与少女相约的土堤上逗留。在银杏的人行道与旧时贵族的宅邸之间有一条沟，银平决定就躲在那里。万一被警官看见了，就佯装醉酒摔下，或者被暴徒推落，不时呻吟腿痛就可以了。佯装醉酒是比较好的糊弄办法，为此他出门时喝了点酒，浑身沾满了酒气。

昨天就知道沟深，可下去一看，才知道与其说深还不如说宽。沟两侧是很美观的石墙，沟底铺的也是石子。石缝里生出了草，去年的落叶已经腐烂。如果把身子贴近人行道这边的石墙，径直爬上坡道的人大概是很难发现自己的。躲藏了二三十分钟后，银平真想咬一口石墙的石头。因为他看见了石缝里绽开的紫花地丁。银平爬过去，将紫花地丁含在嘴里，用牙齿咬断，咽了下去。非常难咽，但银平强忍住差点流出的泪水。

昨日的少女今日又牵着狗出现在坡道下面。银平双手张开，紧紧抓住石头，仿佛怕被石头吸进去似的，小心谨慎地伸出了头。他的手在颤抖，只觉得石墙要倒塌似的。跳动的心贴近石头。

少女上身仍穿着昨天的白色毛衣，下身已不是裤子而换了条深红裙。鞋子也穿了高级的。白色和深红色在银杏的人行道和嫩绿中浮现,慢慢走了过来。从银平的上面通过时,少女的手就在银平的眼前。白皙的手从手腕到胳膊显得更加洁白。银平从下面抬头望见了少女洁净的下巴时,赶紧闭上了眼。

"在,在。"

昨天出现的学生又在土堤上等着了。从沟底伸头望去,两人处在土堤坡道约中间的地方,他们膝盖以上的身体在青草丛中移动着。银平想,等会儿黄昏时分少女回家,还要从这里经过。可少女没再过来。大约是男生对少女谈到了昨天那奇怪的男子,所以避开了这条路。

此后,银平不知多少次在银杏的人行道上彷徨或仰卧在土堤的青草丛中,却不见了少女。夜晚,少女的幻影也将银平引到这坡道上来。银杏的嫩叶很快变成郁郁葱葱的绿叶。月光把它们的影子洒在柏油路上。压在银平头上那黑压压的银杏树,使银平感到了威胁。银平想起小时候在本州西北部故乡的情景,夜晚海的黑暗使自己突然感到恐惧跑回了家。沟底传来了小猫的叫声。银平停下脚步仔细看了看。没看见小猫,却模模糊糊地看见一个箱子。箱里有什么东西微微动弹。

"果然,这里倒是个扔小猫的好地方。"

有人把刚生下来的一窝小猫装入箱子扔在这里。不知道几只，它们将在这里悲鸣着挨饿死去。银平试着把这些小猫比作自己，特地倾听小猫的哀鸣。但是从这天夜里起，少女再也没出现在坡道上。

六月初，银平在报上看到了这样一条消息——距坡道不远的护城河上将举办捕萤会。那是一条有出租小船的护城河。那少女一定会来参加捕萤会的。银平这样相信。她常常牵着狗散步，所以她的家肯定就在附近。

母亲老家的湖也是有名的萤火虫观光地。过去自己曾在母亲带领下去抓萤火虫，然后将抓到的萤火虫放在蚊帐里。弥生也这样。打开隔门，他和睡在隔壁屋里的弥生数着各自蚊帐里的萤火虫。萤火虫飞来飞去，很难数清。

"阿银真狡猾。总那么狡猾！"弥生坐起来，挥舞着拳头说。

最后，她一挥舞拳头敲打蚊帐，蚊帐就摇晃，于是关在蚊帐里的萤火虫就飞来飞去。弥生没法抓住它们，愈发着急。她每挥一次拳头，膝盖也随之跳动一下。弥生穿的是元禄袖[1]、短下摆的单层睡衣，下摆胡乱翻卷到膝盖以上。这样一来，随着膝盖渐渐往前移动，银平一边的蚊帐

---

[1] 袖兜又大又圆的和服袖子，曾流行于江户时代初期的元禄年间，故名。后多用于少女的和服。

越来越高,最终形成一个怪状的坡。弥生就像个披着青色蚊帐的妖怪。

"现在弥生那边有好多。瞧瞧后面。"银平说。

弥生回过头去:

"绝对的呀。"

弥生的蚊帐一直在摇晃。所以帐中的萤火虫发着光,全部飞了起来,看上去绝对很多的样子。

弥生当时穿的睡衣是大十字的碎白道花纹,银平至今还记得。当时和银平睡在同一蚊帐的母亲对弥生那样的闹腾不置一言,真不知她当时是怎么想的。银平的母亲姑且不说,弥生的母亲也跟她睡在一起,同样也不加叱责对不?旁边应该还有弥生的弟弟。银平此时除了弥生,其他人全都想不起来了。

银平近来时不时会看见母亲家乡的湖泊以及晚上打雷闪电的幻影。闪电几乎照亮了整个湖面,然后又消失。闪电过后,湖边飞起了萤火虫。湖边的萤火虫不能不视为幻影的后续,但绝不仅仅是附属。闪电多发生在有萤火虫的夏天,或许才有了萤火虫幻影的后续吧。无论银平多么富于幻想,也不至于将萤火虫的幻影与死在湖中的父亲的幽灵联系在一起吧。但湖面上夜间闪电过后的那一瞬间,着实使人不快。每次看到这种幻影的闪电,陆地上宽阔且幽深的湖水纹丝不动地接纳夜空的闪光,而且转瞬即逝的情景,都让银平感到自然的幽灵或时间的悲鸣,不由得恐惧和战栗。银平也知道,闪电照亮整个湖面是幻影所致,现实中是不会的。如果遭到巨大的雷击,天空瞬间闪烁的火光会照亮周围世界的一切吧。就像他第一次触摸到僵硬的久子那样。

久子此后变得越来越大胆,这使银平惊讶万分,仿佛遭到了雷击。银平随久子溜进了她家并成功躲进了久子的起居室。

"房子果然很大啊。我都不知道回去该怎么走。"

"我送你走。或者从窗户跳出去。"

"可这是二楼呀。"银平有点害怕。

"把我的腰带或什么结成一根长绳子嘛。"

"家里没狗吧?我很讨厌狗的。"

"没有。"久子并没用心说这些,只是目光闪烁地注视着银平。

"我不能和老师结婚。所以我希望哪怕一天也好,我们一起关在我的房间里。我不愿意永远躲在草丛中。"

"草丛中这个字眼,既有单纯的草丛中的意思,还指那个世界、九泉之下的意思。现在一般都指后面的意思。"

"是吗?"久子根本没在听。

"已经革去国语老师的职务了,谈这些又……"

但是有这样的教师在,怎么说都是不好的。可怕的社会呀!银平想身为一个女学生,其西洋风格的房间竟如此华美和奢侈。银平被这种气势压倒,成为一个被追逐的罪犯。现在的银平,有异于从久子的学校校门一直跟踪到这家大门的银平。久子明明知道却又佯装不知。她是一个已经完全被银平抓在手心里的女孩儿。虽然这是一种玩耍或操纵游戏,却是久子想要的,其中也有银平的快乐。

"老师!"久子紧握住银平的手,"现在是晚饭时间,请您等着。"

银平把久子拉过来亲吻。久子希望长时间亲吻,遂将身体的重心压在了银平的胳膊上。银平要支撑住久子的身体,便也使出了力气。

"我去吃饭,老师,您干什么呢?"

"嗯,看看你的相册吧。"

"没有呀,我没有相册,也没有日记本。什么都没有。"

久子仰望着银平的眼睛,摇了摇头。

"你一次也没谈起过童年时的回忆啊。"

"都是些没意思的事。"

久子连嘴唇也没擦就走了出去。不知她是带着一副怎样的表情同家人共进晚餐的。银平发现墙壁凹陷处挂着帷幔，里面是一间小小的盥洗室。他小心翼翼地拧开水龙头，认真地洗洗手、洗洗脸，然后漱了漱口。似乎还想洗洗那双丑陋的脚，可又觉得脱下袜子，将脚放在久子洗脸的地方，实在难以施行。再说即使洗了，脚也不会变得好看，只能再次看清这脚的丑陋。

如果久子不为银平做三明治并端出来，恐怕家里人还不会发现他们这次私会。她是用银盘盛着全套咖啡餐具一起端出来的，这未免过于大胆了。

响起连续的敲门声。久子立刻有所觉悟，责备似的说：

"是妈妈吗？……"

"是啊。"

"我有客人。妈妈，您别开门。"

"是哪位。"

"是老师。"

久子用细小而有力的声音断然说道。这期间，银平就像被疯狂的幸福所包围了似的，蓦地站了起来。他要是有手枪的话，也许会从后面向久子开枪，让子弹穿过久子的胸膛，射在门那面的母亲的身上。久子倒在银平这边，母亲倒在对面。久子和母亲隔门相对，所以两人势必向后倒下。但久子倒下来一个漂亮的转身，顺势抱住了银平的小腿。久子的伤口喷出的血沿着银平的小腿往下流，濡湿了银平的脚背，脚上厚厚的黑皮一下子变得像蔷薇花瓣一样漂亮，脚板心的皱纹也舒展开了，像樱蛤一样润泽光滑。原来像猴子脚趾一样长、骨节突出、弯曲干瘪的脚趾，不久也被久子的鲜血冲洗，变得就像人体模特的手指那样纤细润滑。突然银平意识到久子的血是不可能有那么多的，他这才发现，自己的血也从胸膛的伤口处流淌出来。银平就像被来迎佛驾御的五色彩云笼罩了似的，此刻完全神志不清。但这种幸福的狂想也只不过是一瞬的时间。

"久子拿到学校去的脚气涂剂，里面掺混着久子的血。"

银平听见久子父亲说话的声音，吓了一跳，并立即做好了防卫的架势。不过这原来是幻听。一段很长时间的幻听。银平回过神来后，看到的只是久子对着门，威严站着的姿势，没有丝毫的恐惧。门外一片寂静。透过门扉，银平看见母亲在女儿的怒目之下全身颤抖的情景，就像一只被小鸡啄光了羽毛、赤裸裸的老母鸡。慌张的脚步声从走廊上渐渐远去。久子大步走到门前，咔嚓一声把门锁上。她一只手还紧紧抓住门的把手，同时掉过头来看了看银平。久子靠在门上，眼泪扑簌簌地流下来。

当然，母亲走后，伴着粗狂的脚步声，父亲来了。他嘎哒嘎哒摇动门把手。

"喂,开门!久子,把门打开!"

"好,那就见见你父亲吧。"银平说。

"不。"

"为什么?只能见见了呀。"

"不想让您和我父亲见面。"

"我不会胡来的。我也没有手枪之类的什么啊。"

"我不想让他见到您。从窗口快逃吧。"

"从窗口?……好吧,我的脚本来就像猴子的脚。"

"穿着鞋有些危险。"

"我没穿。"

久子从衣橱里取出两三条腰带,把它们连在一起。门外的父亲越来越烦躁。

"马上就开门,请等一下。我们不会殉情的……"

"你说什么?胡说八道!"

门外的父亲也没想到久子会答应开门,一时就安静了下来。

久子将窗口垂吊下去的腰带一头缠在自己的两只手腕上,边用劲支撑着银平的体重,边淌着泪珠。银平用鼻尖蹭了蹭久子的手指,顺着垂吊的腰带轻巧地从窗户滑了下去。他原本打算把嘴唇贴上去的,但因脸朝下,结果是鼻尖碰上了手指。银平本来还想亲她的脸，以表示谢意和告别。不巧久子弯着腰，将膝盖顶着窗前的墙壁，挺着胸，悬在窗子下面的银平无法够到她的脸。银平双脚落地后，拉了两次腰带，以给她信号。当拉第二次时，腰带那一头根本就没有反应。在窗户射出的光线照映下，腰带掉下来了。

"啊？给我的吗？我拿走啦。"

顺着庭院，银平边跑边挥动一只胳膊，将腰带利索地缠在胳膊上带走。他回头看了看，只见久子和像是她父亲的人，并排站在银平逃出来的那个窗户边。看来她父亲也不便大声呼喊。银平像猴子般翻过饰有蔓藤花纹的铁门，逃走了。

如今的久子，大概已经结婚了吧。

打那以后，银平只见过久子一面。银平当然常去久子所说的"草丛中"，即久子家的旧宅邸废墟，却没有发现久子在草丛中等待，也没有看见久子写在钢筋水泥墙内侧的留言。然而银平并不死心。就是在积雪的冬天，那儿的草已经枯萎了，他还是不时地去看看。他从没停止过。这也许就是一种可怕的力量吧。当春天浅绿色的嫩草繁盛起来时，银平在此碰见了久子。

不过，这次有久子和恩田信子两个人。莫非从那以后,久子为了找到银平,也常到这儿来,只不过两人走岔了而没有相遇而已吗?银平起初也很激动,后来他从久子脸部吃惊的表情中才明白,她根本不是等候自己,而是在这里同恩田相会。在昔日的秘密地点,同那个告密者恩田相会,究竟为什么呢?银平又不便随便地张口询问。

"老师……"久子叫了一声。仿佛想压住久子的声音似的,恩田使劲地也喊了一声:"老师。"

"玉木,你还同这样的人打交道吗?"银平用下巴指了指恩田的头。两个少女坐在同一块尼龙布上。

"桃井老师,今天可是久子的毕业典礼哟。"恩田抬头瞪了瞪银平,用发表宣言的口气说。

"啊,毕业典礼?……是吗?"银平被动地应声道。

"老师,从那以后,我一天也没上过学。"久子诉苦似的说。

"啊,是吗?"

银平突然感到胸口一震。也许是顾忌那仇敌恩田,也许是暴露出教师的本性吧,他不由自主地说道:

"终于也能毕业了嘛。"

"有理事长打招呼,当然能毕业啰。"恩田回答道。对久子来说,分不清这话是好意还是恶意。

"恩田,你是个高材生,我请你闭嘴!"银平说完又向久子问道:"理事长在毕业典礼上致贺辞了吗?"

"致贺辞了。"

"我已经不给有田老人写演说稿了。今天的贺辞,同以前的风格不同吗?"

"很简短。"

"你们两人在说些什么呢? 不是偶然见到,于是有许多话要说的关系吧?"恩田问。

"如果你不在这里的话,我们藏在心头的话像山一样多。但是让奸细听到,我们又要吃苦头了。你如果有什么事要对玉木说的话,那就快点说吧。"

"我不是奸细。我只是想从不纯洁的人手上把玉木夺回来,加以保护罢了。多亏我的那封信,玉木才得以转校。她虽然没有上学,却免遭了先生的毒害。对我来说,玉木是我知心的好朋友。不管先生怎样做,我都要同先生斗争到底。玉木也憎恨先生吧。"

"那么,我要治治你,你如果不快点跑的话,危险在后面。"

"我不离开玉木。我说好是在这里见面的。请先生回去吧。"

"你是在充当监督一样的侍女吗?"

"没人叫我这样做。无耻!"恩田转过脸来,不再理他了。

"久子,回去吧。对这个肮脏的人,你就怀着怨恨和愤怒,永久地再见吧。"

"喂,我刚才已经讲过了,我同玉木还有话说,我还没把话说完呢。你走吧。"银平轻蔑地摸了摸恩田的头。

"肮脏!"恩田摇了摇头。

"对了,什么时候洗头的?不要又臭又脏的时候才去洗哟。要不,就没有男人抚摩你了。"银平冲着又气又恼的恩田说,"喂,你还不走吗?我对女人拳打脚踢是常事哟。我是无赖汉哪。"

"我是个被人拳打脚踢也无所谓的女孩子。"

"好吧。"银平要动手拉恩田的手腕,回头对久子说,"可以揍吧?"

久子示意表示赞同。银平就顺势把恩田拖走了。

"讨厌、讨厌,你要干什么!"

恩田拼命挣扎,企图咬银平的手。

"哎呀,肮脏男人的手你也亲吗?"

"我要咬!"恩田喊着,但没有咬。

从烧毁了的大门处走到大街上,到处是人。恩田走在前面,银平抓住她的一只手,紧紧跟着,接着叫停了一辆空车。

"这是从家里出走的姑娘。拜托了。她家里人在大森站前等着她。赶紧把她送过去。"银平胡诌了一通之后,抱起恩田,推进车里。接着从兜里掏出一千日元扔到驾驶室里。车子奔驰而去。

银平回到墙里面,看见久子依然坐在尼龙布上。

"我说她是从家里跑出来的姑娘。推进了出租车,让司机把她送到大森去。花了我一千日元……"

"恩田为了报仇,又会给我家写信的。"

"她比蜈蚣还毒啊!"

"也许不会写。恩田想上大学,也劝我来着。她好像要当我的家庭教师,让我父亲给她出学费。恩田家经济不好……"

"就因为这事,在这里见面的吗?"

"是啊。今年过年的时候,她给我来过信,说想见见我。可我不愿意让她到我家里去,就回信说我能出席毕业典礼。恩田也就在校门口等我了。不过,我自己也是想到这儿来看看。"

"从那以后,我不知道到这里来过多少次。就是在积雪的日子里也……"

久子脸上露出可爱的酒窝,连连点头。看着这个少女,谁能想象到她同银平会发生那种事呢。就说银平吧,他身上哪里藏有什么"毒牙"的痕迹呢。久子说：

"我曾想过，老师是不是到这里来了呢？"

"街上的雪都化了，这里的雪还堆着。因为墙高……人们把马路上的雪堆到这里来了。门里都像一座雪山了。在我看来，这雪就像我们两人相爱的障碍。我老觉得这雪山下埋着婴儿。"

临到末尾，银平又说起了怪话。后来意识到，赶忙闭上了嘴。久子睁着亮丽的眼睛点了点头。银平急忙改变了话题。

"这么说，你打算同恩田去上大学喽？……学什么专业呢？……"

"没意思。女孩子上什么大学……"久子满不在乎地答道。

"那时的腰带，我还珍藏着呢。给我留作纪念吧。"

"那天看见你下去了，松了一口气，腰带就滑下去了。"久子仍满不在乎地说。

"你爸爸那天严厉训斥了吧？"

"他不让我单独外出了。"

"我不知道家里也不许你去学校。早知这样，我趁黑夜从窗口偷偷爬进去……"

"有时半夜里，我也从那个窗口望着庭院。"久子说。

被禁止外出的这段日子里，久子似乎恢复了少女的纯洁。银平却沮丧于失去了理解这个少女内心的机会以及掌握她的手段，一度不想说话也不想做其他事情。不过现在，银平坐在刚才恩田坐过的尼龙布一角，久子也没有躲开的打算。久子穿着崭新的蓝色连衣裙，领子上饰有蕾丝花纹，好看极了。可能是为了参加毕业典礼吧。其实银平也不懂，她已化过近来时兴的隐蔽式妆容，飘溢着一股淡淡的香味。银平轻轻地将手搭在久子的肩上。

"我们逃到什么地方去吧。去很远的地方。寂静的湖畔，怎么样？"

"老师，我已下决心不再见您了。今天能在这儿见面，我感到很高兴，但这是最后一次了。"久子不是用生硬的口吻而是以平静的语气说道，"非要见老师不可的时候，我会不顾一切去找老师的。"

"那我将要跌入社会的底层了。"

"哪怕老师住在上野的下水道，我也会去的。"

"那现在就去吧。"

"现在不行。"

"为什么？"

"老师，我受伤了，还没有康复。等我身体好了之后，如果还迷恋老师，我会去找您的。"

"啊?……"银平感到全身上下都麻木了,"我全懂了。你最好不要下到我的世界里。被我暴露出来的一切,终将会封锁在深处。不这样的话,将会很可怕。我和你是不同世界的人。我一生都羡慕你,感谢你。"

"我如果能忘掉老师就忘掉吧。"

"嗯!这就行了。"银平加重了语气,但心头一阵刺痛。"不过今天……"银平的声音有些颤抖。

出乎意料的是,久子点了点头。

但在车里,久子仍沉默着。转眼间,她做出一副什么事都没发生过的样子,脸上微微有些红晕,紧紧地闭上了眼睛。

"你睁眼看看,有恶魔。"

久子猛地一下睁大了眼睛,但看见的并非恶魔。

"真寂寞啊!"

银平说着,吻了吻久子的眼睫毛。

"还记得吗?"

"记得。"

久子徒劳的话语吹过了银平的耳朵。

此后银平再也没见到久子。不知有多少次,他曾在那废墟上流连徘徊。不知什么时候起,大门外围起了一道板墙。杂草被铲除,土地被平整,约莫一年半两年之后,开始了土木工程。修的像是小户人家,怎么看也不像是久子父亲的宅邸。大概是转卖了吧。银平一边听着木匠美妙的刨木板声,一边闭着眼睛伫立在那里。

"再见!"银平默默地向远方的久子说着。他这样祝福着:愿自己同久子在这里的那段回忆,能给新建的这户人家带来幸福。就这样,刨声在银平的脑海里回响,他感到无限的欢乐。

银平再也没到这"草丛中"来了。他原以为这里已卖给了别人,自己也就不来了。其实,久子结了婚,搬进了这幢新居。银平对这些根本无从知道。

银平所谓的"那个少女",一定会去出租游船的护城河参加捕萤会。他的笃信是那么可怕。这次成了他们的第三次邂逅。

捕萤会举办的第五天,银平果然在晚上等来了町枝。一连几天银平都来过。报纸报道这次捕萤会的消息是在捕萤会开始后的第三天。少女是看了晚报的宣传而来的。从这个意义上来说,银平猜得也并不那么准。银平怀揣那份晚报,来到捕萤会上。他满脑子都是彼时见到少女的情景。他似乎没法形容少女那双眼角细长的眼睛。银平用双手的拇指和食指在自己的眼前,反复比划着活灵灵的小鱼轻快游动着的样子。他边做边走。空中传来了舞曲声。

"来生我也要变成一个生着一双美丽腿脚的年轻人。你像现在这样就行。我俩跳一幕白色的芭蕾舞。"银平自言自语地讲出了自己的憧憬。少女的衣裳是古典芭蕾的洁白色,衣裳的下摆展开且飘逸。

"这个世界上怎么有这么漂亮的少女。如果家境不好的话,培养不出这么漂亮的少女。不过,美貌也就到十六七吧。"

银平觉得那少女迷人的时期是短暂的,就像吐着高雅清香含苞待放的花蕾。如今的少女们已经被学生气给污损了。但那少女的美,究竟被什么东西涤洗得如此洁净?又是什么东西使其从内向外闪烁出光芒呢?

小船码头上也贴出了"八点开始放萤火虫"的告示。东京的六月,七时半天才黑下来。日落之前银平在护城河的桥上来回踱步。

"要乘小船的客人请拿号等候。"

扩音器里不断传来通知声,不免使人感到捕萤会是出租小船的商家为招徕客人而想出的妙计。生意十分兴隆。还没有放萤火虫,桥上的人们只好呆呆地看着上下船的人或水上的小船。只有银平格外兴奋。他在等候一位少女,而小船和人群都在他的视野之外。

那个银杏树林荫坡道，银平也上去过两回。在那里他又想躲在沟里，也回忆起前次躲着的情形，便用手扶着石壁，稍微蹲了一下。但在这捕萤会的夜晚，坡道上也是人来人往。听见脚步声，银平慌忙地走下了坡道。脚步声后面接着有脚步声，银平没有回头看。

来到坡下的十字路口处，望着捕萤会喧闹的人群，只见桥对面的街灯现在已把低矮的天空照得通明，汽车的大灯也在马路上摇曳。好吧！可能就要看到她了吧。银平格外兴奋。不知为什么，他没拐到护城河那边，却一直走过桥，到了对面。那边就是住宅街了。后面追赶银平的脚步声当然拐向捕萤会那边去了。但那脚步声好像在银平的背上贴了一张黑纸。银平将手臂绕到身后。黑的纸上画着一个红箭头。箭头指示着捕萤会的方向。银平焦急不堪，试图撕掉背上的纸，可手又够不着。胳膊疼痛，关节嘎嘎地响。

"你不能去背上箭头所指的方向吗？我帮你把箭头取下来吧。"

传来了一个女人温柔的声音。银平转过头去，但背后谁也没跟着。只有从住宅街到捕萤会去的人群朝银平走来。原来是女播音员的声音。银平刚才听见的不是女播音员在说话，而是广播剧的道白。

"谢谢!"银平向梦幻的声音招了招手,轻轻松松地走起来。他想到,人不知为什么,会有被饶恕的短暂时间。

桥尾有卖萤火虫的铺子。一只五日元,一笼四十日元。护城河上,还没放飞萤火虫。银平上桥走到中央,定睛后才看到水中稍高的看台上有一个很大的萤火虫笼子。

"放呀!放呀!快点放!"

孩子们不停地叫喊。从看台上放萤火虫,这里的捕萤人都知道。

两三个汉子登上了看台。若干小船停在看台的四周,里外好几层。船上有的人手拿捕萤网或竹竿。桥上和岸上的人也拿着网兜和小竹竿,都有长长的把柄。

过了桥也有卖萤火虫的。

"那边是冈山产的,这边是甲州[1]产的。那边的萤火虫小,一点点。品种完全不一样。"银平听见这话便走近看了看。这边的萤火虫十日元一只,价钱比那边多一倍;一笼装七只,一百日元。

"要大的,请给我装上十只。"

银平说完,递上了两百日元。

"都是大的,七只以外,再要十只?"

---

[1] 甲州即甲斐国,简称甲斐。位于今日本关东平原西部的山梨县。

卖萤火虫的汉子把胳膊伸进一只大棉布袋里。从这个有些湿的袋子里闪出萤火虫微弱的光亮。汉子一次抓出一两只，放进筒形的笼子里。笼子很小，银平觉得好像没装足十七只。他刚把一只手放在额头上遮着光时，那汉子就呼呼地吹了吹，顿时笼子里的萤火虫都放起光来。汉子的唾沫溅到银平的脸上。

"不，再放十只。有点儿少……"

当卖萤人又放进十只的时候，孩子们响起一阵欢呼声。银平溅了一身水花。从看台上撒向天空的萤火虫像瞬间熄灭的焰火一样，无力地落了下来。有些萤火虫快落到水面时，又终向旁边飞去，被船上的客人用网和小竹竿捉住。萤火虫加起来大约不足十只。为了捉住这些萤火虫，人们用上了网兜或小竹竿，四周溅起了水。每当他们挥起打湿了的小竹竿时，水星就溅到岸上的人们身上。

"今年气候寒冷，萤火虫不怎么飞呀。"有人这么说。看样子这里每年都举办这样的活动。

还准备等他们再放，却没放。

"九点以前，还要放一次萤火虫。"

对岸小船码头前传来了广播声。看台上的两三个男人一动不动。参观的人群静悄悄地等待着。有些人似乎并不只是参加捕萤活动，还传来了划桨的声音。

"早点放了不好吗?"

"不能放啊。一放不就完了吗?"

大人们你一句我一句地交谈着。银平拎着装有二十七只萤火虫的小笼子,他已有了足够的萤火虫,为了避开水星飞溅,他便从水边往后退,靠在警察岗亭前的树上。隔着人墙反而更容易观察桥上的动静。岗亭的一位年轻警察长着一副和蔼可亲的脸,全神贯注地望着护城河那边。银平站在他身旁,不由得产生一种奇妙的安心感。站在这里的话,不会看不到少女。

不一会儿,看台上又要继续放飞萤火虫了。说是继续放,但那汉子手里只抓了十来只抛撒出来。也许是有点儿难捉,也许是要掌握良机,群众喧闹的劲头儿一浪接着一浪,再次掀起了高潮。银平和那个警察也没闲着。许多萤火虫像垂柳一般飘落下来,一般都飞不远。偶尔也有飞得远的,还有朝桥这边飞来的。桥上的男女老少自然团团围在能看到平台一侧的栏杆旁。银平在他们的身后,一边走一边寻找少女。栏杆外有不少孩子手里拿着捕虫网,等着萤火虫飞来。真佩服他们不会掉到水里去。

人们围拢在一起,熙熙攘攘一片,都想捕捉到萤火虫。在这样无依无靠的情况下,萤火虫能飞走吗?银平想起母亲老家湖上看到的萤火虫。

"喂，落在你头发上了呐。"

桥上的男人冲着看台下的小船喊了一声。萤火虫落在姑娘的头发上，姑娘还没意识到。同船的男子把这只萤火虫抓住了。

银平发现了那少女。

少女把两只胳膊搭在桥栏杆上，俯视着护城河。她身穿白色的棉布连衣裙。少女的背后，人们也是挤得里三层外三层，银平只能从人缝间窥见少女的肩膀或半边脸，但银平看得准确。银平一度后退了两三步，然后不声不响又悄悄靠近了她。少女被萤火虫飞舞着的平台吸引，没顾得转头看上一眼。

她恐怕不是一个人来的吧？银平把视线落在少女左边的青年身上时，顿时内心感到一阵刺痛。不是那个男生！不是那个在土堤上等待牵狗少女、把银平从土堤上推下的男学生，完全是另外一个男人。从背影也可以看得出。他身穿白衬衫，没穿外套没戴帽子，也是学生打扮。

"打那以后只过了两个月啊。"

银平对少女的善变感到震惊，如同自己践踏了鲜花一般。比起银平之于少女的关注，少女的恋情变幻莫测。虽然一同观赏捕萤会，未必就是情侣，但银平已经感到，她同那位男友之间似乎发生了什么事情。

银平挤近少女,隔着两三个人,抓住栏杆,倾耳静听。又要放萤火虫了。

"我想抓一只萤火虫给水野。"少女说。

"萤火虫总带有沉闷的味道,不适合探望病人。"男学生说。

"睡不着的时候看看,总是好的吧。"

"反而会更加寂寞的……"

银平这才知道,两个月前见到的那个学生病了。他担心把脸探出栏杆会被少女发现,所以想在稍许靠后的地方偷看少女的侧脸。少女束得稍高一点的长发,从发结处往下披在肩头,波浪般飘逸。比起在银杏树林坡道上的那副打扮来,现在更加自然大方。

桥上没有灯,一片昏暗。随少女同来的男学生比先前的学生看似更加虚弱。他们肯定只是朋友。

"这次去看水野,你会讲捕萤的见闻吗?"

"今晚的?……"学生自问自答地说,"我去了,可以谈谈町枝的情况,水野准会高兴的。如果说我俩参加捕萤会,他大概会想象满天飞舞的萤火虫……"

"我还是想送给他萤火虫。"

学生没有回答。

"我不能去探望他,心里非常难过。水木,请你把我的情况详详细细地跟他说一说吧。"

"我平时就跟他谈过的……水野也知道的。"

"水木,你姐姐邀我参观上野夜樱的时候,曾对我说过町枝看着很幸福。可实际上我一点也不幸福。"

"假如知道町枝不幸福的话,我姐会吃惊的。"

"我们吓唬吓唬她,怎么样?……"

"嗯。"

学生笑了,但说还是算了吧。

"打那以后,我也没见过姐姐。你最好还是……让她觉得有些人生下来就是幸福的吧。"

银平看清楚了,这个叫水木的学生也喜欢町枝。同时他预感到,即使那个叫水野的学生病愈,他同町枝的爱也会破裂。

银平离开栏杆,悄悄地靠近町枝背后。棉布的连衣裙似乎有些厚,银平便把钥匙形状的、拴着萤笼的铁丝扣,悄悄地挂在了町枝的腰带上。对此町枝丝毫没有察觉。银平一直走到桥的尽头,停住脚步,回头望了望町枝腰间闪闪发亮的萤笼。

当少女发现了腰带上挂着的萤笼,会怎样呢?银平想折回桥中央,混在人群里看个究竟。又不是用剃刀割少女腰带的罪犯,本来就没什么可怕的。他便走回到桥中央。

同这个少女有这样一层关系后的现在,银平才发现自己的感情原来非常脆弱。也许不是发现,而是再次遇见了感情脆弱的自己。他赞同自己的这种辩护,然后心灰意冷地朝着与桥相反的银杏树林的坡道走去。

"啊,大萤火虫。"

银平看着星空,心里想着把星星当成萤火虫,一点儿也不奇怪,倒是揣着激动,又脱口重复了一声:

"是大的萤火虫。"

传来雨点打在银杏树叶上的声音。雨点大而稀,雨滴声像冰雹中途化成了水,从屋檐处落下一般。平原上不可能下这种雨。倒像是夜晚某高原阔叶林中帐篷里才能听到的那种雨声。尽管是高原,若是夜露落下的声音,也太过密集。银平不记得自己登过高山,也不记得自己曾在高原上野营。那么,这种幻听哪儿来的呢?当然是来自母亲老家的湖边。

"那村庄算不上高原。这种雨声,今天是第一次听到。"

"不,好像的确是在什么时候听过的雨声。也许是在深山老林中——快要停时的雨。比起天上的落雨,更像是树叶大量积水后滴落的水声。"

"弥生,要是被这种雨淋到的话,可冷啦。"

"唔,町枝这个少女的恋人,也许就是到高原野营,淋了这种雨才生病的。正是因为那个叫水野的学生的怨恨，才在这排银杏树中听到了妖怪的声音吧。"

银平自问自答。根本没听到下雨声，只是奇异幻想而已。

今天在桥上，银平知道了那少女的名字。如果昨天，町枝或银平中某一方死去的话，银平就不可能知道她的名字了。光是知道町枝这个名字，也算是了不起的缘分。然而为什么银平要离开町枝所在的桥，去爬明明知道町枝不在的坡道呢？在去捕萤会护城河的途中，银平曾不由自主地两次来到这条坡道。见到町枝后，他觉得町枝一定会走这条坡道的。留在桥上的少女，她的幻影正在这银杏树下走动。她拎着萤笼去探望病中的恋人。

银平只想这样做！除此别无其他目的。就像自己的心在少女身上点燃一样，他把萤笼挂在少女腰带上，可以看作是一种感伤。但少女想把萤火虫送给病人，或许正因如此，银平才悄悄地将萤笼送给了她……

白色连衣裙的腰带上挂着萤笼，梦幻少女登上银杏树林立的坡道，去探望病中的恋人。梦幻的雨打在梦幻的少女身上……

"嗯。即使是幽灵，也是普普通通的……"银平这样自嘲。如果町枝正同那个名叫水木的学生站在桥上，那么也应同银平一起走在这条黑暗的坡道上。

银平撞在了土堤上。他刚要爬上堤,一只脚突然抽筋,他赶紧抓住了青草。青草有点潮湿。爬起来脚没那么痛,于是他爬了上去。

"喂!"

一声叫喊,银平停下身来。在银平爬过的地方反面,一个婴儿摆着和银平同样的爬行姿势。如同在镜子上爬着一般,银平同这个反面出现的婴儿的手掌合在了一起。这是一只冰冷的、死人的手掌。银平慌了神,想起了某温泉浴场的妓院,那里的澡缸底也是做成镜子的。银平爬上土堤。就是尾随町枝的那一天,银平被町枝的恋人水野骂了一声"混蛋",并被他打翻在此地。

那天,町枝在土堤上对水野说,她看见了庆祝五一劳动节的红旗队伍从对面的电车道上通过。银平慢慢地看着一辆都营[1]电车从那条电车道上缓缓行驶。电车车窗射出的光线把街树晚上的繁枝茂叶映得摇曳。银平始终望着电车。土堤上没有那梦幻的雨声。

银平骂了一声"混蛋",就从土堤上滚落下来。他翻滚得不甚高明。滚到柏油马路上时,一只手还握着堤上的

---

[1] 即由东京都经营。

青草。他爬起来,闻了闻那只手上的青草味,沿着堤下的路走了。银平觉得有个婴儿在堤上的泥土中跟着他一起走动。

银平的孩子不仅下落不明,而且生死不详。这是银平人生里颇觉不安的原因之一。银平相信,只要孩子还活着,有朝一日肯定会相遇的。但是,那究竟是自己的孩子还是别的男人的孩子,银平自己也没把握。

银平还是学生时的某天傍晚,在租住的房子门口发现了一个弃婴,并附着一封信。信里写着"这是银平的孩子"几个字。这家主妇惊慌了好一阵子,银平倒显得不慌不忙也不羞愧。试想,一个受命运的安排即将奔赴战场的学生,能在这种时候拾起弃儿抚养他吗?何况对方又是个娼妓。

"纯粹是恶作剧啊,大婶。丢下孩子不管,这是有意报复。"

"她生下了孩子,桃井先生,你逃了吗?"

"不,不是的。"

"那你逃什么?"

银平对此没有回答。

"把婴儿抱回去不就行了吗。"银平低头看了看主妇抱在膝上的婴儿,"请先放在你处。我把那个同谋者叫来。"

"同谋者？什么同谋者？桃井先生，你不是想把婴儿扔下就逃走吧？"

"我不愿意一个人把孩子抱回去。"

"噢。"

主妇带着疑惑的神情，一直跟着银平走到大门口。

银平把他的狐朋狗友西村约了出来，但婴儿最终还是由银平先养着。弃婴者是银平的相好，所以实属无可奈何之举。银平把婴儿裹在大衣里。大衣下面的扣子扣着，略有点紧。在电车上，婴儿自然哭出声来。乘客们对这位大学生的笨拙倒是报以了好意的微笑。银平先作了一个怪相，然后腼腆地笑起来。他把婴儿的头从大衣的衣领处露了出来。此时，银平除了低头看孩子的脸以外，别无选择。

那时东京已遭到了第一次大空袭，平民住宅区已变成一片废墟。往日那鳞次栉比的妓院街现已化成灰烬，银平他们只好选择了小巷里一户人家的后门，把婴儿扔下，然后就轻松地逃走了。

银平和西村是同谋犯，曾一起逃离了这个住处。战争期间强迫学生参加义务劳动，所以他们也都备有胶底袜和帆布运动鞋之类的东西。他们像是扔掉了那些破烂，然后从妓院逃了出来。他们身上没有现金，跑起来更轻松，仿佛是从屈辱中挣脱出来的一般。每当碰到那些弄脏鞋子的义务劳动，乘忙乱之际，银平和西村都会使个意味深长的眼色。想到扔破烂的场所，至少产生了一种快感。

逃是逃了，娼妇的传票也随之到了。不仅是催款。不久就要开赴战场的银平等人没有未来，也没必要隐瞒自己的住址和姓名。出征的学生是英雄。公娼和被许可的私娼大多被征用或强迫义务劳动，银平玩弄的就只有暗娼一类。娼妓的组织或纪律相对松散，且有变态的人情支撑。她们害怕战时的严罚，自卑感甚于凡常。银平他们不考虑相好的心情，自认小小的冒险轻松逃走也能得到对方的谅解。他们彻底堕落了。逃走已重复了三四次，最后，逃走也成了这类事情所导致的一种惯习吧。

连婴儿也可随意抛弃在小巷人家门口，结果逃遁又增添了一次。时值三月中旬，白天晌午下起的雪，到夜晚就堆积起来。人们总不至于让一个弃婴冻死在小巷子里吧。

"昨晚干得好。"

"嗯，干得好。"

为商讨这件事情，银平冒雪走到西村的寓所。妓院现在没有消息，婴儿今后怎么办也不知道。

最终轻松逃走后，七八个月时间一直没去过那户小巷人家。从放下婴儿的那时起，她们是否还在经营妓院的生意？带着这种疑惑,银平去了战场。就算那家还经营着妓院,银平要找的对象也就是婴儿的母亲,她是否还在那里呢?暗娼从怀孕到生下孩子,是不是还一直住在那家妓院里呢?生孩子同娼妇的日常生活在秩序上是抵触的,在充满非正常人情关系且掺杂着异常紧张和麻木的日子里,妓院也未必全然不顾产妇的生活……但看样子却是没有照顾。

被银平所遗弃的孩子真正成了弃儿,不是吗?

西村阵亡了。银平活着回来,而且当上了学校老师。

他徘徊在原来妓院街的废墟上,身心疲惫。

"喂,别再恶作剧了。"

银平被自己大声的呼叫惊呆了。原来是对那娼妇说的话。那娼妇把一个既不是自己孩子,也不是银平孩子,而是从伙伴那里借来的不要的婴儿,扔在了银平寓所的门口。现在恍若找到了她,赶来抓住了她。

"那孩子像我吗?当时我能这样问西村,如今他已不在人世了。"银平又自言自语地说。

那婴儿是个女孩。孩子的幻影整日纠缠着银平,竟令孩子的性别奇怪地模糊难辨。孩子十有八九已经死了。但头脑清醒过来的银平却觉得一定还活着。

幼小的孩子用胖圆的小拳头使劲地敲打银平的额头。

做父亲的一低下头,孩子就会敲打。这是什么时候的事呢?这也是银平的幻觉而不是现实。假如孩子还活着的话,如今已不是那样幼小。今后也不会再有这种事了。

捕萤会的那天晚上,跟着银平在堤下路上行走的那个从堤土里面爬出来的孩子也是个婴儿。而且也是不辨其性别。虽说是个婴儿,但分不清是男婴还是女婴,再仔细看时,原来是个奇形怪状的妖怪。

"是女孩,是女孩。"银平喃喃自语着小跑,上了尽是商店的明亮大街。

"买烟,我买包烟。"

银平在拐角处的第二间商店门前,气喘吁吁地大喊道。一个白发老太婆走了出来。老太婆的性别是清楚的。银平放心。但町枝早已消失在远方。要想忆起这个人世间还有这样一位少女,似乎要费一番工夫。

银平像似空荡荡、轻飘飘的脑里又出现了故乡的影子。不仅有横死的父亲,更有美貌的母亲。但比起母亲的美丽,父亲横死的丑陋更加深刻地印在银平心里。比起弥生那双漂亮的秀足,自己丑陋的双脚更加清晰地显现出来。

在湖边,当弥生采集野生的红山茱萸果被小刺扎伤了小指头出血时,弥生边吸吮小指头边生气地望着银平说:

"银平,你为什么不给我摘呢?你那双像猴子一样的脚,跟你爹长得一模一样呢。根本不是我们家的血统。"

银平气急败坏,恨不得将弥生的脚弄到刺丛中去。但他却没有动她的脚,而是露出要咬她手腕的牙齿来。

"哎哟,一张猴子的脸呀。嘻嘻……"弥生也露出了牙齿。

从土堤的泥土中爬出来的婴儿之所以跟着银平,一定是他的脚也像银平一样丑陋。

银平没有研究过那个弃儿的脚。因为他根本就不认为那孩子是他的。他自谑自嘲道:只要仔细看看脚形是否相似,就足以证明是不是自己孩子。尚未踏上这个世界的婴儿的脚,一定很柔软、很可爱,不是吗?在西方的宗教画中,神周围飞翔的孩子们的脚,不就是这样的吗?一旦踩上了此世泥沼、荒岩和针山,就变成了银平的脚。

"如果孩子是幽灵,那就不会有脚。"银平喃喃自语。没人见过幽灵有脚。那是一个象征么?银平一直觉得自己是交友甚广的人。他又觉得自己的脚,并非踩在现实的土地上。

银平的一个手掌朝上窝成圆形,像要接受从天上掉下的明珠,一边彷徨在灯光璀璨的街上。这个世界上最美丽的山峦不是翠绿的高山,而是被火山岩和火山灰弄得荒芜的高山。在晨曦和夕阳的照耀下什么颜色都有，粉红色的、紫色的，宛若朝霞和夕照下的天色变化。银平必须背叛那个崇拜町枝的自己。

"哪怕先生在上野的地下道，我也会去的。"

银平想起久子像是预言的爱的誓言，又像是分别的宣言。银平想着现在那个地下道不知怎样了，就去了上野。

就连这里也变得荒凉，或者说也变得安静了。常住在地道里的那些流浪者在地道的一侧排成一列，或躺着或蹲着。捡纸屑者把背篓放在枕边，有的垫上装干炭用的空草包或席子。有大包袱的人看来算是好的了。这就是自古以来常见的流浪者形象。他们对过路人毫不关心，眼睛朝上，连看也不看一眼。他们也没感觉到自己此刻正被别人注视。想睡觉就睡觉，令人羡慕。有一对年轻的夫妇，女的枕在男的膝上，男的趴在女的背上，睡得安逸。夫妻双双围成一团的姿势，即便是在夜行火车上，恐也难以做到这般自然。仿佛一只小鸟把头伸进另一只小鸟的羽毛里酣睡。他们年龄在三十岁左右吧。因为成双成对的夫妇并不多见，于是银平停下来，凝望着这对夫妇。

地下通道的潮气夹杂着烤鸡肉串和关东煮的味道。银平像钻进钢筋水泥的洞穴一般，撩开一家饮食店的门帘，喝了两三盅烧酒。他看见身后有个穿花裙的人也撩开门帘进来,原来是个男娼。

男娼什么话也没说,只是暗送秋波。银平见状逃走了。逃得并不轻松。

银平打量了一下地面候车室,这里也充满着流浪者气味。站务员站在门口,对银平说——"请出示车票"。进候车室也要出示车票?这简直是少见。候车室的墙壁外侧,像流浪者模样的那群人或呆立或蜷蹲。

出了车站的银平思考着男娼的性别问题,一边在小巷中迷失方向乱窜,遇上了一个穿长筒雨鞋的女人。她上身穿一件略脏的白衬衫,下面是褪了色的黑裤,一半是男人的装扮。从洗得有些缩水的衬衫上,看得出其胸脯并不丰满。一副黄色的面孔被晒得黝黑,也没化妆。银平转过头去。刚才擦肩而过时就显出有几分意思的女子靠近了银平并尾随他。有尾随女子经验的银平的后脑勺仿佛长了眼睛似的,一有人尾随就知道。后脑勺的眼睛熠熠生辉。但这女子为什么要尾随自己呢?后脑勺的眼睛也无法理解。

银平第一次尾随玉木久子,在铁门前逃走。来到附近的繁华街道时,那个站街女说自己尾随"谈不上跟踪"。现在这女子,从打扮相貌来看不像是娼妇。长筒雨鞋上还沾上了泥泞。那些泥泞也不是湿的。像是几天前沾上,至今尚未洗净的。长筒雨鞋本身也摩擦得发白，有些旧了。天并没有下雨，在上野一带穿着长筒雨鞋漫步的女人，究竟是什么人呢？她的脚畸形，还是长得难看？她之所以穿裤子，也是由于这个缘故吗？

银平眼前浮现出自己那双丑陋的脚，接着联想起女子难看的脚，便停下脚步，打算把那女子让过去。但是那女子也停住了脚步。双方的目光相遇，都像是要探问什么似的。

"我能为您做点什么呢？"女子首先开口问道。

"这句话应该由我来问的呀。你是不是在跟踪我？"

"是你给我送秋波的呀。"

"是你给我使了眼色。"银平边说边回想起刚才同女子擦肩而过时，自己是不是给她使了什么暗号而引起她的注意呢？他认为女子确实是有意尾随的。

"在女人中，你的打扮有点特别，我只是随意看了一眼……"

"没什么特别的吧。"

"你是那种暗送了秋波就马上跟上来的人吗？"

"因为你是让我感到有些心动的人。"

"你是什么人？"

"什么也不是。"

"有什么目的吧？你跟踪我……"

"我不是跟踪你。噢，我是想跟着过来看看……"

"哦。"

银平再次打量了她。没涂口红的嘴唇呈黑色，还能看见嘴里镶着金牙。年龄难以判断，大概不到四十吧。单眼皮下目光像男人一样干涸尖利，正在寻找目标。而且一只眼睛过分细长。黝黑的脸皮僵直发硬。银平感到有几分危险。

"好，到那边去吧。"

银平说着就势举起手，轻轻地触摸了一下女子的胸脯。的确是个女子。

"你干什么？"

女子抓住银平的手。女子的手掌松软柔嫩，不像是干体力活的。

确认一个人是不是女人，对银平来说也是第一次。明知她是个女人，还要通过自己的手去确认她是不是女人，这样银平才能奇怪地放下心来，甚至感到对方和蔼可亲。

"好，就到那边去吧。"银平再说了一遍。

"你说那边，是哪里呢？"

"附近有没有舒适一点的小酒馆啦？"

银平试探地问有没有可以带这种异样打扮的女人进

去的酒馆,随后又回到灯光明亮的大街上。他走进一家卖关东煮的小吃店,女人也跟着进来。有的座席在关东煮锅周围围成"コ"字形,有的座席则远离锅台。"コ"字形周围的座席大都满客,银平便在靠入口的座上坐了下来。宽敞的入口挂着半截门帘,只能看见路人胸部以下。

"你喝白酒还是啤酒?"银平说。

银平没打算把这个一副男子骨骼的女人怎么样。他知道目前已经没危险了,另外也没有目的,也就轻松愉快地饮酒了。喝白酒还是喝啤酒也就随便她了。

"我喝白酒。"女人回答道。

这家酒馆除了关东煮,还能做一些简单的小菜,菜单纸都挂在墙上。吃什么菜,全由女方选择。从女人厚颜无耻的样子来看,银平觉得这女人莫非是为那些不三不四的店家拉客?如果这样,他也就想通了。但是银平没有说出口。女人也许发现银平有点危险,也就没有再去引诱他。或者是她对银平产生了某种亲切感才跟过来的吧。总而言之,这女人似乎已经抛弃了她原来的目的。

"人生的一天,真是奇怪啊,不知会发生什么事情呢。现在竟同素不相识的你喝起酒来。"

"是啊,萍水相逢啊。"女子边干杯边兴奋地说道。

"今天,和你喝个痛快吧。"

"一醉方休。"

"今晚还要从这儿回去吗?"

"回去的。孩子独自一人在等我呢。"

"你有孩子?"

女子一连喝了好几杯。银平只是看着女人喝酒。

在捕萤会上看见那个少女,在土堤上被那婴儿的幻影所追踪,现在又同一个素不相识的女人喝酒,这些都发生在一夜之间,银平无论如何也难以置信。而难以相信,肯定还是因为那女人的丑陋。在捕萤会上看到美貌的町枝,如梦一般;在小酒馆里同丑陋的女人在一起,却是现实。对此银平必须承认。不过银平又觉得,自己是为了寻求梦幻中的少女才同这个现实中的女人对酌的。这女人越丑越好。这样才能更好地浮现出町枝的面貌来。

"你为什么要穿长筒雨靴呢?"

"出门的时候,以为今天会下雨。"

女子的回答相当明了简单。想看一看藏在长筒雨靴里的女人的脚,一种诱惑力开始吸引银平。要是这女人的脚丑陋无比的话,银平就终于找到了最合适的对象。

女人喝多了丑态百出。她的眼睛一大一小,小的一边此刻显得更小。她用那只小眼睛向银平飞了一眼,肩膀不停地摇晃着。银平抓住她的肩膀,她也不回避。银平感到就像抓了一把瘦骨头。

"这么瘦,怎么行呢?"

"没法子啊。一个女人养活孩子啊。"

据她说,她和孩子两人在背街的小巷里租了一间房子。女孩子十三岁,在上中学。丈夫阵亡了。这话究竟是真是假,不得而知。她有孩子,这点倒像是真的。

"我把你送回家吧。"银平反复说了好几次,女人点了点头。

"家里有孩子,不行呀。"女人最后很认真地说。

银平和那女人是朝着厨师并肩而坐。不知什么时候,女人身子已面对银平,身体松软下来,好像是要偎依在银平身上似的。银平仿佛到了世界的尽头,心中不免有些悲伤。其实也不至于那般程度。说不定是晚上看见了町枝的缘故吧。

女子的喝相也实在不雅。每次斟酒,她都偷偷地瞟一瞟银平的脸色。

"再喝一瓶吧。"银平最后说。

"醉了就不能走路啦,算了吧!"说完她把手扶在银平膝上,"再喝一瓶,是吗?请倒在杯里吧。"

杯里的酒从她的嘴唇边胡乱地流出,一直流落到桌子上。她那张晒黑的脸,红黑色里透着紫色。

从关东煮小吃店出来，女人就挽着银平的胳膊。银平抓住女子的手腕，出乎意料的腻润柔滑。路上，他们遇见了一个卖花姑娘。

"买束花吧，带回家给孩子。"

可是女子走到昏暗的街角，便把这束花放在了一家中华面摊的摊位上。

"大叔，拜托了，过一会儿我马上就来取。"

女子把花束递了过去，又露出了醉态。

"我家里好多年都没有男人味了。不过，这也没办法。想遇见一个，但没有运气啊。"

"嗯，这要看缘分。没办法啊。"

银平勉强地迎合。带着女人行走，银平对自己有几分嫌恶。他想看看女人穿在长筒雨靴里的脚，这是唯一心动的诱惑。但是似乎连这个也看到了。女人的脚趾虽不是银平那样猴子似的，可也不好看。茶色的皮肤无疑是坚厚的，一想到和银平两人伸着长长的光脚，不禁叫人想吐。

到哪里去呢？银平听任女子摆布了好一阵，最后拐进背面的巷子里，来到一座稻荷神社前。旁边是一栋便宜的情人旅馆。女子犹豫了一会儿。银平拿开了一直挽着他的女子的胳膊。女子倒在路旁。

"既然孩子在家里等着，还是早点回家吧。"银平说着扬长而去。

"混蛋！混蛋！"女子叫着。她捡起神社前的小石子不断地扔过去。一块石子击中了银平的脚脖子。

"好痛啊！"

银平一瘸一拐地走了，一股凄凉的心情涌上心头，他在想，在町枝的腰带挂上萤笼之后，为什么不径直回家呢？他返回到租住的二楼住房，脱下袜子，只见脚脖子有些红肿。

解说

日本上武大学专任讲师　原田桂　文

侯为　译

《湖》在《新潮》杂志上（一九五四年一月至十二月）不间断连载共十二回，翌年四月出版了单行本（新潮社）。在初载杂志《新潮》中，从第十一回后半到最终回描写了企图逃往信州的银平，故事迎来结局。另外，通过开头的"夏末。不，应该说是初秋，桃井银平出现在轻井泽"这种顺畅的接续，形成了末尾与开头直接相连的圆环结构。但是，在现行版的《湖》中，从第十一回后半至最终回都进行过大幅度的修改，甚至能感受到形式美的圆环结构被截断，变为失去时间轴的回忆、联想或幻想与幻听等不规则结构频现的作品。通过截断、删除，主人公的问题就不能通过闭环时间轴得到解决，而是要刻意通过作者之手来达成未完的状态，使读者一同置身于永无终止的深渊。这种深渊正是读解"孤儿根性""万物一如"的川端文学主题"魔界"的关键。银平希望以追求美来消除自己"丑陋的脚"所带来的自卑感。嗓音宛如仙女的"浴女"、魅力四射的水木宫子、曾为自己学生的玉木久子、青梅竹马的弥生、美的象征町枝等,作者追寻的是以某种机缘与银平相涉的女性之美。所谓"跟踪",是物理性的追随方式。但是,由于受到穿长靴丑女的反向跟踪,单方面的看和被看的关系产生了动摇,银平意识到了自我救赎的极限。作品中,一贯进行的美的跟踪成了"魔界"的彷徨,行进的前方是美貌母亲故乡之"湖"。作为自我救赎,母亲即"湖"的希求不可能以美丑两相对立的框架来把握。这一点,或许从作品内的"淡红色"和"淡蓝色"的隐喻也能做出解释。在所谓色相环的圆环上,"淡红色"和"淡蓝色"相当于互补色调,本质上讲,是圆环两端相互衬托的对照,当映在《湖》中的湖面时,便仿佛时间中止般地无色化了。

另外,在川端编的《湖》(一九六一年)中,附有以下文字:"很多湖是由远古时期的火山口积水而成。火有熄灭的时候,但水没有时间。"积满无时之水的湖面寂静无声。可以认为,作者以此截断初载版中的圆环结构,将时间轴无效化,刻意用未完小说描述"止水无时"。这篇作品还可窥见通过大幅删除和修改,将读者引向更深主题的手法。

名人

魏大海 译

一

昭和十五年一月十八日晨，第二十一世本因坊秀哉名人[1]，在热海鳞屋旅馆与世长辞，享年六十七岁。

在热海，一月十八日这个忌日不难记住。原因是《金色夜叉》中的贯一在热海的海岸有过一句台词——"本月今夜月"，为了纪念这个日子，热海便将一月十七日定为红叶节。秀哉名人的忌辰，便在红叶节的翌日。

历年红叶节都有文学性活动。名人逝世的昭和十五年，红叶节尤为盛大。除尾崎红叶，还有两位已故文人高山樗牛和坪内逍遥，也与热海有着不解之缘。为了悼念这三位，竹田敏彦、大佛次郎和林房雄三位小说家，则在前一年度的作品中述及热海。三位作家获赠了热海市的感谢状。我恰巧在热海，便出席了节日活动。

十七日晚，市长在我下榻的聚乐旅馆设宴。十八日凌晨我被电话吵醒，说是名人离世。我即赴鳞屋吊唁，回到旅馆用了早餐，便同参加红叶节的作家和市工作人员一起参谒逍遥墓献花，而后绕去了梅园。在抚松庵的宴会上，

---

[1] 丰臣秀吉曾授予棋艺高超的日海和尚"本因坊"称号，开始了"本因坊"世袭制。名人，棋手的最高称号。

我中途溜出来又去鳞屋,给名人拍了一张遗照,且目送着名人的遗体运回东京。

名人一月十五日抵达热海,十八日猝逝。像是专程到热海来谢世。十六日我曾到旅馆造访名人,下了两盘棋。当晚回家不久,名人突然发病。名人跟我下了最后的将棋,他喜欢将棋。就是说,我写过秀哉名人围棋告别赛的观战记,跟名人对弈了最后一盘将棋,还拍下了名人最后的遗像。

名人与我结缘,始自东京日日(每日)新闻社选我为告别赛观战记者。作为报社举办的围棋赛,那场面的盛大空前绝后。六月二十六日在芝公园的红叶馆开战,到十二月四日伊东暖香园收盘,耗时近半年,断断续续开战十四回。我在报上连载了六十四回观战记。而棋过一半,名人便病倒了。八月中旬到十一月中旬停赛三个月。名人罹患重疾使棋赛显得悲怆,仿佛棋赛夺去了名人的生命。这盘棋后,名人未能康复,一年后驾鹤西去。

二

名人下完告别赛,确切地说,应该是在昭和十三年十二月四日下午两点四十二分,至黑二百三十七手终局。

名人默默地收官，列席的小野田六段说：

"五目吗？"

语气委婉。知道名人输了五目，却欲省去复盘之劳也不想刺激名人。

"嗯，五目……"

名人嘟哝了一句，抬起红肿的眼睑，也不想再去落子。

挤在对局室的工作人员都不说话。名人像要缓和沉闷的气氛，平静地说：

"不住院的话，八月里在箱根就结束了。"

他问起自己所用的时间。

"白方是十九小时五十七分……差三分钟，正好是一半时间。"

担任记录的少年棋手回答。

"黑方是三十四小时十九分……"

高段棋手一盘棋，大约需要十个小时。这盘棋据说用了四十个小时，延时至约莫四倍。而黑方实际用时三十四小时，耗时颇长。自围棋有时限以来，可谓空前绝后。

这盘棋终局，快三点了。旅馆女佣端上了点心。人们依然沉默不语，视线都在棋盘上。

"怎么样？吃点年糕小豆汤……"

名人问对手大竹七段[1]。

年轻的七段下完棋,就向名人施礼。

"先生,谢谢您了。"

说罢深深低垂着头一动不动。他两手恭敬地放在膝上,白皙的脸更加苍白。

名人抹乱了棋盘上的棋子,七段将黑子放进棋盒。作为对手,名人没有一句感言,像往常一样若无其事地起身走了。当然七段也不发感言。倘七段落败,总该说点儿什么的吧。

我也回到自己的房间,不意望向窗外,看见大竹七段已换上了棉袍,下庭院独自坐在对面的长凳上。他紧抱双臂,低着头脸色苍白。冬日的黄昏暮霭蒙蒙。那身影,像是在阴冷的空旷庭院里沉思。

我打开走廊的玻璃门唤道:

"大竹兄,大竹兄……"

他恼怒地一瞥回望,像是在落泪。

我移开了目光退回屋里,名人的夫人入内致意。

"长久以来承蒙多方照拂……"

我同夫人寒暄几句,大竹七段的身影便在院里消失

---

[1] 这场告别赛是本因坊秀哉与著名棋手木谷实七段对弈。

了。不一会儿他换上带家徽的礼服,毕恭毕敬地带着夫人到名人房间、工作人员房间和我的房间致意。

我也跟着去了名人的房间。

三

这盘棋耗时半年终于有了胜负。次日工作人员也都急匆匆打道回府。恰巧是伊东线试运行的前一天。

岁末年初,时值温泉旅游的旺季。电车通到了伊东町,大街小巷喜气洋洋,披上了节庆的盛装。一段时间,我和棋手们似被"幽禁"在这家旅馆。当我乘上回归的公共汽车时,城镇的五颜六色映入眼帘,顿生出洞窟里逃脱的解放感。新的车站附近,开通出一条土色的泥路,临时搭建的房屋比比皆是。新开地街区杂乱无章,在我看来却是世间的盎然生机。

公共汽车驶出伊东町。海滨路上遇见一群背负柴火、手持里白[1]的女人。有的女人将里白草系在柴火上。我顿时感觉到一种人间气息。就像翻山越岭看到了人烟一般。可以说我对喜迎新年的凡常生活是眷恋的。我仿佛刚从

---

[1] 里白科、里白属陆生蕨类植物,植株高约一米半。

一个异常的世界逃脱出来。女人们谅是拾柴火准备晚饭。大海是一派冬日景象。微茫阳光,遽然间昏暗下去。

但是坐在公共汽车上,我仍旧无法驱散名人的影像。也许老名人的感铭已沁入心脾,让我不胜怀恋。

工作人员一个个离去后,唯老名人夫妇留在了伊东旅馆。

在一生最后一次棋赛上,"常胜的名人"败北。无疑他应该想即刻离开对弈的现场。为了消除抱病参战的疲劳,也应及早换个地方。名人竟昏昏然全然不觉。连工作人员和观战的我都已无法忍受,恨不能立刻逃离此处。不可思议的是,唯独失败的名人留了下来。无法想象他在承受着何等抑郁和空无。名人自己却一如往常,带着茫然的表情呆呆地坐着。

名人的对手大竹七段早已离去。和没有子嗣的名人不同,他有一个热闹的家庭。

记得这盘棋下完的两三年之后,我曾收到大竹七段夫人的来信,说到家中已有十六口人。我产生了前去拜访的念头,我想在一个十六口人的大家庭里,或许能感知七段的性格或生活状态。后来七段的父亲过世,十六口变成了十五口。我曾前往吊唁,其实葬礼已经过了一个多月。我是初次拜访,七段不在,夫人亲切地接待了我,把我让进客厅。寒暄过后，夫人站到门口说：

"来，把大家都叫过来。"

旋即传来了啪嗒啪嗒的脚步声，四五个少年走进了客厅，以孩子的立正姿势站成了一排。十一二到二十上下的少年，像是一帮弟子。其中一个脸颊绯红的少女，身体浑圆个子高大。

夫人把我介绍给孩子们。

"快跟先生问好。"

弟子们低头行礼，我感受到家庭的温暖。礼道自然，全无矫揉造作。少年们离开客厅，就听见他们在宽大居宅里跑来跑去嬉戏打闹的声音。在夫人的引导下，我上二楼跟内家的弟子练了一局。夫人不时端来食品。我在大竹家滞留良久。

说是一家十六口，原来包括这些弟子。家传弟子四五人。这在年轻棋手中是绝无仅有的。足见他有很好的人缘和收入。再说，大竹七段是个酷爱孩子和体贴家眷的人，才会有这样的人丁兴旺。

作为名人告别赛的对手，他整日幽居在旅馆。对局的日子傍晚暂停，他便回到自己的房间给夫人挂电话。

"今日有幸……跟先生下到（××）手。"

言语谨慎的报告，大竹七段从不泄露棋局的隐秘内情。经常从七段的屋里传出那般电话声，使我不禁对之产生了好感。

四

在芝红叶馆的开局仪式上，黑子白子仅下一手，翌日也只是下到十二手。然后决定对局场地移至箱根。名人、大竹七段还有工作人员，一起出发抵达堂岛对星馆，当天并未继续对弈，对弈者之间也不曾有过龃龉。傍晚时分，名人喝了大半瓶酒，心情舒畅，谈笑风生。

他们先被请到客厅，在客厅涂着津轻漆的大桌子前谈论漆器。

"记得有一回见到一个漆棋盘。不是涂漆，而是里里外外彻头彻尾的漆器。据说是青森的漆器工匠潜心制作，耗时二十五年。大概是一层漆干再涂一层，所以耗时很久。棋盘棋盒皆为漆器。曾经拿去博览会标价五千。未能出手。于是拿到日本棋院，标价三千。真是难办啊。很重的，比我还重，近五十公斤。"

名人说罢，望了望大竹七段。

"大竹，你又发胖了。"

"六十公斤……"

"哦？刚好重我一倍。却不足我年龄一半……"

"三十了。先生，惭愧呀。……到先生府上求学那会儿，很瘦的哩。"

大竹七段回忆起少年时代的往事。

"在府上叨扰那会儿，生了病，多亏师母悉心照料……"

话题又从七段夫人娘家的信州温泉浴场转到自己的家庭。大竹七段是在二十三岁五段的年代结婚，生了三个孩子，收了三个徒弟，全家十口人。

七段六岁的长女对围棋无师自通，看着看着就会了。

"前些时候，我同她井目[1]局对弈，留了棋谱呢。"

"哦，让了九子？了不起啊。"名人也说。

"老二四岁，也会猜棋了呢。若有天分，或有发展前途……"

在座的，似乎都不知如何应答。

棋坛的顶级人物七段与六岁、四岁的女儿对弈，似在认真考虑——幼女若有天分，就让她们同自己一样做棋手。有没有围棋天分，十来岁的孩子就能看得出来。据说过了这个年龄，就难以成材。但大竹七段的话，却让我感

---

1 让九个棋子对局。

觉奇怪。莫非是在强调他自己才年仅三十，痴迷围棋尚未倦怠？我想，他肯定也有一个幸福的家庭。

当时，名人说到自己在世田谷的家占地二百六十坪，建筑面积八十坪，庭院比较小。他说想卖掉，搬去院子大一点的地方。我们想说说他家里的安排，他身边却只有夫人，已经没有弟子。

五

名人从圣路加医院出院时，已休战三个月。此刻又在伊东的暖香园拉开战幕。第一天黑子从一百零一下到一百零五，仅五手便起了纷争，以致无法确定下次对弈的日期。大竹七段无法认可名人病倒后更改的对弈条件，坚持放弃这盘棋。意见相左比箱根那次更难解决。

对局者和工作人员窝在旅馆里，无所事事度日如年。名人则去了川奈散心。他本来不爱出门，这次却破天荒地主动出了门。名人的弟子村岛五段、少女棋手记录员和我同行。

可是走进了川奈观光旅馆，他只是坐在大厅里款式新颖的椅子上品品红茶而已。这与平素的名人迥然相异。

镶满玻璃的大厅本馆呈圆形伸向庭院，像个瞭望室或日光室。宽大的庭院里铺满草坪，左右两侧是高尔夫球场，一侧是富士球场，另一侧是大岛球场。庭院和高尔夫球场面对着大海。

很久以前，我就喜欢川奈明朗开阔的景色，所以希望跟郁郁寡欢的名人一起去看看。我悄悄地打量名人。他神情恍惚，不像是在观赏景色，也不看周围的游客。他面无表情，对什么景色啦旅馆啦一言不发。夫人照例打打圆场，感叹绮丽的风光并征询名人的意见。名人却全无反应不置可否。

我想让名人去阳光明媚的室外，便邀他下到庭院。

"走吧。不碍事的，外面暖和。晒晒太阳就畅快了……"

夫人帮我催促着名人，他也不好过于执拗。

小阳春天气，大岛依稀可辨。暖和静谧的海面上鸢在翱翔。庭院的草坪边缘一排立松，给大海镶了道绿边。草坪与海的连接线上，星星点点看得见几对新婚旅行的情侣。或因置身于宽阔明朗的景色之中，看不出新婚旅行的拘束感。极目远眺，新娘的和服浮现在大海和松树的色调中，活生生映现出幸福的新鲜感。到这里旅游的新婚夫妇，都是富家的新郎新娘。

我羡慕得近乎嫉妒，对名人说：

"那些人……都是来新婚旅行的。"

"没多大意思吧……"名人嘟哝了一句。

很久之后,名人那毫无表情的嘟哝都留存在我的记忆中。

我想在草坪上走走,也想在草坪上坐坐。名人却只是在原地站着,我也只好伫立一旁。

归途中,我们驱车绕道一处碧绿的小湖。晚秋的午后,小湖幽静深寂,美不胜收。名人也下了车,站着观赏了一会儿。

川奈饭店令人心悦。翌日清晨,我又去邀约大竹七段。我也是出于好心,希望消解七段那般过分的执拗。我同时邀约了日本棋院的八幡干事和《东京日日新闻》的砂田记者。中午,我们在饭店庭院的农家院里吃素烧,谈笑至傍晚。我曾应几位舞蹈家和大仓喜七郎之邀来过川奈饭店,也曾自己来过,可以当向导。

从川奈回来后,棋局的纠纷仍未完了。我不过一个旁观者,最后竟成了本因坊名人和大竹七段之间的斡旋者。这盘棋,好歹于十一月二十五日续弈。

名人身旁放了一个桐木大火盆,又让人在他身后放了一个长火盆。热气腾腾的。七段请他自便,他就系着围巾,身裹披风似的毛绒里、毛毡面的防寒服。他在自己的房间里也裹得严严实实。说是当天就开始发低烧。

"先生的正常体温是……"面对棋盘的大竹七段问。

"嗯,通常是三十五度七到三十五度九之间,没到过三十六度。"

名人轻声回答,好像在琢磨着什么。又一次有人问到名人的身高。

"征兵检查四尺九九,后来又长了三分,成了五尺二。上了年纪,人也萎缩了,现在是五尺整。"

箱根对弈,名人病倒了,医生诊察时说:

"像个发育不良的孩子,腿肚子上都没肉呀。这样的体质,恐怕连挪动身体的气力都没有啊。不能是成年人的药量,只能是十三四岁孩子的剂量……"

六

坐到棋盘前,名人就显得高大起来。这当然缘自他的棋艺、段位和修炼。他身高五尺、上身过长。大脸盘长脸。鼻、嘴、耳之类也显得过大。尤其别扭的是下颚凸出。在我拍摄的遗容照片上,也有这些显著的特征。

名人的遗照拍得怎样呢?显影之前我真的很担心。我一直是在九段的野野宫照相馆冲洗照片。这次将胶片送到野野宫时,我特地告知是名人的遗照,绝不能有半点差错。

红叶节过后,我回了一次家,然后去了热海。我一再叮嘱妻子,野野宫冲洗的遗照送到镰仓的家里后,立刻差人送到聚乐旅馆,绝不要偷看照片,也不要给别人看。因为是我这个外行拍摄的遗照,倘若把名人的遗容拍得丑陋而凄惨,再让人看见甚至四处宣扬,必将有损名人的声名。照片若是拍得不好,我也不想让名人的遗孀和弟子们看到,打算付之一炬。我的照相机快门是有毛病的,拍得不好亦属自然。

那天我跟红叶节的参加者去了梅园,在抚松庵一起用午餐。正在品尝火鸡素烧之时,妻子挂来电话,说是遗属希望我给名人拍张遗照。那天早晨,我去瞻仰了名人遗容,回家后便让后去吊唁的妻子捎了口信:若遗属希望留下石膏面型或拍下死者遗容,我可以答应。名人遗孀表示不喜欢石膏面型,委托我拍张遗照。

然而真要拍摄的时候,我又感到责任重大缺乏信心。再说我的相机快门常常失灵,很难成功。幸亏当时有位摄影师从东京来拍红叶节,也住抚松庵,我便请他给名人拍张遗照。摄影师欣然答应。可是突然带去一个与名人毫不相干的摄影师,名人的遗孀等也许不愿意。但那人拍照肯定比我好。红叶节的主办人却表示为难。摄影师专程来拍红叶节,其他差使怕是不妥。这也理所当然。于是从早上起,只有我一个人始终处在名人之死带来的哀恸中。在红叶节的参加者中,我成了一个异类。我请摄影师帮我调整了照相机的快门。他告诉我先要打开快门,再用手掌替代快门。他给我装了新的胶卷。我便坐车去了鳞屋旅馆。

名人的灵房雨窗紧闭,亮着电灯。遗孀和妻弟同我一起走了进去。

"太暗了,打开雨窗吧⋯⋯"妻弟说。

我拍了十余张。我小心翼翼按动快门,担心会卡住,还按着摄影师的点拨用手掌替代快门。我想多换几个拍摄的方向和角度。但我是来吊唁的,只能呆呆地坐在那里,不能在遗体的周围胡乱走动。

镰仓的家里寄来照片。妻子在野野宫照相馆的相袋背面写道:

"野野宫刚寄来的。没看装着什么。——撒豆是在四日五时,说是请你去社务所⋯⋯"

鹤冈八幡宫的撒豆节临近,主持者由镰仓的文士担当。

我从口袋里取出照片,不由地"啊"了一声。遗容照片拍得极好,就像酣睡的样子,洋溢着死的安宁。

我是坐在仰卧的名人腹侧拍摄,没有枕头是逝者的寓意,脸庞微微后翘,侧脸有点儿斜仰乜视。明显凸出的颌骨和微启的鳄嘴引人注目。鼻子高大,令人生畏。眼睑闭合的皱褶及阴影浓重的额头,都蕴藏了深深的哀愁。

阳光从半掩的窗户透入,洒落在他的衣襟上。天花板灯光照到脸的下部,微微低垂的额头上有一块阴影。光线从下巴照上脸颊,照到凹陷的眼睑、眉梢和鼻根。仔细端详,下唇也有阴影,上唇受光,上下唇间的口中也是浓重的阴影,只有一颗上齿闪光。短短的唇髭里夹杂着白毛。照片上,正面右侧的脸颊长有两颗大大的黑痣,也有清晰可见的阴影。鬓角到额头暴起的血管阴影,也都拍摄在照片上。额头昏暗,看出一条横向的皱纹。短平头的发际一处着光。名人的头发粗硬。

七

两颗大黑痣在右脸颊上。右边的眉毛显得很长,在眼睑的上方呈弓形,延至闭合的眼睑线。为什么会照得这么长呢?长眉和大黑痣,仿佛令遗容显得仁爱亲近。

然而这长眉毛却让我哀伤。名人逝世前两天即一月十六日，我们夫妇到鳞屋旅馆拜访名人。

"对，对，早就想见到您就告诉您，那长眉毛……"

夫人看了一眼名人，引导似的转脸对我说：

"记得是十二日那天，天气转暖。他说要去热海，得刮刮胡子捯饬捯饬，便叫来一个熟悉的理发师，坐到向阳的廊檐下刮脸。他忽然想起了什么似的说：师傅，我的左眉长了一根特别长的毛对吧？据说那是寿眉。师傅可小心点儿，别给我剃掉了啊。理发师'哎'了一声停下手来，连说：有的、有的，先生说的是这根吧？这可是福寿眉，您长寿啊！明白明白。我会留意的。他还对我说：你知道么？浦上君给报纸写的观战记，不是也提到了这根眉毛嘛。浦上的观察细致啊。我自己都没有发现。他这样说了不是？像是很在意这件事呢。"

名人照例默然，忽然一副阴沉的神情。我无言以对。

然而这个故事、这根象征长命未被理发师剪掉的寿眉却没有应验，想不到两天后名人竟溘然长逝。

其实，发现老人有一根长长的寿眉，不值得大书特书。但当时确是一个悲痛的场面。一根寿眉仿佛一根救命的稻草。我曾这样记录下当天在箱根奈良屋旅馆的观战情景。

——本因坊夫人一直陪同老名人住在旅馆。大竹夫人有三个孩子,大的才六岁,她得往返于箱根和平塚。两位夫人的辛劳,让旁观者看着都于心不忍。八月十日,名人第二次带病续弈,两夫人亦面无血色,消瘦得没了人样。

对局时,名人夫人很少侍奉身旁。唯独这天,她竟寸步不离地一直守候在隔壁房间,悉心观察着名人的状况。她不是在观赏对弈,而是无法将目光从病中的夫君身上移开。

相反,大竹夫人绝不在对局室露面,她心神不宁地在走廊上走动,动辄手足无措地走进工作人员的房间。

"大竹还没想出那步棋吗?"

"嗯,好像很难落子呢……"

"唉,昨晚要是睡得好,可能就容易些……"

同病中的名人续弈是对是错?大竹七段十分苦恼,整夜失眠,前一日起一直思考这个问题,在这种状态下开始了早上的棋赛。约好中途的暂停是十二点半。可是快到一点半了,执黑的自己仍无法封盘,顾不得吃午饭了。焦虑的夫人无法在屋里等候。夫人也是一夜未眠。

唯有一人了无牵挂——大竹二世。八个月的初生婴儿异常俊秀。若问大竹七段的精神状态,看看这个婴儿就够了。无与伦比。简直是七段雄魂之象征。这日的我,看到所有成年人都不堪忍受。唯独这个桃太郎婴儿，使我得到获救般的慰藉。

这天，我初次发现本因坊名人眉毛里一寸长的白毛。名人的眼睑浮肿，脸暴青筋。——这根长眉倒是给人一缕慰藉。

对局室鬼气逼人。我站在走廊，俯视夏阳灿烂的庭院，看见一位摩登女孩悠然地给池里的鲤鱼投饵。我像望见了什么怪物，甚至不相信那是同一个世界发生的事情。

名人夫人和大竹夫人面容憔悴苍白。对局开始，名人夫人照例出了房间。可她马上又折返回来，在邻屋盯视着名人。小野田六段瞑目垂首。观战的村松梢风一副目不忍睹的样子。连大竹七段也一言不发，不敢正视对手名人。

白子开封九十手。名人左右歪动着脑袋，却错下了九十二手。执白第九十四手耗时长达一小时零九分钟，名人一会儿闭目养神，一会儿左顾右盼，一会儿又低下头仿佛要呕吐，强忍痛苦。他一反常态，有气无力的样子。许是逆光下的缘故，名人的脸庞虚幻松弛，像似幽鬼。对局室里静寂无声，异乎寻常的静谧。九十五、九十六、九十七……棋盘上落子声骇人，仿佛回荡在空谷。

白子九十八手，名人又冥思了半个多小时。他微微张开嘴,眨巴着眼睛,扇着扇子,像要扇旺灵魂深处的火焰。难道非要这样对弈下去?

这时,安永四段走进对局室,跪坐在门槛前,双手着地毕恭毕敬地施礼。虔诚的礼拜。两位棋手并未觉察。名人和七段每次扭过脸来,安永都会恭恭敬敬地颔首施礼。顶礼膜拜。真是一场凄怆的对局。

执白九十八手之后,少女记录员报时十二点二十九分。还有一分钟封盘。

"先生,累了的话,请在那儿休息……"小野田六段对名人说。

从盥洗间折返的大竹七段也说:

"您歇歇吧,随意。……我一个人想想如何封盘。……绝不商量。"

大家这才笑出声来。他是不忍让名人继续坐在棋盘前。于是大竹七段封盘九十九手。其实,名人不在亦可。名人歪着脖颈纳闷——站起来走呢还是坐着不动?

"请再等一会儿吧……"

名人说完去了盥洗室,旋即来到相邻的房间,同村松梢风等谈笑风生。离开了棋盘,他就格外精神。

剩下大竹七段一人,定定地望着右下角的白棋。他冥想了一小时零十三分,过一点半封棋。这是执黑第九十九手,中央下刺。

那天早上工作人员来到名人房间,问当日对局是在分馆还是在本馆二楼。

"我连庭院都去不了啊。想在本馆。可是大竹说本馆这边的瀑布声太大。还是问问大竹吧。按大竹的意见办……"

这就是名人的回答。

八

我在观战记中写到名人的眉毛,是左边一根白色的寿眉。可遗照的脸上,右侧的眉毛都显长。莫非是名人过世后突然长起来的?或名人的眉毛真就这么长?无可置疑的是,照片的确夸大了右侧眉毛的长度。

我并不担心照坏了相片。我用的是德国康泰时相机,索纳一点五寸镜头。镜头可以弥补我的技术或功夫欠缺。对镜头而言,无所谓活人死人、是人是物。镜头不会感伤也不会顶礼膜拜。只要我不犯什么大的错误,索纳一点五的照片就说得过去。遗照拍得丰满柔和,或是托了镜头的福。

然而,照片凝聚了我刻骨铭心的感情。莫非名人的遗容里流露出感情？没错，死者的遗容里亦有感情的显现。但死人原本是没有感情的。念及于此，我就觉得这张照片已无所谓生死——仿佛是正在酣睡的活人。不，我的意思是虽为遗照，却给人超越了生死的感觉。莫非，因这曾经是一张活人的面容？莫非，这张脸令人回忆起名人生前的诸多往事？或者，这不是死者的面容而是一张遗照。奇妙的是，遗照竟比死者的面容还要清晰。我甚至感觉，遗照是某种潜藏秘密的象征。

后来，我还是后悔了。拍遗照未免过于轻率。拍了恐怕也不该保存。但事实上，这张照片的确让我看到了名人非同凡响的一生。

名人绝非美男子亦无富贵相。毋宁说鄙俗而寒碜。眼睛、鼻子，统统都乏善可陈。就说耳朵吧，扭曲的耳垂像个包子。大嘴小眼。然而长年磨砺棋艺，他坐到棋盘前便显得高大而沉稳，遗容的相片里亦飘浮出魂魄的馨香。他虽死犹生像在酣睡，闭合的眼睑线蕴含着深沉的哀愁。

我的视线由名人的遗容移到他胸部，像是一具仅有脑袋的木偶，裹在六角形图案的粗布衣衫中。这件不合体的大岛产格子衣裳是名人死后换上的，肩膀处鼓鼓囊囊。我总觉得，名人的遗体没了下半身似的。

"这样的体质，恐怕连挪动身体的气力都没有啊……"

在箱根，医生这样描述名人的腰腿。名人的遗体从鳞屋搬上汽车时，头部以下好像已经没有了。作为观战记者，我最初看到的正是坐姿名人瘦削单薄的小膝盖。遗照也只是脸部，像似只有一个头，看着瘆人。这张遗照也给人非现实的感觉。照片上留下的，也许是执于棋艺、丧失现实生活、最终面对悲剧结局的一个面容。也许是一张命运殉难者的脸。正如秀哉名人的棋艺，以这盘告别棋赛而告终，名人的生命也宣告终结。

九

举行开棋式的做法，除这次告别赛，恐怕别无先例。执黑执白各下一手，庆祝宴就开始了。

昭和十三年六月二十六日，阴雨绵绵的梅雨季节结束，天空飘浮着淡淡的夏云。芝公园红叶馆的庭院里，雨后翠绿，强烈的日光在稀疏的竹叶上闪烁。

一楼大厅壁龛正面，坐着本因坊名人和挑战者大竹七段。名人的左侧，是将棋名人关根十三世、名人木村和连珠棋[1]名人高木。也就是说，四位名人同在现场。将棋名

---

1 在"五子棋"原型基础上，改进规则演化而来的一种棋戏。

人和连珠棋名人在观摩围棋名人的对局。应新闻社的邀请，诸名人齐聚一堂。我作为观战记者，坐在高木名人身旁。大竹七段右侧，坐着举办这场棋赛的报社主笔和总编、日本棋院的理事和监事、三位七段棋士元老，以及列席棋赛的小野田六段。再就是本因坊门下的棋手若干人。

身着家徽礼服的诸人正襟危坐，主笔致开幕词。当棋盘摆在了大厅中央，在座的人紧张屏息。名人面对棋盘的习惯一如既往，随意地耷拉下左肩。瘦小的膝盖异常单薄。扇子却显得很大。大竹七段眯着眼睛，前后左右晃着脑袋。

名人站起身，手持扇子，犹若古代武士携刀应战。落座棋盘前，他将左手尖插入裙裤，轻握右手，对着正面仰起头。大竹七段也坐下了，向名人施礼，旋将棋盘上的棋盒置于右侧，再施一礼，就闭上眼睛，一动也不动了。

"开始吧！"名人催促说。声音虽小，却是激昂的。似无言地质询：你在干什么？名人是厌弃七段的装腔作势，还是表现了自己的昂扬斗志？不以为然的七段睁开眼睛，旋即又合上了。后来在伊东旅馆对局的那天早上，大竹七段也是像在念诵《法华经》，瞑目养神喃喃自语。片刻过后，传来围棋落子的响亮声音。那已是上午十一点四十分。

新布局还是旧布局，"星位"还是"小目"？大竹七段的阵势是新是旧？这是世人注目的焦点。但执黑的第一手是右上角"十七·四"，"小目"旧布局。执黑的一着"小目"，解开了这盘棋的一大谜团。

为应付这个"小目"，名人盘指膝前，定定地凝视着棋盘。报社的许多照片和新闻纪录片记录下这个场面。刺眼的灯光下，名人噘起双唇紧抿着嘴，旁若无人。我是第三次观看名人对弈。我感觉名人只要坐在棋盘前，便会生出一股幽香，令观者产生清凉澄澈的爽快感。

五分钟过后，名人忘了封盘，不留神摆了个下子的手势。

"决定封盘了。"大竹七段以名人的口吻说。

"先生，毕竟隔了一段时间。有点儿生疏啊。"

在日本棋院干事的引领下，名人独自退到隔壁的房间。拉上中间的槅扇，在棋谱上写下了第二手，然后放进信封里。除封盘者，其他人不能看见。否则就不算封盘了。

过了一会儿，名人又回到棋盘前。

"没有水呀。"他用两根手指蘸唾沫封了信，在封口签上名字。七段也在下方封口署名。然后将这个信封装进一个大信封，工作人员也在加封处签名。随后存放在红叶馆的保险柜里。

就这样，当日的开棋式结束了。

木村伊兵卫说，要拍照片介绍到海外，又让两位棋手摆出对弈的架势。拍摄完毕，大家如释重负。元老级的七段们围拢到棋盘旁鉴赏这盘棋。有的说白石棋子厚三分六厘[1]，有的说三分八厘，也有的说三分九厘，议论纷纷。将棋名人木村则从旁插话说：

"这是最好的棋子吧。让我来摸摸……"

说着，抓起一把棋子放在掌心。这样的对局……能让这样的棋手在棋盘上下一手，就等于在那个棋盘上镀了金。所以送来了好几张有名的、视同珍宝的棋盘。

休息片刻，庆祝宴开始。

列席开棋式的三位名人的年龄：将棋名人木村三十四岁，名人关根十三世七十一岁，连珠棋名人高木五十一岁。都是虚岁。

十

本因坊名人生于明治七年，两三天前刚过六十五岁生

---

[1] 分和厘，日本长度单位。一分，是一尺的百分之一；一厘，是一尺的千分之一。

日。鉴于日华事变[1]后的时局,只好在家中庆祝。翌日续弈之前,名人说到红叶馆的落成。

"红叶馆的落成同我的生日,何者在先呢?"

他还说到,明治年代的村濑秀甫八段和本因坊秀荣名人,也都在这个家中下过棋。

翌日的对局室在古色古香的二楼,颇具明治时代风雅,槅扇、气窗皆有红叶装饰,围在一隅的金色屏风也绘有光琳[2]风韵的艳丽红叶。壁龛里插着八角金盘和大丽花。套间贯通,一间十八叠[3]一间十五叠。大朵的插花也并不刺眼。大丽花已开始凋谢。屋内无人进出,只有圆发髻上插着花簪的少女不时来换茶。名人的白扇映在盛冰水的黑漆盘里微动。寂静中,观战者唯我一人。

大竹七段身着黑色礼服,外罩带家徽的黑色罗纱短褂。今日名人却有点儿随意,只穿一件带家徽的短外褂。棋盘则与昨日相异。

昨日黑白各执一手,便开始祝贺的庆典。不妨说真正的交锋,将是从即日开始。大竹七段想用用扇子,却两手叉于背后,然后将扇子竖放在膝,臂肘斜支,似为加高支

---

[1] 当时日本对"中日战争"的称谓。
[2] 尾形光琳,日本德川时代的画家、装饰艺术家。
[3] 助数词,以铺席计算房间大小的面积单位。

腮的手臂。他在思考执黑第三手。名人的呼吸变得急促，肩膀耸起大口喘气。但是他并未慌乱。胸部平稳。在我看来，名人的全身笼罩在紧张的气氛中，也像是某种激情袭扰着名人的心灵。名人自己似未发觉。我却感受到内心的压抑。然而只是十分短暂的时间，名人的气息又自然地恢复了平静和安稳的节奏。我想这是名人临战之前的精神准备。或为名人的心理战术，无意识中迎发灵感。抑或正在调整高昂的气魄或斗志，进入澄净无我的三昧境界。莫非这是"常胜名人"的成因之所在？

大竹七段落座棋盘旁，先向名人恭敬施礼。

"先生，失礼。我解手次数多，对局中或频频起身……"

"我也一样啊。夜里至少三趟……"名人小声说。名人不了解七段的神经性体质。我忍不住窃笑。

我也是如此，只要面对书桌就尿频，还拼命喝茶，动辄神经性腹泻。大竹七段更是极端。就是在日本棋院举办的春秋两季升段赛上，大竹七段也把大茶壶放在身边，一个劲儿地灌粗茶。那时节，大竹七段的好对手吴清源六段也是一样，只要坐到棋盘前，小便就多。四五个小时的对局中，我试着数了一下，约莫十次以上。吴六段原本并不饮茶。匪夷所思的是，他每回解手都哗啦啦能听见。大竹七段不仅如此,他一上厕所,裙裤自不用说,连腰带也解下来放在走廊上。真是太古怪了。

思考六分钟,下到黑三手。

"对不起。"

即离席而去。下到黑五手,又出去一次。

"对不起。"

名人从和服袖筒里掏出一支敷岛牌香烟,慢条斯理地点燃。

大竹七段为这第五手苦思冥想,一会儿双手揣进怀里,一会儿交抱双臂,一会儿又两手扶在双膝旁……或去清理棋盘上肉眼都看不见的灰尘,还把对手的白子翻转过来。其实只是翻了个面。若说白子有正反之分,那么蛤贝内侧没有纹理的该是正面。一般没人在意这个。然而,大竹七段有时却将名人随意落下的反面白子,抓起来翻成正面。

说起对局时的态度,大竹七段半开玩笑地说:

"先生稳静,我也受先生影响,发不出力……我倒是觉得热闹些好。过度稳静,就少了激情。"

七段有个习惯,一下棋就絮絮叨叨说些无聊的段子。名人佯装听不见不予搭理。他唱独角戏没意思。毕竟是名人,与名人下棋他也只好收敛一些。

面对棋盘的优雅姿态，一般是人到中年才自然养成。而如今轻视礼仪。因而一些年轻棋手下棋时，一会儿扭动身体，一会儿露出奇怪的癖好。我看到这般模样，就会产生异样的感觉。一次日本棋院举行升段棋赛，一个年轻的四段一边对弈，一边利用对手尚未落子的间隙，把一本文艺同人杂志展放在膝上，读起小说来。对手一落棋，他才抬头思考，而后下出自己的一手。对手想棋时，他又佯装不知，把视线落在同人杂志上。简直无礼，差点儿触怒了对手。后来听说，这位四段不久就疯了。恐怕是他那病弱的神经，无法忍受对手想棋的时间。

据说大竹七段和吴清源六段曾求教于某心灵学高人，问到赢棋时的心态。回答是：在对手想棋时，最好处于无心的状态。据说曾列席本因坊名人告别赛的小野田六段，几年之后即在他临死前，在日本棋院举办的升段大赛中获全胜，且留下无与伦比的棋谱。其对局时的心态非同凡响。对手落子的时候，他静静地瞑目养神，仿佛超越了求胜之欲。升段赛结束他便住进了医院，至死也不知自己罹患了胃癌。大竹七段少年时代的恩师久保松六段，也在死前的升段赛中取得了优异的成绩。

名人和大竹七段对局，表面上看，紧张的气氛中是恰恰相反的状态，一静一动，一若无其事一神经兮兮。名人沉潜于围棋绝不如厕。一般来说，观察对弈者，大体即可猜出棋势。据说唯名人难以捉摸。其实，七段下棋并不会神经兮兮，相反棋风强劲。他想棋的时间很长，总是时间不够。快到点了，记录员读秒，剩余的最后一分钟，他好像还有一百手、一百五十手要下。这种时候的磅礴气势，反而给对手极大的压力。

七段刚坐下又站了起来。这是他的战斗准备。如同名人的大口喘息。名人窄窄的溜肩剧烈起伏，我亦为之心动。我仿佛窥见了灵感到来的秘密。没有痛苦也没有畏惧。名人自己或都无从知晓。何况他人哉？

可是后来一想，我不过是自作聪明罢了。名人也许只是胸闷憋气。连续数日对弈，名人的心脏病恶化，大概是初次的轻微发作。我不知道名人心脏有恙，才有了那般印象。虽是一种尊敬的表现，毕竟不着调。那时的名人，也许并没有觉察到自己的病，也没觉察到呼吸的异常。痛苦和不安并没有反映在他脸上，他也不曾用手去抚摸胸口。

大竹七段黑五，耗时二十分钟。名人白六，用时四十一分钟。这局棋头一次出现长时间思考。事先商定，下午四点轮到谁落子即由谁封盘。七段在差两分钟四点时，落黑子十一。名人两分钟内不落子，即告封盘。于是名人四点二十二分落子白十二封盘。

当日早晨放晴的天空又阴沉下来。大雨的前兆。水灾波及关东、关西。

十一

红叶馆续弈次日，本应上午十点续弈，却因意外的争执延迟至下午两点。作为观战记者，我是旁观者，事不关己。我看见工作人员狼狈周章，日本棋院的棋手们也跑来了，好像在另一个房间里开会。

早上我一进红叶馆的大门，大竹七段正好到了。他拎着一个大皮箱。

"大竹兄的行李？"我问。

"是啊，今天要去箱根，幽居啦。"七段答道。对局前的沉闷口吻。

我早有耳闻，当天都不回家，对弈者一起从红叶馆出发去箱根旅馆。但七段的这件行李大得有点儿异常。

然而，作为对手的名人却没有做好去箱根的准备。

"有那么回事儿吗？那样的话，我还想去一趟理发馆呢。"

大竹七段兴冲冲地来到这里，做好了准备：下完这盘棋之前，三个月不回家。这下可好，不仅让他感觉扫兴，甚至有违约之嫌。究竟有没有人把相关规定告诉名人，无从知晓。这让七段十分恼火。再说，这次对局设定了严格的规则，可是一开始就违约了。这让七段对以后的事情感觉不安。不管怎么说，没有跟名人交代清楚，确实是工作人员的过错。更有甚者，也许没人敢对大名鼎鼎的名人诉苦，想收拾局面便要说服年轻的七段。但七段的态度相当强硬。

名人不知道今天要去箱根，倒也罢了。大家聚拢在另一个房间，走廊上人声嘈杂、来来往往。作为对手的大竹七段久久不露面。名人独自坐在原处一动不动地等候。午饭时间稍迟，终于解决了问题。当日下午两点到四点对局，隔两日再去箱根。

"两个小时无论如何也……到了箱根再慢慢下吧。"名人说。

言之有理。但却不能那样办。正是名人的行为方式引发了当日的龃龉。棋手不能随心所欲地更改对弈的日期。当今的棋赛依规则举行。名人的告别赛也制定了严格的规则，就是为了防止名人故态复萌、任意行动。无视名人的地位特权，也是为了保证棋赛在对等的条件下举行。

于是采纳并彻底贯彻所谓的"封闭制"，当日便不能让棋手回家，应当直接从红叶馆转道箱根。所谓"封闭"，亦即一局棋结束之前，棋手不能离开对局的场所，也不能会见其他棋手，以防止他人出谋划策。这样做维护了棋赛的神圣性，却丧失了对人格的尊重。然而各位棋手认为，这样做可以保证双方棋手的纯洁性。何况像这盘棋，每隔五天一次，连续三个月之久。对弈的棋手愿意与否又当别论，第三者智慧参入的疑虑是无法抹消的。当然，棋手间是讲棋艺讲良心讲礼节的，很少对棋局或对弈者出言不逊。可一旦破例，便不好收拾。

名人晚年，十多年里仅有三局比赛。三次皆患疾。第一局之后患病，第三局之后辞世。三局都坚持到最后。因中途养病，第一局耗时两个月，第二局耗时四个月，第三局的告别赛竟长达七个月。

第二局是昭和八年跟吴清源五段对局，在告别赛的五年前。中盘约一百五十手局势微妙，看得出白子的处境不妙。执白的名人下一百六十手断胜两目。风传这天来的妙手是名人弟子前田六段出招。不知真伪。弟子否认。此棋赛历时四个月。其时名人的弟子复盘，或许就发现了这白棋第一百六十手。因是妙招，弟子们必是对名人说了的。当然也有可能是名人自己想出来的。除名人和他的弟子们，可以说无人知晓。

第一局，是日本棋院与棋正社在大正十五年的对抗赛，双方的统帅——名人和雁金七段率先上阵，鏖战两个月。其间日本棋院也好棋正社也罢，棋手们肯定积极复盘，但是否曾给己方的主帅出谋划策不得而知。我想未曾有过献策。名人不会主动谋求，也很难接受他人意见。名人棋风威严，不容他者置喙。

然而第三局的告别赛，因名人生病中断，有人风传名人别有企图。我自始至终观战对弈，这些传闻使人愕然。

休战三个月后在伊东续弈，头一天，大竹七段下最初一手，费时二百一十一分钟，即经过了三个半小时的长时间思考，工作人员都瞠目结舌。从上午十点半开始思考，其间一小时午饭休息，直至秋阳西斜，棋盘上方亮起了电灯，差二十分钟三点，才总算落下了黑子一百零一手。

"在这种地方飞，一分钟足矣……笨蛋啊。优柔寡断。"七段微红着脸笑了，"到底是飞还是进，竟想了三个半小时……"

名人苦笑，没有接话。

正如七段所言，执黑一百零一手，连我等外行都清楚。棋局进入了收官的阶段，执黑本应侵入右下角的白棋领地，黑棋一百零一手只能落在这好点上。除了飞到"十八·十三"的一百零一位之外，还有一手"十八·十二"进，即使再犹豫糊涂，也可以料到其变化。

大竹七段为何不早出此招呢？我作为观战者也等得

心焦，觉着奇怪而后产生了疑惑。他分明是有意为之嘛。他是心有所忌还是在演戏？我的胡乱猜忌也是有根据的。就是说，这棋局中途休战三个月，难道大竹七段自己在此期间没有仔细研究过？下到一百零一手，眼看着细棋[1]的局面业已形成，接近收官，却还有棋可下，总不至于算到了终局。或有几套下法难以确定，研究无止境。尽管如此，这么重要的棋局，七段休息期间也不会停止布阵。执黑一百零一手经过了三个月的长久思考，这会儿却装模作样地想棋三个半小时。莫非他在掩饰休息期间做了研究？不仅是我，连工作人员也怀疑，讨厌七段过长时间的思考。七段离席时，名人也嘟囔了一句：

"真有耐性啊！"

练棋时又当别论。这是决胜局啊。名人很少议论自己的对手。

然而，同名人和大竹七段关系密切的安永四段却说：

"这盘棋休战期间，想必名人、大竹都未曾研究。大竹很奇怪，也是个有怪癖的男人。名人病了，他便也不做研究。"

不定就是这样的情况。三个半小时里，大竹七段不仅

---

[1] 围棋中对于盘面形势的一种说法，意思是局势平稳，相差细微。

思考黑一百零一手，而且努力收心，把心思拉回到别离三个月的围棋上来。他还苦思冥想，想要读出全局的形势和今后的手段。

十二

所谓封盘，也是名人初次经历的规则。翌日续弈，从红叶馆的保险柜里取出信封，日本棋院干事当着对弈者的面确认封印，前一天封盘署名的棋手让对手查验棋谱，随后在棋盘上落下封盘的最后一手。在箱根和伊东的旅馆里，相同的做法重复。就是说，不让对手看到中途暂停的一手即封盘。

没下完的棋，执黑落子休战是传统的做法和上手礼让。这样的做法对高手有利。近时为了防止不公平改变了做法。例如约定傍晚五点休战，轮到谁就由谁封盘。后又进了一步，以暂停的一手封盘。将棋率先使用了这种封盘法，围棋效仿。这种规则乃为尽可能地减少不合理。所谓不合理即看了对手的落子，自己的下一手便可慢慢地考虑到续弈之日。且不管相隔一天还是几天，皆不在计算的时限之内。

可以说，名人在当今理性主义的影响下，苦于一生的最后一场棋赛。条条框框的规则死板，艺道的雅怀衰微，长上的恭敬丧失，相互尊重的人格缺失。就棋道而言，日本、东洋自古以来的雅风美德不复存在，一切都是算计和规则。晋级升段关系到棋手的生活，也是细致入微、一味求胜的积分制度。这种战法优先，让人无暇顾及围棋的艺术品位。当今的做法，对手即便是名人，也必须在公平的条件下参赛。这并非限于大竹七段一人。围棋毕竟也是竞技，要见胜负，因而也是理所当然。

本因坊秀哉名人三十余年不执黑。傲然棋坛。名人生前，后进的八段没有出现。他完全压倒同时代所有对手，下一代也无人企及他的地位。在名人作古十年后的今天，围棋界找不到合适的继任者。原因之一，恐怕正是秀哉名人巨大的声名。尊重棋道传统的"名人"，恐至此终焉。

正如将棋名人的争夺战，霸权意味颇重，名人段位若优胜奖旗，成为棋赛举办者的商品。实际上名人也是一样，或已经以前所未闻的对局费，将此次告别赛卖给了报社。与其说名人主动为之，莫如说更多是受到了报社的引诱。这种登上名人之位至死不变的一代段位制度，如日本形形色色的艺道流派、宗师或师徒关系，乃是封建时代的遗物。假如像正在举行的将棋名人赛一样，年年举办围棋的名人争夺战，秀哉名人也许早就死了。

从前一旦成了名人，练习时也避免与人对弈，免得坏了名人的权威。六十五岁的高龄名人下决胜棋，恐前所未有。或许今后不会允许不下棋的名人存在。从诸般意义上讲，秀哉名人像是站在新旧时代的转折点上，既受着旧时代的名人精神尊崇，又获得了新时代名人的物质性功利。而膜拜偶像之心同破坏偶像之心交织。这般情境中，在残余的旧式偶像作用下，名人下了最后这盘棋。

名人也是幸运的，出生于明治的勃兴时期。当今的吴清源，就没有体验过秀哉名人修业时代的俗世辛苦，就算某围棋天才超过名人，也不可能整体上改变围棋的历史。在明治、大正、昭和三个年代，名人皆留下辉煌的赫赫战果，促成了当今围棋的隆盛。其功绩令之成为当今围棋之象征。这样一位老名人欲以这盘棋点缀其隐退，理应让他酣畅淋漓地下完，展示后辈的体贴、武道的修养、艺道的情趣。然而，今日名人必须在平等的规则下对弈。

制定了规则，人们又会绞尽脑汁钻空子。为封堵狡诈的战法制定了新的规则，年轻棋手还是会苦心孤诣设法聪明地利用前述规则。他们可以想出各种办法为武器，如时间限制、中盘暂停和封盘等。因此，作为作品的棋局就失却了纯净。名人面对棋盘就成为"故人"。他不知当今种种细致的策术。一直以来，名人估摸着火候到了于自己有利，便会说"今天到这里吧"。旋即让下手出一招便暂停。且由自己来决定续弈之日。上手的妄自尊大已是理所当然的惯例，名人长期以来的对弈皆如此。全无时间的限制。而允许名人妄自尊大，对之也是一种锻炼。今日这种死抠规则的做法与之风马牛不相及。

然而，与其说名人习惯于平等的规则，莫如说习惯于昔日的特权。例如名人同吴清源五段对局时，就因病拖延了比赛且生出令人疑惑的流言蜚语。因此作为此次告别赛的对手，晚辈棋手皆以苛刻的对局条件，防备名人的为所欲为。此次棋赛的对局条件，并非大竹七段同名人商定，而是为选定名人对手，在日本棋院高段棋手循环赛开战前，由高段选手确定的。大竹七段作为高段棋手的代表，极力敦促名人也要信守誓约。

后来名人患病引起诸般纠纷，大竹七段多次表示要放弃这场棋赛。大竹晚辈对老名人不懂礼让，对病人缺少体恤心，死抠大道理乃至不讲理，弄得召集人很伤脑筋。不过七段毕竟有正当的理由。换言之，七段担心的是让一步就得让百步。且情绪松懈让一步，就可能造成败局。不是要决一死战么？不是无论如何都要赢下这棋局么？下定了决心的七段，不想让对手为所欲为。另一方面，我想，也可能七段认为对手是名人,照样会任性为之,所以更加固执地要求按规则行事。

当然,此番对局的条件与棋盘对弈不同,也有一些棋手不介意下棋的时间和地点,可以根据对手的情形礼让满足其要求,但在棋盘上毫不容情。从这个意义上说,名人或是遇上了难缠的对手。

十三

胜负世界里,常常祭出名不副实的英雄。这是所有人的嗜好。旗鼓相当也备受青睐,未必希望仅有一人绝对强大。"不败名人"的高大形象屹立在诸多棋手的面前。名人也曾赌以一生的命运投入鏖战。他未曾在顶级的对弈中失败。成为名人之前的棋战惊心动魄;成为名人之后尤其是到了晚年,世人和他自己都相信名人不败。这不如说是一个悲剧。将棋名人关根败亦无妨,秀哉名人却不堪。常言道,围棋赛七成是先手取胜,名人执白棋,败给七段也是正常。外行人却不了解这一点。

名人看重棋艺之道,才在大报社的鼓动下主动出马。他并不在乎出场费。出场的意义在于燃起心中必胜的斗志。若担心输棋,名人恐不会亲自出马。而一旦输棋,常胜的桂冠和生命皆会失去。名人顺乎自己异常的天命生活，难道顺从天命可以说是违逆天命吗？

时隔五年，这位"绝对的强者"或"不败名人"再度登场，他只好认可了适应时代的对局条件。事后回想，苛刻的对局条件恍若梦幻或死神。

然而在红叶馆的翌日，条件的束缚便被名人打破，到箱根则又一次被打破。

第三天六月三十日，从红叶馆赴箱根，由于大雨成灾，延迟到七月三日后又延至八日。关东水淹，神户地区也受害。八日东海道线的铁路还没有完全修复。住在镰仓的我，原定在大船站搭乘名人一行乘坐的火车。但三点十五分东京发车开往米原的列车晚点九分钟。

这趟列车在大竹七段所在的平塚不停站，他们约定在小田原站会合。不一会儿，头戴低檐巴拿马草帽、身着藏青色夏服的七段出现了。闲居山中，他带了那个曾经带去红叶馆的大皮箱。一见面，便是水灾的话题。

"我家附近的脑科医院，如今的交通工具还是小船哪。早先是木筏……"七段说。

乘缆车从宫下到堂岛，鸟瞰浊浪翻腾的下方的早川。对星馆矗立在川（河）中岛。到房间安顿停当后，七段坐下来礼貌地寒暄。

"先生,您受累了。请多关照。"

当晚,名人晚酌,三分醉意,绘声绘色说了一个段子。大竹七段也说到少年时代的往事和家庭。兴之所至,名人挑战与我下将棋,见我畏葸,就说:

"那大竹先生来吧。"

将棋耗时三个钟头,七段竟赢了。

翌晨,名人在澡堂旁的廊下请人刮脸。谅是为明日的出战整饰仪容。那把椅子无处枕头,夫人便靠身后手托其脖颈。

这日傍晚,列席的小野田六段和八幡干事会聚对星馆。名人挑战玩起将棋和连珠棋,好生热闹。连珠棋又名朝鲜五子棋,名人连续败给小野田六段。

"小野田真厉害啊。"名人咋舌道。

《东京日日新闻》负责围棋栏目的记者五井与我对局,小野田六段帮忙录棋谱。六段任记录,让人诚惶诚恐。名人对局也无此待遇。我执黑棋胜五目。这盘棋竟上了日本棋院的机关杂志《棋道》。

来到箱根,间歇一天消除疲劳。七月十日是约定续弈日。对局的早晨,大竹七段精神焕发,紧抿双唇,一改往日的和悦表情,摇晃着肩膀走过廊下。那肿胀眯细的单眼皮,放射出无敌的光芒。

名人抱怨溪流的水声太大，连续两晚失眠。他要把棋盘搬到尽量远离溪流的房间。人们劝说拍张照片也好，名人才勉强坐了下来。他对这家旅馆做对局场所一肚子怨气。

睡不着觉什么的，没法成为延期对局的理由。即使是爹娘临终或棋手病倒于棋盘，也无法打破那般续枰惯例。如今，这种例子亦不胜枚举。何况是对局之日早晨的抱怨。即便是名人，也太过任性了。因为这是一场重要的棋赛。这棋局对七段来说尤其重要。

无论在红叶馆还是在这里，每次续弈都会临场生变。那些工作人员又统统没有审判官的权威，无法对名人下命令、颐指气使。七段也担心之后的棋赛。但他毕竟爽快地顺从了名人，脸上也没露出不悦神色。

"这家旅馆我选定的，害得先生没睡好。真是抱歉。"七段说。

"咱换个安静的宿处，让先生好好睡一觉。棋赛就改到明日吧。"

七段曾住过这堂岛旅馆，觉得是个对局的绝好处所，才选定了这里。不料突降大雨，溪流水涨，轰隆隆的水声像把岩石冲走。旅馆像是孑立于早川的河流中央，真个让人难以入眠。七段亦感到是自己的责任，才向名人说明致歉。

七段与五井记者搭伴，去找安静一点的旅馆。映入眼帘的七段身影，身着浴衣便服。

十四

当天上午，就把住处换到了奈良屋旅馆。翌日即十一日，时隔十二三天，在奈良屋一号别馆续弈。这天起名人进入了棋赛角色，再不任性，老老实实地服从安排。

小野田六段和岩本六段列席告别赛。岩本六段是十一日晌午由东京赶来，他坐在廊下的椅子上眺望山景。这天是日历上的出梅日。清晨就看见了阔别许久的阳光，湿漉漉的土地上映出树叶的影子，泉水里的锦鲤欢快游动。对局开始后，天空薄云笼罩。微风轻拂，壁龛里的插花摇动。除了庭院里的瀑布和早川急流声，只能听见远处石匠的凿石声。院里的卷丹花香飘进屋里。对局室异常宁静，不知是什么鸟儿，不管不顾地飞过檐头。这日从白十二封手到黑二十七封手，共十六手。

间歇四天，七月十六日在箱根二度续弈。担任记录的少女一直身穿藏青底碎白花和服，这日换上了白色绢麻的夏装。

这处别馆,乃是同一个院落的厢房,距本馆百来米远。名人经这条路回去吃午饭,其背影偶入我眼帘。走出一号别馆的门,就是斜坡道。名人微微弓腰,独自攀登上去。小小的双手反剪轻握,看不清手纹却可看见细微而杂乱的褶皱,手里还拿着一把合上的折扇。腰部以下微倾,上半身却是笔直的。相反,下半身的腿脚却飘忽不稳当。路旁一侧的山白竹下,传来了小溪流水声。这是一条宽阔的道路。仅此而已……可是看着名人的背影,我眼睑一热,似有深切的感受。离开对局场,他如释重负。静谧的流溢出淡淡哀愁的背影,令人感受到明治时代的故人遗风。

"燕子!燕子!"

名人驻足仰望天空,咽喉里嘟囔出嘶哑的声音。他走到一块大岩石前,上面刻着"明治大帝驻跸御座所基石"。基石上方枝桠伸展的百日红尚未开花。奈良屋是当年诸侯所住的驿站。

小野田六段追上来,紧随名人身后照拂。名人的夫人则来到屋前的泉水石桥旁迎候。上午下午,夫人都亲随名人到对局室,看着名人在棋盘坐定后则悄然离去。午休和暂停时间,她也一定会来迎候名人。

这时候,名人的背影总像失去了平衡。就是说,常常未能从棋赛的忘我心境中清醒过来。挺直的上半身保持着对局姿势,脚底下飘忽蹒跚,仿佛一个高级的精神幻影浮于虚空中。名人神情恍惚,上半身一动不动似乎还在对弈。那身姿飘溢出余韵馨香。

"燕子!燕子!"

嘶哑的声音哽咽在咽喉。没准儿此刻的名人,才意识到自己的身体尚未回归常态。这种状态,老名人早已见怪不怪。名人让我感觉亲切,也许彼时的形象深深浸润了我的心。

十五

"名人好像有些不舒服。"

夫人开始面带忧虑,是在箱根第三轮续弈的七月二十一日。

"他说这里难受……"

夫人摸摸自己的胸口。据说那年春天起,时有这般情况。

名人食欲不振,昨日就没吃早饭,据说午饭也只是薄薄一片烤面包和不到半磅牛奶。

是日,我还看到名人的尖下巴颏和瘦削的脸部肌肉在微微地抽动。我以为是酷暑令之劳累过度呢。

那年已过了梅雨季节，还是黏黏糊糊地阴雨连绵。夏天也姗姗来迟。七月二十日大暑之前，骤然热了起来。二十一日，阴沉薄霭笼罩明星岳。廊檐边的卷丹花招来了黑凤蝶。闷热难耐。卷丹花的一株茎上，绽开了十五六朵花。庭院里成群的乌鸦聒鸣，也加强了闷热的感觉。连一旁的少女记录员也扇起扇子来。棋赛初次遇上这般溽暑天。

"真热啊！"大竹七段用日本手巾揩拭额头，又捋捋头发擦了一把汗。"棋子都是热的。我爬山来此。箱根的山，天之险哪！……"

七段执黑下五十九手，加上午休的时间，耗时一小时三十五分钟。

名人的右手轻轻地支在身后，左肘支凭扶几，一个劲儿摇动扇子。他不时地瞄向庭院，一派轻松、愉快、凉爽的感觉。年轻的七段聚精会神，观战的我也全神贯注，名人却静静的一副举重若轻的样子。

不过名人的脸上也渗出了汗珠。他突然双手抱头，然后又按住双颊。

"东京大概热得要命了吧？"名人说罢，久久地张着嘴。迷离恍惚的样子，仿佛记起了某日酷暑，又像是追忆起遥远的炎热。

"啊，去湖边的第二天，突然……"列席的小野田六段答道。小野田六段刚到，从东京而来。湖边指上次对局的次日即十七日，名人、大竹七段、小野田六段一行人到芦湖垂钓。

大竹七段经过长时间思考，执黑落子五十九手。后三手路数确定。因应落子。上盘稳定。随后黑子可有多种落法。亦有困局。而七段移师下盘，黑子六十三手仅耗时一分钟。看样子他早就算好。另外在下盘的白子领地，他试探性地放下了一子，然后又返回上盘。据说，这是大竹七段独特的凌厉攻击。对后面的目标他胸有成竹。落子的声响充满了迫不及待的气势。

"凉快点儿了。"七段"噌"地起身而去，在走廊脱下裙裤，如厕出来，裙裤竟前后反了。

"裙裤穿成裤裙了。"七段说着穿好裙裤，灵巧地系个十字结。不一会儿又去厕所小解，完了再度返回座位。

"下围棋的时候，最难忍受天热。"七段拿手巾用力擦了擦油污模糊了的镜片。

下午三点，名人吃了个冻糯米团。他对黑六十三手的落子有点儿意外，思考了二十分钟。

对局中，七段频频地离席小解。在芝红叶馆开始对弈时，七段预先跟名人打了招呼。上次七月十六日对弈，小解的次数也异常频繁。名人也惊诧不已。

"身体有了毛病吧？"

"肾病啊。神经衰弱……想起来，就得去。"

"那就少喝点茶啊。"

"不喝好是好啊。可一动脑子就想喝。"七段话音未落，又站了起来。"对不起。"

七段的这个毛病，竟成了围棋杂志杂谈栏和漫画栏的上好素材。曾有人这样写道：一局棋走那么多路，恐怕沿着东海道，都走到三岛驿站了。

十六

至封棋，离开棋盘前，对弈者要计算当天的落子数，还要计算所耗时间。这种时候，名人的反应实在太慢。

七月十六日四点零三分，大竹七段执黑四十三手封盘后，有人告诉名人今日上午下午共落子十六手。

"十六手？……那么多吗？"

名人疑惑。负责记录的少女一再跟名人强调：从白二十八手到黑四十三手封盘，的确是十六手。对手七段也说明是十六手。开棋时，棋盘上只有四十二个棋子，一目了然。两个人如是说，名人仍是不明白，他用手指一个个按住当日落子，慢慢地亲自数。最终还是没弄清楚。

"复盘便知。"

于是他同对手两人，一粒粒捡拾当日的落子。

"一手。"

"二手。"

"三手。"数到十六手，又重新再来……

"十六手？……这么多啊。"名人木然地嘟囔了一句。

"先生下得快啊……"七段说。

"我不快啊。"

名人懵懵懂懂地坐在棋盘前，没有起身的迹象。大家便也不好先行离席。过了片刻，小野田六段开口道：

"到那边去吧。换换心情……"

"要不下一盘将棋吧？"名人如梦初醒。

名人不是做戏发呆，也不是假装糊涂。

那天只下了十五六手，无须查对。整局棋都在棋手脑中，吃饭、睡觉都在思考。名人却偏要亲手复盘才能信服。也许这就是名人的性格，一丝不苟细致得无以复加。或许这也是他迂腐个性的一个体现。老名人的个性十分有趣，同时令人感到一种未必幸福的孤僻。

相隔四天，第五日续弈。七月二十一日从执白四十四手到执黑六十五手封盘,共下了二十二手。

中途暂停,名人又问记录员少女。

"我今日用了多长时间?"

"一小时十九分。"

"是么?"名人一愣,似乎有些意外。

这天名人十一手所用时间相加,比对手七段的黑五十九手这一手所用的一小时三十五分还少了十六分钟。名人也觉得自己确是一个快手。

"好像没用多长时间……挺快的啊……"七段却说。

名人则又问记录员少女:"镇呢?"

"十六分钟。"少女答道。

"顶呢?"

"二十分钟。"

七段从旁插话道:"粘却费时很长啊。"

"那是执白五十八手啊,"少女一边看时间记录表,一边回答,"三十五分钟。"

名人似乎仍不相信,从少女手中接过时间表仔细地看。

> 我喜欢洗澡,又正值夏季,每每暂停,我总是急不可待地泡入浴池。那日大竹七段兴致很高,几乎与我同时跳入浴池。

"今天落子很快啊。"我说。

"先生下得快,顺手。真是神了!这棋局,看样子很快就结束……"七段有点儿不悦地笑笑。

他仍旧体力充沛。对局前后,在对局室以外的地方同棋手会面不妥。这时的七段情绪激昂,像是决心奋力一搏。也许他的脑子里,正酝酿出一套凌厉进攻的招数呢。

"名人落子真快啊。"列席观战的小野田六段也惊叹不已。

"这在我们棋院的段位大赛要耗时十一个小时,名人的速度十分钟足矣。真是匪夷所思啊。就说白棋的那个镇,岂能轻易落得了子……"

且看两人的用时。第四轮续弈至七月十六日,白棋用时四小时三十八分,黑棋用时六小时五十二分。第五轮续弈是七月二十一日,仅一天的时间,白棋用时五小时五十七分,黑棋用时十小时二十八分,差距更大了。

后来第六轮续弈是七月二十六日,白棋耗时八小时三十二分,黑棋耗时十二小时四十三分。至第七轮的七月三十一日,白棋耗时十小时三十一分,黑棋则耗时十五小时四十五分。

而到了第十轮八月十四日,白棋用时十四小时五十八分，黑棋用时十七小时四十七分。差距缩小了。这天白棋一百手封盘后，名人就住进了圣路加医院。此外，八月五日对局的白棋第九十手，名人强忍病苦长时间想棋两个小时零七分。

十二月四日终盘，全局的耗时情况如下：秀哉名人耗时十九个小时五十七分，大竹七段耗时三十四个小时十九分。相差十四五个小时。这巨大的差距令人生畏。

十七

十九个小时五十七分，相当于一般对局时间的两倍。但按规定时间，名人还剩下二十个小时。大竹七段用时三十四小时十九分，但按规定的四十个小时计算，还余下近六个小时。

这盘棋，名人执白的第一百三十手是偶出昏招，却是一记致命伤。如果不是名人出了昏招，形势不明或细棋持续，想必七段就无法轻易取胜，没准儿须绞尽脑汁绞杀到规定的四十个小时。白棋一百三十手后，黑棋便胜局已定。

无论名人还是七段，皆属有耐力的长考型棋手。七段的棋凌厉，常常到规定时间临近的最后一分钟打出百手的气势。但名人不会有那般惊险动作，他不是在时间制的束缚下修炼成材。也许他的期望是在平生最后一场决胜局中摆脱时间的限制，无怨无悔地搏一把，这才有了四十个小时的规定吧。

很早以前，名人决胜棋赛的限定时间就特别长。大正十五年对雁金七段的弈战是十六个小时。雁金七段因超时而败北。但即使黑棋还有时间，那棋局名人胜五六目已是板上钉钉。有人说雁金七段不应耗到超时，而应痛快地抛子认输。同吴清源五段对局时，规定时间是二十四个小时。

比之名人之前破格的耗时，此番退役告别赛的规定时间约莫是其两倍，为四十个小时。比之一般棋手的时限，则是延长至四倍。简直像是没有了时间限制。

如果是名人提出了超常规的四十个小时的条件，那么就是名人自己背上了沉重的包袱。就是说，名人得自讨苦吃地强忍病痛，接受对手的长时间思考。大竹七段耗时三十四个小时以上，足以说明问题。

隔五日续弈，原本是照顾名人的衰老病弱，却适得其反。假使双方充分使用享有时间，合计得八十个小时。一轮对局约五个小时，则须鏖战十六轮。每隔五日一轮，顺利的话亦需三个月。一盘棋三个月全神贯注地激战，始终处于紧张的状态之中，那样的围棋决胜气氛令人不堪忍受，等于无谓地损耗棋手的身心。对局期间寝食不安，棋局永远盘旋于脑际。即使间歇四天，与其说是休养，莫如说加剧了疲劳。

名人患病后，间歇四天更成了负担。不用说他自己，此番棋赛的工作人员也都祈望早日终盘。他们希望名人早日轻松下来，自然也是出于担心——怕名人不定何时会病倒……

在箱根，名人便有一次身体不支，他跟夫人说——胜败不论，只望早日下完那盘棋。

"以前从没说过那样的话……"夫人凄怆地说。

据说还有一回，名人对一个工作人员说：

"继续这棋局，我这病如何能好？我常有那样的念头，掀翻这棋盘，我便解脱了。可是，我如何做得出那种忤逆艺道的事呢？……"

他低下头又说：

"当然，我并未认真地思考这事。只是痛苦之时，掠过脑际罢了……"

虽是私下里告白，却是真情的吐露。无论什么场合，名人很少牢骚满腹，也不说泄气话。五十年的围棋生涯中，多次获胜乃因强于对手的耐性。名人不会哗众取宠，夸张地展示自己的悲壮和痛苦。

十八

伊东续弈后不久，某日我问名人：这盘棋结束后是再度住院，还是跟往年那样去热海避寒？名人突然来了兴致：

"嗯……其实问题在于，棋赛结束前我会不会病倒。坚持到今日，自己都感觉不可思议呢。我倒并非深思熟虑，也没有什么所谓的信仰。但仅凭棋手的责任感也无法坚持到今日。嗯，说不定还真是某种精神的力量……"

他微微歪着头，慢条斯理的样子。

"说到底，也许我就是个感觉迟钝的人。呆……我觉得，反而是一件好事。在大阪和东京，呆的意味不同。东京人的呆，有点儿蠢的意味。可在大阪似有别样的意味，譬如绘画上这意味着有点儿朦胧，围棋上这则有心不在焉或模棱两可的意味……"

我听了，琢磨着名人意味深长的话语。

名人很少这样子倾诉衷肠。他不是喜形于色的人，也不会随便说话。作为观战记者，我长期细心地观察名人，才会对他若无其事的神态和言语偶有所感。

明治四十一年，秀哉承袭了本因坊师名，之后每每遇事，担任名人著书助手的广月绝轩都在支持名人。他撰文称追随名人三十余年，从未听名人说过"拜托你了"或"辛苦你了"。据说名人因此被人误解为冷酷无情的人。绝轩又说，世间多议论，称他是在名人的授意下活动。名人却超然物外的样子，仿佛与己无关。绝轩还写道：有误传说名人涉不洁金钱，他可提供反证。

在退役告别赛的对局中，名人也从未说过那般应酬的话。所有应酬皆由夫人出面。他也从不以名人自居摆臭架子。他就是那样一个人。

围棋人士有事与他商量，他也只是"哦"一声，木然地不再言语。因此很难获知他的意见。我想，面对拥有绝对地位的名人，也没法打破砂锅问到底，因而会令人左右为难。在客人面前，多半由夫人代表名人应酬或酬酢。名人发呆时，夫人便焦虑不安地敷衍周旋。

名人还常有另外一种表现，喜欢在业余爱好和个人嗜好方面与人叫板，但感觉迟钝神情恍惚，很难领会他人的意思，即他自己所谓的"木讷"。下将棋、连珠棋自不必说，打台球、搓麻将，他都要长时间思考，使对手感觉厌烦。

在箱根的旅馆里，名人、大竹七段和我打过几次台球，名人的最高得分为七十分。大竹七段像下围棋似的细

报得分:

"我四十二,吴清源十四……"

名人每击一球都要思考很长时间,他摆好架势反复摩挲着球杆,然后胸有成竹地一击。他击球的次数很多,都是经过长时间周密思考的。一般认为,打台球时球和人体的运动速度至关重要,配合得好便能击打出好球。但名人却没有那种运动细胞。看名人挥杆击球,真让人着急。继续看下去,给人一种哀伤的亲切感觉。

搓麻将时,名人将怀纸折成细长条,麻将牌放在上面。不论是怀纸折法还是麻将摆法,他都一丝不苟弄得整齐。我以为那是名人的洁癖。

"嗯,像那样把麻将摆在洁白的纸上,牌很明亮,容易看得见,不妨试试。"名人说。

一般人认为,打麻将手灵活出手快才有竞赛的氛围。可名人的思考时间却太长。慢条斯理。对手等得心烦气躁没了兴致。名人却不管对手的什么心情,只是自顾自地一味思索。对手耐着性子跟他推牌,名人却全然不觉。

十九

"下围棋和下将棋,无法了解对手的性格。有人说通过对局,可以看出对手的性格。对于通晓围棋精神的人,这种说法毋宁说是歪门邪道。"

名人这样说到业余围棋,多半愤懑于那些一知半解议论棋风者。

"像我这样的人,与其琢磨对手,莫如投身于围棋本身的无我境地。"

名人在辞世那年正月初二,亦即临死半个月前,参加了日本棋院的棋赛开幕式并下了连棋,即当日到访棋院的棋手,找到对手后各下五手就打道回府,以此代替祝贺棋赛开幕的名片。排队等候的时间太长便又开一局。第二局棋至二十手时,名人见濑尾初段闲极无聊,就跟他另开了一局。从二十一手下到三十手,各出五手。这局棋已没有后继的棋手。轮到名人出最后一手即可暂停。这三十的最后一手,名人竟思考了四十分钟。其实,不过是开幕式的即席助兴,又没了续弈者,随意落下一手并无大碍。

告别赛中辍,名人住进了圣路加医院。我曾去医院探视。医院病房内的家具都是特大号,适合美国人的体格。名人身材短小,坐在高高的寝台上,让人觉得不踏实。他脸上的浮肿基本退了,双颊有了点肉。他神态自若轻松,最重要的是卸去了心头的沉重负担,仿佛变成迥异于棋赛状态的慈祥老人。

连载告别赛情状的报社记者云集于此。据说每周的悬奖问题都备受关注，每个周六都会募集读者的答题，看下一手该落在哪里。我也跟记者说了一句：

"本周的问题是黑棋九十一手……"

"九十一？……"

名人顿时把脸转向了棋盘。糟糕！我意识到不能涉及围棋。

"白一间跳，黑九十一手扳……"

"嗯……那里不是扳就是长，只有两种下法。想必很多人都会猜中。"

说话时，名人自然地挺直腰背，抬起头正襟危坐。这是对局的姿势，凛然威仪。面对虚空的棋局，名人久久处于忘我的状态之中。

无论此刻还是正月里下连棋时，他都潜心于棋道技艺，一丝不苟，每一手都不会敷衍了事。与其说他是重视名人的责任，不如说已是无意中的自觉。

年轻人一被找去做名人的将棋对手，心里就开始发虚。以我观察的一二例来说，同大竹七段在箱根对弈，让车的一局从上午十点下到傍晚六点。另外，这次告别赛之后，《东京日日新闻》举办了大竹七段同吴清源六段的三番赛，由名人担任讲解。我撰写第二局观战记时，藤泽库之助五段前来观战,就被拉去跟名人下将棋。从上午下到入夜,续弈战至翌日凌晨三点。第二天早晨,跟藤泽五段一照面,名人又拿出了将棋棋盘。

七月十一日箱根告别赛续弈,为照料名人下榻奈良屋的《东京日日新闻》围棋记者砂田,在下一次十六日的续弈前夕同我们聚会时说:

"名人真是让我服了。之后连续四天大清早起床,喊我打台球,一整天,打到深夜,天天如此。简直是超人啊。"

名人从不对夫人抱怨下棋累了倦了。夫人经常提及一个例证,说明名人对于棋艺的如痴如醉。我在奈良屋旅馆也曾有耳闻。

"那时我们住在麻布笴町……房子不大。一间十叠的房间,既是对局室又是练习场。无奈的是贴邻的八叠作了餐厅。那里的客人大声说笑,喧闹不已。有一回恰巧先生与某棋手对局,我妹妹把她刚出生的婴儿抱来给我看,孩子哭个不停。我焦急万分,希望妹妹早点儿回去。可是我们很久没有见面,她特意来此让我看孩子,我怎么好意思开口呢?妹妹走后,我跟先生道歉——准是把您闹烦了吧?先生却说,他完全不晓得妹妹来过,也没听见婴儿的哭闹声……"

夫人又补充说道：

"已故的小岸说过，早想成为我家先生那样的人，每晚歇息之前，在被褥上静坐。那时节，流行冈田式静坐法呢。"

所谓小岸即小岸壮二六段。他是名人的爱徒，名人说过"只信赖他一人"，曾考虑让他做本因坊的继承人。不料小岸却于大正十三年一月去世，虚岁二十七。晚年的名人，动辄就会想起小岸六段。

野泽竹朝还是四段的时候，在名人家中同名人对局也发生过类似的事。少年弟子们在学仆房嬉戏打闹，噪声传到对局室。野泽出去制止，告知他们会被名人叱责的。可是名人却没有听见噪声。

二十

"午休时间，名人也是一边吃饭一边凝视虚空，一言不发……想必这一手让他耗尽心力。"名人夫人说的是七月二十六日在箱根的第四次续弈。

"吃饭的时候他也心不在焉。我说了吃饭不专心，肠胃不蠕动，恐怕对身体不好。他却拉了个长脸，继续定定地凝望虚空。"

黑六十九手的强势进攻，名人似乎也没有料到，勉强应手，苦思冥想了一小时四十六分钟。这是此局开战以来名人想棋时间最长的一次。

但对大竹七段来说，大概五天以前就盯上了。今早续弈，七段按捺住自己焦急的心绪，再度思考了二十分钟。这当儿，他跃跃欲试自顾自地摇动着，且将身体探出在棋盘上方。继黑六十七之后，又强硬地落子黑六十九。

"雨么？还是暴风雨？"七段说罢，放声大笑。

适逢此时，一场暴风雨骤至。庭院的草坪转眼被水淹没。风雨敲打在急忙关上的玻璃门上。七段脱口而出一句得意的诙谐之语，仿佛也是他会心的呼唤。

名人看到黑六十九，仿佛鸟影突现吃了一惊。一阵愣神过后，他露出和蔼可亲的面容。这在名人脸上，亦是罕见的表情。

其后伊东续弈时，黑棋意外的一手亦有封盘之嫌，名人火由心生，想到围棋竟也受到这般玷污，恨不能投子弃赛。好歹到了休息时间，他向我等吐露了胸中愤懑。但是面对棋盘，名人却始终不露声色，没人觉察到他内心的动摇。

看来黑六十九手宛如一把寒光逼人的匕首。名人旋即陷入了沉思。午休时间已到，名人离开对局赛场。大竹七段却依然站在棋盘旁。

"这里可是节骨眼。分水岭啊。"七段依依不舍地俯视着盘面。

"生死劫啊!"

我话音未落,七段朗然一笑:

"总害我一个人苦思冥想……"

午休之后,名人一落座就下出白七十手。午休是吃饭时间,并不算在规定的时限之内。大家心知肚明,名人在吃饭的时间里仍想着棋。为掩人耳目,下午的第一手本可佯作思考状。可名人没有这个本事。相反,就是吃午饭的时间,他也定定地凝望着虚空。

二十一

黑六十九的攻击有"鬼手"之谓。名人后来也讲评道,那是大竹七段独创的凌厉攻击。错误应招,白棋的局面势必不可收拾。为此,名人耗时一小时四十六分落子白七十。十天后即八月五日,白九十耗时两小时零七分,是名人在本棋局中想棋时间最长的一次。白七十的一手次之。

列席观战的小野田六段等敬服地说,若说黑六十九的进攻是鬼手,那么白七十的凌厉反击则是妙手。名人隐忍一步,反守为攻,一举摆脱了困局。真可谓名手绝招。白棋这一手削弱了黑棋凌厉的攻势。看来黑棋是虚张声势、用力过猛,白棋却弃子疗伤、轻装上阵。

"雨么?还是暴风雨?"

这便是大竹七段所说的暴风骤雨。霎时天昏地暗,开了电灯。棋盘如镜,白棋仿佛与名人的风姿融为一体。庭院里风雨凄凄,反衬出对局室的静寂。

雷阵雨很快停息。半山腰上雾霭缭绕。下游的小田原方向晴空万里。阳光照耀着峡谷对面的山峦。蝉鸣声噪。廊下的玻璃门打开了。七段执黑七十三手时,四只漆黑的小狗在草坪上嬉戏。天空又半阴起来。

大清早,又是一场骤雨。上午的对局时间,久米正雄坐在廊下的椅子上,感慨地喃喃自语:

"落座于此,顿觉心情舒畅,心境也通透澄澈……"

久米新任《东京日日新闻》学艺部长,头天晚上来此观战,住了一宿。小说家任报社学艺部长,近时无先例。围棋归学艺部主管。

久米对围棋近乎一窍不通。他坐在廊下看山,不时望望对弈者。棋人的内心波澜也会传达到久米心中。名人面带悲痛的表情苦思冥想时,久米微笑温蔼的脸上也会浮现出同样的哀痛表情。

不谙围棋的我和久米是五十步笑百步。尽管如此，在一旁观战的时间里，我竟不知不觉中感觉到棋盘上不动的石头棋子，如同有生命的精灵在说话。棋手落下棋子的声音，仿佛在偌大的世界里回响。

对局场设在二号别馆。三个单间，一间是十叠大小，两间是九叠。十叠那间的壁龛里插着合欢花。

"这花像要凋谢了……"大竹七段说。

这天下了十五手，白八十手封盘。

"快到下午四点的封盘时间啦。"

少女记录员提醒说，名人却像是没有听见。少女向名人微微欠身，一度踌躇不决。七段便帮着少女说了一句：

"先生，您在封盘么？……"

七段的问法，像是在摇醒睡梦中的孩子。名人总算听见了，嘴里嘟囔着。但声音嘶哑，听不清在说什么，多半是知道该封盘了。日本棋院的八幡干事把信封预备好了，名人却仍旧呆呆地望着，仿佛事不关己，而且带着无法立刻回到现实的表情。

"封盘的一手还没确定么？"

接着又苦想了十六分钟。白八十手耗时四十四分钟。

二十二

七月三十一日续弈,对局室又改在了"新上段间"。三个单间分别是两个八叠和一个六叠,分别悬挂着赖山阳、山冈铁舟、依田学海的匾额。三个单间是在名人房间的楼上。

名人房间的廊道边,绽开着一簇簇八仙花。今天大黑凤蝶也飞落在花上,鲜艳的倒影映在泉水中。房檐下的紫藤架上,枝叶繁茂。

名人在对局室思索白八十二手,耳闻流水声,向下俯视,见夫人站在泉水石桥上,往水里投掷麸饼。随即听到鲤鱼扎堆儿聚拢的水声。

"家有京都来客,我回家了一趟。这阵子东京也凉爽多了……"当日凌晨,夫人对我说,"不过,天凉下来,我又担心他感冒……"

夫人站在石桥上,天空飘起了毛毛细雨。一会儿大颗的雨点不期而至。大竹七段不知道下雨。别人告诉他时,他说了一句——

"老天爷也患肾病了么?"

多雨的夏天。到箱根没遇上一个晴朗的对弈日。晴雨无常。现在的这场雨也是一样,七段思考黑棋八十三手时，还是八仙花上阳光明媚，山峦亦翠绿如洗光灿润泽，转眼间天空又阴沉下来。

黑棋八十三手，想棋长耗了一小时四十八分钟，超过白棋七十手的一小时四十六分钟纪录。七段双手支地，连同坐垫往后挪了挪，然后凝视着棋盘右侧。旋即又将手揣在怀里，腆着个肚子。这是七段长时间想棋的前兆。

到中盘，每一手都至关重要。黑白的地盘大致明了。结局如何还无法准确地估算，但已临近可以估算的时候。就这样进入收官或杀入敌阵或在别处挑起战事。这时候可以看出棋局大势，判断胜负，据此拟定作战的计划。

在日本学习围棋后返回德国、人称"德国本因坊"的费利克斯·迪瓦尔博士给名人的告别赛发来贺电。晨报刊登了二位棋手阅读博士电报的照片。

当日白棋八十八手封盘。八幡干事见面便说：

"先生，此乃八八米寿之贺礼啊。"

名人清癯的脸颊和颈项尤其瘦削，比之酷暑的七月十六日却更加精神。掉了肉或可谓之为形销骨立，反而意气轩昂。

谁都没想到名人在五日后的对局中病倒。

黑棋八十三手时，名人迫不及待"噌"地站起来，顿时全身的疲劳显露出来。这时是十二点二十七分，当然是午休的时间。名人不顾一切地站起来,这种情况是前所未有的。

二十三

"我曾一味地祈求神佑。大概是心中没底啊。"八月五日早晨,名人的夫人这样对我说。接着又说:

"我就担心发生这等事。过分担心,反而……如今只好祈福神佑了。"

我是有着强烈好奇心的观战记者,崇拜赛场上的英雄名人。听长年相伴的夫人所言,仿佛触及了痛处,无言以对。

这盘棋诱发了名人的心脏病。胸闷他早已有之,从未与人提起。

八月二日,脸部开始浮肿,胸口也开始疼痛。

八月五日是规定的对弈日。结果改成上午的两个小时。且之前须接受诊治……

"……要看医生么?"名人问。

听说医生紧急出诊去了仙石原,他便催促道:

"这样啊?那就开始吧。"

名人坐定棋盘前,双手静静地捧起茶碗,喝了一口温茶。然后挺直身子，双手交叠轻置于膝上。脸部表情却像是一个要哭出声的孩子。紧努的双唇使脸颊的浮肿更加明显，连眼睑都是肿的。

对局大致按规定时间从上午十点十七分开始。今日晨雾变骤雨。不多会儿，早川下游的方向又明亮起来。

启封白八十八，大竹七段十点四十八分执黑八十九。那么名人的白棋九十手便过了正午，快一点半了还举棋不定。他强忍病痛，想棋竟达两小时零七分。想棋时间，名人正襟危坐。面部浮肿反而消退了。终于到了午休时间。

一般休息一个小时，今日却是两个小时。名人接受了医生的诊察。

大竹七段也说肠胃不适，连服三种药，还吃了预防脑贫血的药。七段过去曾在对局中晕倒。

"脑贫血的起因有三，棋势受阻、时间受限和身体异样……"

说到名人的病，大竹七段说：

"我想弃赛的，先生非下不可……"

午休过后，返回对局室之前，名人决定了白九十手封盘。

"先生，受累了。"大竹七段抚慰道。

"抱歉啊。原谅我任意妄为……"名人破天荒地道歉后,棋赛便暂停了。

"脸肿我倒不在意。这里说不清楚什么感觉,真是难受。"名人抚摸着自己的胸脯画着圈,对久米学艺部长说明病痛。

"时常会有憋气、心悸或胸闷难耐的感觉……以为自己还年轻呢。其实到了五十岁,就感觉上了年纪。"

"人常说老而弥坚啊……"久米说。

"先生,我才三十岁,就感觉上了年纪呢。"大竹七段说。

"你还早着呢。"名人说。

名人在休息室与久米部长对坐片刻,说到一些少年时代的往事,比如在神户阅舰式的军舰上第一次看见了电灯。

"生病真要命,不让打台球。下两盘将棋应该没事,来吧……"

名人笑了笑,站起身来。说是两盘,谁知道呢。久米知道名人当日又要挑战棋赛,便说:

"还是搓麻将吧。不用动脑子。"

午饭时,名人的餐食只是梅干加稀粥。

二十四

久米学艺部长来此,或因名人患病的消息传到了东京。弟子前田陈尔六段也来了。列席的小野田六段和岩本六段二位也是八月五日到达。连珠棋名人高木也在旅行中顺便到访。滞留宫下的土居将棋八段也到此一游。棋人聚首,热闹非凡。

久米部长善解人意。名人跟久米、岩本六段和砂田记者一起打麻将,放弃了下将棋的想法。三个陪练者小心翼翼,名人却十分投入地苦思冥想。

"你呀,过分地投入,脸又要肿啦。"夫人忧心忡忡地贴在名人的耳边小声说。名人却似乎没有听见。

高木乐山名人则在他们身旁,教我移动连珠棋和活动五目棋。高木名人精通所有游艺,还会想出新的玩法,给大家带来舒朗的心境。今天他也教给我一种新的游戏"金枝玉叶"。

晚饭后,名人又让两子跟八幡干事和五井记者下连珠棋,直至夜半。

前田六段日间与名人夫人说了几句话,就匆匆离开了旅馆。对前田六段来说,名人是师傅,大竹七段是师兄,他是担心被人误解或有闲言碎语,才避免与对弈者会面。

也许他是有过前车之鉴。当初名人与吴清源五段对弈,有人说执白一百六十手的绝杀是前田六段发现的……

翌日即六日早晨,在《东京日日新闻》的照拂下,川岛博士从东京来给名人诊病。结果是主动脉瓣闭锁不全。

诊视完毕,名人又坐回病床继续下将棋。对手还是小野田六段,采用"不成银"下法。然后是高木名人同小野田六段对局,采用"朝鲜将棋"下法。名人倚在扶手上观战。

"好了,打麻将吧。"名人等不及地催促道。可我是麻将白丁,人数不够。

"久米先生呢……?"名人问。

"久米先生去送医生,顺路回去了。"

"岩本呢……?"

"回去了。"

"是么……? 都回去了?"名人有气无力。那种孤寂感深深地打动了我。

我也要回轻井泽去了。

二十五

报社和日本棋院的相关人士,与东京的川岛博士及宫下的冈岛医师商量后,决定尊重名人的意愿继续棋赛。但由原先的隔五天一轮、一天五小时对局,缩短为三四天一轮、一天两个半小时对局,旨在减轻名人的疲劳。每次对局前后,须接受医生的诊治且获得医生的认可。

事已至此,唯有此权宜之计——缩短后边的天数,旨在使名人从病痛中解脱出来,且善始善终地完成此番棋赛。为一盘棋,竟在温泉旅馆滞留两三个月,真是太过奢侈。但这就是所谓的"罐头制",将人"塞"在围棋这样的罐头里。四天的休息时间是可以回家的,摆脱围棋,散散心,消除疲劳。而所有人封闭进行棋赛的旅馆,就无法达成心情的转换。两三天或一周,问题不大。可是两三个月,对六十五岁的老名人来说未免残虐。今日对局,照例是"罐头制"。即使有老年人和时间过长的问题,说是"恶德"恐也言过其实。在名人眼中,这种条件苛刻的对局,或许恰恰能成就英雄的桂冠。

名人不到一个月就病倒了。

然而如今,对局的条件变了。于对手大竹七段,可谓非同小可。若不能依当初的誓约对弈,名人可弃赛。但他并未直截了当,只是说:

"休息了三天,仍是身心俱疲。一天两个半小时,是够受啊……"

这是以退为进。但大竹跟老年病人对弈，却让人觉得不地道。

"先生有恙，岂能强求对弈？难办啊……我想弃赛的，先生却说不可。但世人不会那样看啊。相反认为是我死乞白赖。继续对局，先生若是病情加重，我如何脱得了干系？那可如何是好？必定在围棋史上留下污点，让我今生后世集恶名于一身。出于人情，也该让先生静养身心，病愈后再来啊……"

无论在谁眼里，跟重病患者决赛都不合时宜。战胜病人乃是乘人之危。败北的话更是惨不忍睹。眼下胜负尚不明晓。名人面对棋盘，常常便忘记了病痛。而大竹七段若是主动忘记对手的病痛，毋宁说会使自己更加被动。名人竟成为一个悲剧式的人物。报端也披露了名人的一句话：坚持对弈，死在棋盘旁，可谓是棋手的本愿。他竟成为以身殉艺的名人。神经质的七段却别无选择地必须应战，顶着漠不关心对手病痛且缺乏同情心的恶名。

报社的围棋记者甚至说，强迫病人对弈关乎人道问题。但想方设法让名人续弈的正是主办告别棋赛的报社。这盘棋在报上连载，极具人气。我写的观战记也获得成功，许多对围棋一无所知的读者都读了。有人私下对我说，名人可能担心棋赛中断，莫大的对局费没了着落。我想这是牵强附会的胡乱猜疑。

总之,下一个对弈日即八月十日的前一天晚上,大家众口一词地想要说服大竹七段同意续弈。但你说东他非要说西,这七段简直像个顽劣的孩童。一会儿点点头像是同意了,一会儿又并非如此。报社的相关记者和棋院的工作人员笨嘴笨舌,根本无法应付。安永一四段是大竹七段的莫逆挚友,善于处理各类纠纷,便自告奋勇地去说服七段。不料碰了一鼻子灰。

半夜里,大竹夫人也抱着孩子从平塚赶来。夫人哭了,劝都劝烦了,无济于事。夫人哭泣着,温柔和蔼、条理清楚地跟丈夫论理,但这绝非聪明女人的劝说方式。我伫立一旁,夫人发自内心的泣诉感动了我。

夫人原是信州地狱谷温泉旅馆的小姐。大竹七段和吴清源在地狱谷深居简出研究新布局乃一段围棋界佳话。早就听说夫人姑娘家时代就是美人。从志贺高原下到地狱谷的年轻诗人都说,夫人家的姐妹都美。我正是从诗人那里获得了这个印象。

在箱根旅馆见面时,她只是一位不显山露水忙前忙后的妻子,我有点儿出乎意料。她不施粉黛,憔悴地操持家务,怀抱婴儿的形象残留着当年山村牧歌式的痕迹。一看便是位温柔贤淑的妻子。她怀中的婴儿让我感动不已,我从未见过这么好看的孩子。八个月的男孩长得堂堂威武，好像蕴蓄着大竹七段的雄心。婴儿的肌肤白皙清爽。

过了十二三年的今日，大竹夫人一见我就提起那个孩子。

"这是承蒙先生夸奖的孩子……"夫人指了指一个少年。

她告诉孩子说：

"你还是婴儿时，浦上先生就在报上表扬了你……"

当年怀抱婴儿的夫人流着眼泪苦口劝说，大竹七段似乎心软了。他是个顾家的好男人。

然而大竹七段同意续弈后，仍是彻夜难眠，有无尽的苦恼。黎明时分，约莫五六点钟光景，他便在旅馆的走廊上慢悠悠地来回踱步。一大早，他便穿好带家徽的礼服，怏怏不乐地横卧在玄关大厅的长椅上。

二十六

十日早晨，名人的病情如旧。医生同意对局。他脸上还是浮肿，身体明显衰弱。同样是那天早上，有人问当日对局在本馆还是在别馆。名人答已经走不动了，又说前些时大竹七段提及本馆的瀑布声嘈杂，就请大竹七段决定吧。瀑布是自来水人工造的，于是决定关了瀑布在本馆对弈。我听了名人这番话，一股近乎愤懑的悲哀涌上心头。

名人执迷于棋赛，动辄失魂落魄，如今却只能任凭工作人员摆弄，不能再像往日那样任意随性。即便在患病后不知如何"料理后事"的窘迫之时，大名鼎鼎的当事者名人也恍恍惚惚，仿佛事不关己。

八月十日的头天晚上，月明星稀。清晨阳光灿烂，万物清新，白云闪耀。这盘棋迎来第一个这样好的仲夏天气。合欢树也尽情地扩枝展叶。大竹七段羽织短褂上的白色纽带异常醒目。名人夫人说：

"哦，总这样的天气多好……"

她的面容清癯。大竹夫人也睡眠不足，面色苍白。两位夫人均显憔悴，脸上闪烁着不安的目光。她们都在为自己的丈夫担忧，坐卧不宁。显然，她们首先考虑的都是自己的丈夫。

仲夏时节的户外，阳光璀璨。逆光下的室内，名人的身影却暗郁凄怆。对局室的人俯首凝神不看名人。平素爱说笑的大竹七段，当日也缄口不言。

非要这样下棋吗？人要紧还是围棋要紧？我由衷地心疼名人。我想起直木三十五临终之前，在他绝无仅有的私小说《我》中写道："我真羡慕围棋人。说它没价值就绝对没价值;说它有价值就绝对有价值。"直木逗弄着猫头鹰又说:"你不寂寞吗?"猫头鹰啄破了桌上的报纸。那张报纸刊登了本因坊名人同吴清源的棋赛。名人患病,棋赛中辍。直木试图探究围棋奇妙的魅力和胜负的纯粹性,进而思考自己写的大众文学的价值。他写道:

"——近来,我渐渐产生了厌倦心情。此刻已是下午四点多,今晚九点以前必须写完三十页稿纸。可我感觉已无关紧要。我愿意侍弄一天猫头鹰。难道不为自己,而是为大众文艺和家庭没命地操劳?他们对我何等的冷酷?"

直木终因写作劳累而死。我最初认识本因坊名人和吴清源,乃由直木三十五引荐。

直木临终时像个幽魂。眼前的名人也已像个幽魂。

这天共下九手。大竹七段执黑九十九时,已届约定的封盘时间十二点半,便决定后由七段独自去想,名人离盘。此时才听见了谈笑声。

"当学仆的时候,卷烟抽完了就用烟袋……"名人悠然地吸着烟卷,"我把积存在袖兜里的烟末都填了上去。也能过瘾呢……"

一阵凉风吹入。名人没在跟前,七段便沉思着脱了罗纱外褂。

中途暂停,回到自己的房间,名人便同小野田六段下将棋，令人吃惊。据说下完将棋又打麻将。

我心中郁闷，闷在对局的旅馆里，都要崩溃了，就逃往塔泽的福住楼，写出一回观赛记。翌日又返回轻井泽的山中小屋。

二十七

名人活像一个好斗的饿鬼，闷在屋里不断撕咬，长此以往，必然对他的健康造成影响。名人也许不会纾解情绪，总把压力憋在心里。即便在棋赛小憩离开棋盘时，他也始终沉浸在棋赛的氛围之中。名人也从来不去户外散步。

以赛事为职业的人，一般也喜欢别样的竞赛。名人的态度却是特异的。所有的比赛都不是轻松的消遣，也不会适度收手。他有耐性，不依不饶，连日连夜地鏖战。他令人生畏，说什么散心消遣，活脱一个鬼迷心窍的好斗恶鬼。他连打麻将打台球也如下围棋，达到无我忘我之境界。这种状态威慑了对手，于名人自己却是真实而纯净的展现。名人的走火入魔与常人不同，仿佛失魂落魄于遥远的彼方。

从暂停到晚饭的短暂时间里，名人也在想比赛。列席的岩本六段晚酌,抿了两口小酒,名人便急不我待地来邀赛。

箱根对弈初日,中途暂停。

大竹七段回到自己的房间,就对女佣说:

"去哪儿找个棋盘来……"

像是在复盘方才的棋局,听得见落子的声音。

名人则很快换上了浴衣便服,出现在工作人员的房间,并让两子同我下起连珠棋。不费吹灰之力,五六招便将我击败。

"让两子都这样,没意思。到浦上的房间下将棋吧。"

名人兴冲冲站起身便走。他同岩本六段下,让了飞车,晚餐时分暂停。微醺的六段盘腿而坐,拍打着裸露的大腿败给名人。

而大竹七段的房间在晚饭之后,还不时传来围棋的落子声。不大一会儿,他下来了,也让飞车捉弄了砂田记者和我,且说:

"啊,不好意思。我一下将棋就想唱歌。其实我也喜欢下将棋。鬼使神差不下将棋下了围棋。这个问题,我百思不得其解。我下将棋比围棋早得多,大概四岁就学会了。不知为何,下了那么长时间,却不成气候……"

说罢,他手舞足蹈地唱起了儿歌、民谣以及他擅长的俏皮话换词歌。

"大竹君的将棋，恐怕是棋院里最强的吧。"名人说。

"哪里。先生才厉害呢……"七段答道，"在日本棋院，没有一个人是将棋初段。先生常下连珠棋吗？好像总是先生先走。我不懂棋谱，蛮勇……先生却是连珠棋三段。"

"说是三段，其实不及专业初段。还是专业的厉害……"

"将棋的木村名人，围棋下得怎么样……？"

"大致初段吧。近来大有长进。"

接着大竹七段同名人下将棋，互不让子。歌声相伴。

"恰恰咔恰恰，恰恰恰恰恰……"

名人也被吸引住，不由得和着哼了起来：

"恰恰咔恰恰，恰恰恰恰恰……"

这种得意失态于名人是罕见的。名人的飞车杀入敌阵，略占优势。

当时的将棋游戏使人畅朗。可名人几度患病后，游戏的棋赛中便也弥漫着某种阴郁的气氛。八月十日对局后，名人虽勉为其难地继续棋赛，却已活像地狱中的冥府之人。

下轮对局是八月十四日。名人的身体极度衰弱，病情愈发严重，医生禁止他对弈，工作人员也极力劝阻，报社也已死了心。最后决定，名人十四日只下一手即停赛。

对弈者落座后，先将棋盘上的棋盒移放膝前。对名人来说，棋盒不轻。而后两人摆开了阵势，直至中间停赛。就是说，两人须按照顺序落子。起初名人的棋子像要从指尖掉落下来，但下着下着来了精气神，落子的声音也高亢起来。

名人一动不动，当天的一手思考了三十三分钟。本约定白一百手封盘，名人却提出：

"我还能再下一会儿。"

这种心情不难理解。工作人员慌忙商量对策。但是既然有约在先，还是决定一手休战。

"那就……"

名人执白一百手封盘后，依然盯视着棋盘。

"先生，长期以来，承蒙关照，非常感谢。请多加保重……"

大竹七段谢过之后，名人也只是"噢"了一声，随即由夫人应答。

"正好一百手……今天是第几轮了？"七段问记录员，"十轮？……东京两轮、箱根八轮？十轮百手？……平均一天十手吧。"

后来我到名人的房间，跟他暂时作别。名人则定定地凝视着庭院的上空。

名人本应从箱根的旅馆径直去往筑地的圣路加医院，但又有说法称两三天里他是无法乘坐交通工具的。

二十八

七月末，我的家人也来到轻井泽。为此棋赛，我在箱根和轻井泽之间往返。单程就要七个小时以上。对局前一天须离开山中小屋。暂停多在傍晚，归途在箱根或东京歇宿一晚。前后需三天时间。隔五天一对局，回来待两天就得回返。每天要写观战记。那是一个令人生厌的多雨的夏天，我劳顿不堪，倒不如寄宿在对局的旅馆。可中途暂停还是急匆匆想要回家，扒了两口晚饭就出发。

若和名人、七段同住在一家旅馆，反而很难写好他们的故事。同在箱根，我也总是从宫下到塔泽下榻。我要继续写他们的故事。下一个对弈日，还是跟这些人抬头不见低头见，有点儿腻了。围棋观战记乃报社约稿，旨在煽起读者人气，因而多少有点夸张笔墨。一般人哪里懂得高段棋艺，且一盘棋要在报上连载六七十天，因而以棋手的风貌和一举一动的写生为主。与其说我在看棋，不如说是观察下棋的人。另外，对局的棋手是主人，工作人员和观战记者都是仆从。我对围棋似懂非懂，为要怀着无上尊重的心情写好观战记，唯有对棋手抱持敬爱之心。我所感兴趣的并不仅仅是棋赛的胜负，更有所谓的棋艺棋道，为此才能忘我地凝视名人。

名人患疾，无奈中断了告别赛。那日返回轻井泽，我心情沉重。在上野站我把行李放到了火车的网架上，一个高个子外国人隔着五六排座席站起来说：

"那是围棋的棋盘吧？"

"是呀，你好清楚啊……"

"我也有的。非常好的发明啊。"

金属板棋盘有磁力吸住棋子，因而可在火车上对弈。一合上，就看不出是个什么物件。我携带着它东奔西走。

"下一盘吧？围棋很有意思，我喜欢。"

外国人说日语，旋即将棋盘摆在自己膝上。他腿长膝高，比放在我的膝上好下得多。

"十三级……"

外国人精于计算，说得明确无误。他是美国人。

开始的一局让他六子。他说自己曾在日本棋院学棋，还曾与知名的日本人对弈。像模像样的架势，却急吼吼地无神。不论输几局，都一副不在乎的样子。仿佛这样的游戏没必要在乎输赢。他按照学来的棋路，堂堂正正地布阵。开局还是不错的。缺乏的是斗志。我稍加还击或攻其不备，他就一败涂地。一击即溃全无耐性，就好像抄起一个软骨头的大男人扔将出去。我甚至产生了厌恶的情绪，这岂不显得自己本性凶恶？棋艺高低且不论，扫兴，缺乏斗志。不论棋艺多差，遇上强劲的对手，日本人不会窝里窝囊地甘拜下风。他完全没有围棋的战斗意志。我产生了一种异样的心绪，这是一个彻头彻尾的异族。

从上野站到轻井泽，四个多小时的路程一直这样不死不活地对弈。我真服了这个异族，不知道输了多少盘，还是没完没了地纠缠着，简直像是一只乐天派的不死鸟。那种天真且诚实的示弱，倒让我觉得自己心术不良。

西洋人下围棋，的确稀奇，四五个乘客围拢过来，站了一圈观看。我有点儿不自在。一败涂地的美国人却毫不介意。

对这个美国人来说，跟我下棋或就像以语法学习阶段的外语发生口角。或许他骨子里就没把这种游戏当回事。总之同他下棋，跟与日本人下棋真的迥然相异。有时我会觉得，围棋对西洋人而言或许原本就不合适。在箱根大家时常谈论，在迪瓦尔博士的德国有围棋爱好者五千人，在美国也有很多围棋爱好者。我以一个初学的美国人为例可能有点儿轻率，但谈及西洋人缺乏围棋手气质却是一个公论。日本的围棋已超出娱乐和比赛的观念，成为艺道。它贯穿东方自古以来的神秘与高雅。本因坊秀哉名人的本因坊，也即京都寂光寺的塔头之谓。秀哉名人也已悟道，在初代本因坊算砂即高僧日海三百年忌时，他被授予了日温的法号。我在同美国人对局的过程中，发现其人的国度没有围棋的传统。

提起传统，围棋也是从中国传来。但中国的围棋艺道已与日本不可比，如今高深莫测的围棋是日本人创发的。当然围棋受到江户幕府的保护，乃是近世以后的事情。而围棋传入日本已有千年以上的历史。但在相当漫长的历史时代中，并没有培育出日本的围棋智慧。据说围棋在中国乃充满神气的仙心游艺，三百六十有一路中包含着天地自然和人生的法理。然而时至今日，拓展出围棋智慧之深奥魅力的却是日本。

也许在其他民族，并没有围棋、将棋这类充满智慧的游艺或竞赛。一盘棋的想棋时限是八十个小时，决出胜负需三个月时间。这在其他的国家或许闻所未闻。围棋或许也像能乐和茶道一样，已根深蒂固地成为日本的奇妙传统。

在箱根，我曾听秀哉名人说到他的中国漫游。主要的

话题就是何时何地与何人下了几目。我以为中国的围棋也相当强,便问道:

"那么中国的高手同日本的业余高手不相上下对吧?"

"对的,差不多。也许还要弱一点。嗯,也就是日本业余棋手的水平吧。因为中国没有专业棋手……"

"就是说,日本、中国的业余棋手水平相当。也就是说,倘若中国像日本那样培养专业棋手,中国人也会具备围棋高手的素质对不?"

"确实如此。"

"前途不可限量对吧?"

"没错。但是短期之内未必……他们的确拥有不错的棋手,但是很多人用于赌博。"

"不过的确拥有围棋的素质……?"

"当然,吴清源那样的便是代表啊……"

本来,我近期想去采访吴清源六段的。在仔细观察了这场告别赛以后,更想去看看吴清源六段的相关解说。或为自己观战记的补遗。

这位天才生在中国,旅居日本,乃某种天惠之象征。吴六段是一个天才。天才之得以发挥是因为来了日本。自古以来,一艺在身的邻国人在日本受到敬重不在少数。如今最生动的例子便是吴六段。这般天才在中国有埋没之虞，在日本却得到了培养、爱护和厚遇。发现这位少年天才的，也是游历中国的日本棋手。少年在中国时他已研读了日本的棋书。我却感觉，中国的围棋历史远比日本悠久，通过天才的少年放射出一束光芒，身后强大的光源深埋于泥土。吴乃天生我才。但幼年时代倘无磨砺机会，天才就可能无法展露终被埋没。即使在现今的日本，昙花一现的棋才也屡见不鲜。无论个人抑或民族，人类的能力命运无常。此外屡见不鲜的是，有的民族智慧留下灿烂的历史文化而现今式微，有的民族智慧从古到今隐而不显却有光灿的将来。

二十九

吴清源六段住在富士见的高原疗养所。每次在箱根对局，砂田记者都到富士见去取解说的口述笔记。我将这些笔记，适当地插入观战记。新闻报社选定其为解说者，乃因吴六段和大竹七段一样实力、人气超凡，堪谓年轻现役棋士之双璧。

吴六段频繁对弈，影响了健康。他也痛心于中国和日本之间发生战争。他写随笔，期盼早日迎来和平之日，让日中两国雅客得以泛舟于风光明媚的太湖。在高原的病榻，他读《书经》《神仙通鉴》《吕祖全书》等典籍。昭和十一年他加入日本国籍，取日本名字吴泉。

我从箱根回到轻井泽，已是学校的暑假。军训的学生列队进入了这个国际避暑胜地，听得见枪声。我有二十多位故交也离开文坛入伍，加入了陆海军进攻武汉的会战。我却没有入选从军。没有从军的我在观战记上写道：据说在以往的战时，就曾十分流行围棋，时闻武人阵前对弈的逸话。日本武道与艺道之心的合流融合，息息相通于所谓的宗教性人格。围棋则是最好的象征。

八月十八日，砂田记者来轻井泽相邀，我们一起从小诸乘上小海线列车。一位乘客说：在八岳山麓高原，半夜有许多蜈蚣类虫豸爬上铁轨纳凉，车轮碾杀它们时打滑，仿佛抹上了油脂。当晚宿于上诹访温泉的鹭之汤，翌晨去了富士见的疗养所。

吴清源的病房位于玄关上方的二楼，角落铺了两块榻榻米。小小的板状棋盘安放在组装的木架上，架上铺了一块小毡垫。吴六段一粒一粒地摆放小棋子，同时做解说。

昭和七年，我和直木三十五在伊东的暖香园，观看吴清源同名人对弈，名人让子两目。六年前的那时，他身穿藏青底白碎花纹的筒袖和服，手指修长，脖颈白皙，仿佛有着高贵少女的睿智和哀愁。如今又添年轻僧人般的品格。耳朵头型皆是一副贵人相。过去从未有人给我如此鲜明的天才印象。

吴清源喋喋不休地解说,让人记录。他不时托腮沉思。雨水濡湿了窗外的栗树叶。我问到了这盘棋……

"是啊,一盘细棋。非常微妙……"

这盘棋中盘暂停。况且是名人的对弈,其他棋手不好妄加猜测胜负。其实我希望听到的,乃是将棋赛看作艺术性作品的总体性评论,亦即名人和大竹七段的棋风乃至棋风的鉴赏,等等。

"棋艺精湛。"吴清源答道。

"是啊。一句话,这棋赛对双方都至关重要,因此两人都非常精心稳健,不可错看漏看一步棋。这种情况罕见。我认为是非常精彩的棋赛。"

"哦?"我对这般解说不满足,又问:

"黑棋出手坚实,布局很厚。我们也看得出。白棋怎么样呢?"

"嗯,名人也很稳健。稳扎稳打。否则就必然凌乱,甚至崩盘。时间还是充足的,况且这么重要的棋赛……"

这是不痛不痒的说法,看来不会有我希望听到的那种评论。若应我的提问判断细棋形势,倒会有大胆的应答。

然而此时的名人几近病倒,这盘棋给我的感动也愈发高涨，我更想听到触及灵魂精神的解说。

文艺春秋社的斋藤龙太郎在附近的旅馆疗养，归途中我等顺路探望。斋藤说前不久他还住在吴清源的邻室。

"夜阑人静时，常常听见噼里啪啦的落子声。真是不得了……"

斋藤还说，他看见吴清源把探病的客人送到门口，一表人才。

名人的告别赛结束不久，我和吴六段应邀去南伊豆的下贺茂温泉，听到一个棋梦故事。他说曾梦见一个绝招，醒来后还依稀有记忆……

"自己下棋的时候，常常也有似曾相识的感觉。心里就想，莫非是在睡梦中见过的……？"

据说在他的围棋梦中，大竹七段作为对手出现的次数最多。

三十

名人住进圣路加医院之前，我曾听他说过这样的话。

"因我患疾，这盘棋或中途暂停。但我不希望第三者针对这盘未下完的棋说三道四——什么黑棋白棋孰优孰劣啦云云……"

这话像似当时名人的语气。非对弈者本人,如何了解作战的趋势走向?

当时的名人,对局势似乎还抱有希望。棋赛之后,他对《东京日日新闻》的五井记者和我,下意识地说出一句话:

"住院时没觉得白棋处于劣势。当然也曾有过一点儿异样的感觉,只是没有明确地意识到会输……"

黑棋九十九刺中央的白棋,白棋一百粘是住院前的一手。名人在其后的讲评中也说,如果白棋一百手不粘,而是压制右边的黑子防其侵入白地……

"那黑子面临的局面恐也不容乐观……"

再者,白棋四十八手可落子下边的星位以布局。

"占天王山要地,应当说也是白棋滴水不漏的布局……"

名人早就看到这里"至关重要",所以——

"黑棋四十七手让白棋占要地拘谨过度,无法逃避手软手缓的指摘。"

然而,大竹七段在对弈感想中写道:如果黑四十七手不稳健,势必给白棋留下绝杀空间。另据吴六段解说,黑四十七手落子厚实无可挑剔。

令一旁观战的我大为惊诧的是,黑棋稳健的四十七手一出，接着白棋占领了下边的星位大场。与其说我从黑四十七手感受了大竹七段的棋风，莫如说感觉到了七段已有面临决战的意识。他让白棋爬至三线，加固了四十七手之前筑起的厚壁。大竹七段在此使出了浑身解数。他稳扎稳打，力图绝对不输棋也绝对不入对手的陷阱。

中盘百手一带呈细棋形势，或曰形势不明。轮到执黑落子，毋宁说体现出大竹七段稳健而充满胆识的布局。论厚实，黑棋略胜一筹，首先黑地是稳固的。然后一步步啃噬白地，转入七段得意的战法。

大竹七段曾被誉为本因坊丈和名人再世。丈和是古今第一的力棋强者，也时常有人将秀哉名人誉为丈和。一句话，棋风厚实、崇奉战斗、实力克敌，棋风豪宕强烈，危急中富于变化，每每出其不意，落子精湛，在业余棋手中也颇具人气。业余棋手期待的是二者全力相拼，激战连连，整盘棋杀出可歌可泣的绚烂光彩。可是这般期望全然落空。

大竹七段或早有提防，正面应对秀哉名人的长项是危险的。他极力避免大范围的搏杀或被卷入难解难分的纠葛，他竭力压缩名人的作战余地且将战局努力引入自己拿手的形式。虽允许白棋占领大场，却是为着站稳脚跟。这种坚固的棋路不是消极的，底力积极且贯穿着强韧的自信。表面上坚忍自重，实则内蕴着充溢的力量。敏锐观察确定了目标后,便会伺机发动猛攻。

然而,无论大竹七段怎样防备在先,一局棋赛中,名人总有机会发动强力进攻。白棋开局总是先下两角,这种棋法十分有趣。白棋目外,黑棋进入三三手的左上角,六十五岁的名人在最后的决赛棋中,下出了全新的一手。不出所料,不久那个角落即风云变幻,棋势变得异常复杂。毕竟也是名人眼里的重要棋赛,避开了变化复杂的混战,选择了简明化的下法。后至中盘,基本落入了黑棋的窠臼。在大竹七段的独角戏中,自然而然导出了细棋情势。

当然棋赛按照黑棋的打法,必定形成细棋局面。大竹七段或想拼尽全力保全每一目黑棋,亦可看作白棋的成功。倒不是名人施用了特别的战术,也不是黑子的败棋有机可乘,而是顺着黑棋稳健的打法,流水行云在下边手到擒来地围出了大片的白棋领地。不知不觉出现了微妙的决赛局面,或因名人的棋艺已届圆熟境地。名人的棋力未因老龄而衰减,也没有受到病苦的损耗。

三十一

本因坊秀哉名人从圣路加医院回到世田谷宇奈根的

宅邸。

"七月八日离家,约莫八十天,夏去秋来,一直不在家啊……"

当天,名人在附近漫步了二三百米,这是近两个月走得最远的一次。在医院卧床,腿都软了。出院两周,好歹能够坐直了。

"五十年来,我习惯于正襟危坐,盘腿坐反而难受。在医院里一直躺在病床上。回到家里,到现在没法儿端坐。吃饭时,拿一块桌布搭在面前,盘腿坐下藏起脚。说是盘腿,不如说是两条细腿伸进去。过去从未有过这种坐法。我没法长时间正坐,但在开赛之前必须尽可能正襟危坐,否则会有大麻烦。可对于现在的我,真的很不容易……"

名人期盼已久的赛马季节到了。心脏不好的他却须谨慎从事。可是他已经按捺不住。

"顺带着活动一下腿脚,我去了府中。在那儿看赛马,快哉。我心中不禁涌出一股莫名的冲动——'可以下棋了'。可是回到家里又是精疲力竭。还是身体虚弱的缘故吧。尽管如此,还是看了两次赛马。下棋想必也无大碍。今日决定十八日前后续弈。"

名人的这番谈话,由《东京日日新闻》的黑崎记者记录。谈话中提到的"今天"乃指十一月九日。名人的告别赛八月十四日在箱根暂停，正好三个月后又能继续开赛了。临近冬天，对局地点选在伊东暖香园。

名人夫妇在弟子村岛五段和日本棋院八幡干事的陪同下，于对局前三天的十一月十五日到达暖香园，大竹七段是十六日抵达。

伊豆的蜜柑山景色优美，海边一片黄澄澄的夏蜜柑和甜橙。十五日是微寒的阴天。十六日小雨。广播电台说各地有雪。不过十七日是伊豆的小阳春天气，风和日丽。不爱散步的名人，破天荒地到音无神社和净池运动。

箱根棋赛前夜，名人把理发师叫到旅馆。十七日在伊东也让人剃了胡须。和在箱根一样，夫人在背后支住他的头。

"你们那里也能染发吗？"

名人一边跟理发师嘟囔道，一边静静地望着午后的庭院。

他在东京染了黑发才来。染发之后出战，不像是名人的作派。想必是在对局中病倒后，他也想改换一下心情。

名人一向蓄短发，这次却长发分头还染黑了头发，让人感觉十分怪异。理发师的剃刀，让名人暗色的皮肤和高突的颧骨均裸露出来。

跟在箱根时一样，名人脸色苍白并不浮肿，却总是让人觉得不健康。

我到了暖香园，立刻去名人的客房里探望。

"噢，啊……"名人说话懵懵懂懂。

"来此前一天，我曾去圣路加医院看大夫，稻田博士也歪着脑袋作难。心脏病未愈，肋膜中反倒有了少许积水。来伊东后又去看了大夫，说是什么支气管炎……想必是感冒了。"

"哦？"我也无言以对。

"三种病呢。就是说旧病未愈，又添了两种新病。"

日本棋院和报社的人也都在场。

"先生，您的健康情况请别告诉大竹……"

"为什么呢？"名人表情诧异。

"怕大竹多嘴多舌，把事情弄复杂了……"

"本来就是这个样子嘛……隐瞒了不好。"

"您最好还是别跟大竹先生说。要不又像在箱根那样，嫌您是病人呢。"

名人不语。过去任谁问起健康状况，名人都是如实相告。

这段时间，名人断然戒掉了晚酌和香烟。那都是他的嗜好。他在箱根都很少走路，在伊东却尽量做些户外运动,饭量也见长。他还将白发染成了黑发,或许正是一种决心的表现。

我问他下完这盘棋,是按往年惯例到热海或伊东避寒还是再住院。名人突然敞开心扉似的说:

"噢,其实能不能活到那时都是个问题……"

他到今日还能摸爬着弈战,许是因为自己的"心不在焉"。

三十二

前日晚上,暖香园对局室换了新的榻榻米。十一月十八日早晨踏入房间,就嗅出一股新铺席的气味。小杉四段从奈良屋搬来在箱根时用过的有名的棋盘。名人和大竹七段落座后,打开棋盒的盖子,黑棋上竟布满了夏日的霉点。他们让旅馆的掌柜和女佣帮忙,当场清除了霉点。

名人启封执白一百手,已是上午十点半。

黑棋九十九手是楔入白棋中央的刺,白棋则审时度势打出了一百手粘。在箱根的最后一天,名人只下了这一手。终局后,名人说:

"白棋的百手粘下在病重住院的前夕——封盘前的一手,遗憾的是有点儿考虑不周。这里应该脱先,在

'十八·十二'位应,以此巩固右下角的白空。黑既然落子刺了,势必会断。白被断,也不会十分难受。倘白一百固守地域,黑棋的形势也未必乐观。"

但白一百手并非败笔,并非这一手破坏了局势。大竹七段早就看出名人会接这一手,第三者也认为那是名人当然的选择。

白一百手封盘,大竹七段想必三个月前就明白了。后续执黑一百零一手,唯有一个选择,即打入右下角白棋的空地。而在我们这些菜鸟的眼中,那也是二路跳进唯一的一个选择。可是直至十二点午休,大竹七段也没有打出这一手。

午休时间,名人难得地走到庭院。梅枝和松叶闪耀在阳光下,八角金盘和大吴风草也竞相绽放花朵。大竹七段屋下的山茶花丛中,一朵斑点花提前绽开。名人驻足,凝视着那朵山茶花。

下午,对局室的纸拉窗上映出松影。飞来的绣眼鸟唧啾。大鲤鱼在檐下的泉水池里游弋。箱根奈良屋见到的是锦鲤,这家旅馆是黑鲤。

七段迟迟不下黑一百零一手。名人想必也等得累了,仿佛睡着了,静静地闭目养神。

"这里真是进退维谷啊。"观战的安永四段嘟哝了一句,盘膝半坐,闭上了眼睛。

究竟难在哪里呢?我感觉奇怪,七段迟迟不应"十八·十三"位一间跳,莫非是为了消磨时间?工作人员也焦虑不已。七段在《对弈者的感想》中提到当时他犹豫不决的是,应在"十八·十三"位跳还是在"十八·十二"位爬。名人在某次讲评时也说:

"得失难解。"

续弈的最初一手,大竹七段耗时三个半小时。总之给人一种异样的感觉。下完这一手,秋阳西斜,已是掌灯时分。

名人仅用五分钟,白一百零二手冲,对抗黑一间跳刺入。七段黑一百零五手又想棋四十二分钟。在伊东的第一天比赛只下了五手,黑一百零五手封盘。

这天两人的所用时间,名人仅耗时十分钟,大竹七段则是四小时十五分。从第一手合计,黑棋用时二十一小时零二分,超过了规定时间四十个小时的一半以上。这是空前的。

列席的小野田六段和岩本六段要出席日本棋院的升段大赛,这日未露面。我在箱根曾听岩本六段提及:

"近日大竹的棋晦暗不明朗啊。"

"围棋也有晦暗、明朗之分吗?"

"当然啰。棋风不同啊。咳,围棋本就不是个明朗玩意儿,感觉晦暗。这个晦暗明朗,自然与胜负无关。并不是说大竹先生变弱了……"

在日本棋院的春季升段赛上,大竹七段八盘全败。可在挑选名人告别赛对手的新闻杯赛中,他却大获全胜。他的成绩令人惊异,很不稳定。

黑棋针对名人的战法也缺乏明朗之感。相反有一种压抑的力量,仿佛地底升腾的歇斯底里的嘶喊。力之凝结迸发而非自由的流露。黑棋的战法一开头便是滞重的,后则一点点蚕食啃噬。

都说棋手的性格大致分两类。一类总觉得自己能力不足,另一类是永远的胸有成竹。大竹七段属前者,吴清源六段则是后者。

自觉能力不足型的七段,自己也说这盘棋变成了极端的细棋,因而如果没有万无一失的把握,他就很难落下一子。

三十三

在伊东过了第一天,纠纷果然出现。闹得下次续弈的日子都无法确定。

和在箱根时一样，名人患疾要求更改对局条件，大竹七段却无法接受。七段比箱根那次还要固执。或因在箱根吃了苦头。

这些内幕不能写在观战记里。我已记不清楚。焦点像是对局的日期。

起初约定相隔四天，第五天续弈。在箱根就是这样。间歇四天，是为让棋手休息。可幽闭在旅馆，反而增加了老名人的疲劳。名人的病情愈发严重，曾提出缩短四天的休息时间。大竹七段却一口拒绝。箱根的最后一日提前了一天，即在第四天续弈。而这日名人只打出一手。虽然规定的对弈日得到了遵守，但最终破坏了上午十点至下午四点的对局时间约定。

名人的心脏疾病乃痼疾，不知何时能根治，所以圣路加医院的稻田博士是勉为其难同意了伊东之行，并希望名人尽量一个月内下完这盘棋。在伊东头一天面对棋盘，名人的眼睑就有点儿浮肿。

名人担心发病，才希望早点儿解脱。报社也希望在读者中颇具人气的这盘棋赛善终。拖长时日令人担忧。唯有缩短对局间歇的时间。大竹七段却固执己见。

"作为大竹兄的老友，我去求求看。"村岛五段说。

村岛和大竹皆以关西少年棋手的身份来到东京。村岛入本因坊门下，大竹则成了铃木七段的门徒。两人早有交情，又是棋士同行。村岛五段似乎很乐观，心想只要说明缘由拜托，大竹七段总会理解的。不料村岛照实说了名人身体欠佳的情况，结果适得其反，大竹七段的态度更趋强硬，质问工作人员：

"你们隐瞒名人的病情，让我同病人对弈，是这样吗？"

名人的弟子村岛五段对局期间一直住在旅馆，常与名人会晤。大竹七段像似早就不满，认为有损于棋赛的神圣性。前田六段是名人的弟子、七段的妹夫，他来箱根就不会去名人的房间，而且住到别处的旅馆。严肃的对局条件，不能跟友情人情纠缠在一起，否则将会使比赛变质。这也是让七段感觉恼火的原因。

而让七段尤为不满的是，又让自己跟年老的病人弈战。对手又是名人，更让七段感觉十分的困窘。

事情变得愈发复杂。大竹七段声称拒绝续弈。同在箱根时一样，夫人又带着孩子从平塚赶来劝说七段，还请来了一位名叫东乡的手掌疗法术士。大竹七段曾在同僚间推荐东乡的治疗，因而东乡在棋手间早已闻名。七段迷信东乡的疗法，生活方面也尊重东乡的意见。东乡有点儿像个修行者。每天早晨念诵《法华经》的大竹七段，对东乡深信不疑到了无以复加的地步,他也是个笃守恩义之人。

"东乡的话,大竹先生一定会听。东乡像是劝他继续下呢……"工作人员说。

大竹七段说机会难得,让我也请东乡诊治一下。大竹七段亲切热心,我一到他的房间,东乡就用手掌在我身上触诊,旋即对我说:

"没病。身子瘦弱,却是长寿的命。"

过了片刻,他又用手掌摸了摸我的胸口。我自己试着摸了一下,只觉得右胸部的棉袍温乎起来。不可思议。东乡只是手掌贴近,没有触及我,左右都是同样的动作,结果右胸温乎左胸却是凉的。据东乡说,温热是治疗的结果,右胸外排出毒素一样的物质。我的肺和肋膜不曾有过自觉的症状,X光拍片也没有发现异常,只是右胸时有闷抑的感觉,或许患过轻微的肺疾。留有病根的右胸感应了东乡手掌疗法的功力。可是,如何透过棉袍温热右胸呢?我震惊不已。

东乡也对我说,此番棋赛,实乃大竹七段的重大使命,若言放弃,势必终生伴随世人非议。

名人唯有等待工作人员与七段谈判的结果,别无他事可做。没人会将细节告知名人,他不知道竟如此麻烦——

对手竟扬言弃赛。可是徒然地打发时日，也着实令之焦虑。名人便去了川奈饭店散心。我也被邀同往。翌日，我则邀出了大竹七段。

七段扬言弃赛，却没有打道回府，依然住在对局室所在的旅馆。我想经过劝说，他会让步的。果然不出所料。二十三日达成了默契，对局每隔三天一次，当天下午四点暂停。在十八日暂停后的第五天，终于解决了问题。

箱根的隔五日对局改为隔四日时，七段如是说：

"休息三天，我无法消除疲劳。一天两个半小时，我也提不起精神啊。"

而此番间歇的休息时间缩短为两天。

三十四

可好容易达成了妥协，再度撞上了暗礁。

名人听说事情已然谈妥，便对工作人员说：

"明天就开始吧……"

大竹七段却说明日休息一天，后天再续弈。

名人等得心焦气躁，听说达成了协议，顿时精神焕发恨不得立即对阵。他的单纯反应却引起七段复杂的戒心。连续几日的纠葛，他头昏脑涨疲惫不堪。他想凝神屏气，做好新的弈战准备。两人的性格不同。再说七段近期过度心劳,几天来肠胃不适。加之带来旅馆的孩子又感冒发高烧,爱子心切的七段十分担心。翌日多半是不能对局的。

而工作人员不会办事,竟让名人空等至此。可又不好对名人直言——难得让他高兴一场,又因大竹七段的关系要延期一天。名人说"从明天开始",没有商量的余地。名人和七段的地位不同,只有说服七段。七段勃然大怒。正在气头上的他,更是不会答应了。七段声称要弃赛。

日本棋院的八幡干事和《东京日日新闻》的五井记者,沉默不语地闷坐在二楼的小房间里,身心俱疲,一副束手无策想要放弃的样子。两人平素寡言少语,不擅言辞。晚饭后,我也同处一室。旅馆女佣找来,对我说:

"大竹先生说有事要跟浦上先生说,他在另一间房子里等您。"

"等我……?"

我十分意外。那两人也盯着我看。我在女佣的引领下,来到了一处宽敞的房间,大竹七段独自坐在那里。虽有火盆,屋里还是感觉寒冷。

"抱歉劳您大驾。长期承蒙先生诸多关照。可是,我想好了,无论如何也要弃赛了。这种情形,实在无法奉陪下去。"七段断然地说。

"哦……?"

"因此我想见您,向您说明……"

我只是个观战记者,设身处地,没必要特地跟我说明。可他却郑重其事地把我找来。这是友好的表示。我的立场便也发生了变化,不能只是不痛不痒地应酬一声了事。

自箱根以来的纠葛中,我一直都是旁观者,事不关己。凡事不置喙。眼下也不是七段同我商量而是告知。两人面对面坐着,我倾听七段诉说苦衷,才第一次动了心思。倘若可出面调停,我倒不妨说出自己的意见。

我的意见大致如下:作为秀哉名人告别赛的对手,大竹七段凭一己的力量战斗。然而这并非大竹个人的战斗,而是作为新时代的选手、承继历史潮流的代表对战名人。在大竹七段胜选之前,曾举办了历时约一年的"名人隐退告别赛挑战者选拔赛"。首先是六段级,久保松、前田优胜。铃木、濑越、加藤、大竹参赛七段级。六人循环赛,大竹七段战胜了五人,全胜。铃木和久保松两位师长辈也都败在了他手下。铃木七段年富力强,本想借让先取胜再以互先追击,阴差阳错却失去了那样的机会,据说给他留下了终生遗憾。按理说,大竹应尽弟子之情,让两位师长再获一次与名人博弈的机会。大竹七段竟击败了铃木七段。争夺最后优胜的是连获四胜的棋手久保松和大竹师徒。如此便包含了别样的意味：大竹七段是代表两位师傅向名人挑战。比起铃木、久保松那样的元老来，年轻的七段的确是新一代现役棋手的代表。大竹七段的艺友、艺敌吴清源六段，亦可谓并列的代表。可他五年前同名人对局采用新布局，铩羽而归。对名人来说，吴清源即使获得了选手权，也并非真正实力相当的对手，名人告别赛也会黯然失色。因为他当时还是五段。此前的名人决赛可上溯至十二三年前，对手是雁金七段。那时是日本棋院同棋正社的对抗赛，雁金七段是名人的宿敌，早就是手下败将。名人当然一胜再胜。那么"不败名人"最后的决赛，自然就是这次的隐退告别赛了。这次对弈同对阵雁金七段和吴清源六段的意义不同。大竹七段战胜了名人，也不会立刻给下一任名人造成困扰，告别赛是时代的转换或时代的交接，后来者会给棋界带来新鲜活力。告别赛的中断无异于历史进程的受阻。大竹七段的责任重大，怎可凭一己的感情用事放弃比赛呢？大竹七段要活到名人现在的年岁，还有三十五年。就是说比七段从出生至如今的三十年还要多五年。七段是在围棋昌盛期的日本棋院培养起来的。相比之下，名人受过的苦不可同日而语。明治的草创期至勃兴期再到近年的隆盛期，名人说到底是肩负重任的棋界头号人物。成全其六十五年生涯的隐退告别赛，难道不是后继者的义务吗？在箱根作为病人他有些任性，老人毕竟忍受着病痛坚持到最后。病体尚未痊愈，却希望在伊东完成棋赛还染黑了头发。他是要冒死一搏啊。而年轻的对手却要弃赛，社会的同情将会集于名人一身，大竹七段反而要成为众矢之的。即便七段也有正当的理由，世人却不在乎真相。结果必定是争论不休或相互攻讦。这是历史意义重大的告别赛，大竹七段放弃比赛，也将载入围棋的史册。更重要的是，七段肩负着下一个时代的责任。此时此刻放弃了，就会出现关于终局胜败的揣摩臆测，就会成为喧嚣丑恶的街谈巷议。年轻的后辈搅黄了患病老名人的隐退告别赛。这样何益之有啊？

我断断续续说了许多。七段还是无动于衷，不肯做出肯定的回答。七段当然有其正当的理由。他一再忍让，心中郁积了不服。再要让步，明日就得开战，顾不得自己的这个那个了……这样做自己实在感觉别扭，还是弃赛更符合自己的心意。

"那么，延期一天，后天开始好么？"我说。

"噢，怎么办呢？已经不行了啊。"

"大竹先生后天可以的，对吧？"我又叮咛了一句。没说要同名人商量，便告辞了大竹。七段一再地跟我表示只有放弃比赛……

我回到了工作人员的房间，五井记者枕肘横卧。

"大竹说他不下了吧？"

"嗯，他说是先要告诉我……"

八幡干事蜷起肥厚的脊背，倚在桌子上。

"可是，我觉得延后一天或许有戏。我去找名人说说看吧。"我说，"我可以同名人谈谈吗？"

我到了名人的房间，落座后就说：

"其实，我是来求先生……本来我没有资格提这种要求，多管闲事。能不能把明天的对局改到后天呢？大竹先生说，希望能延后一天。他带来旅馆的小儿子病了，发高烧。大竹先生很担心。听说大竹先生自己也肠胃不适……"

名人呆呆地听我说完，爽快地说：

"行啊。"

"那就这么办。"

我顿时热泪盈眶。真是出乎意料。

问题就这样简单地解决了。我不好马上离开，便与名人的夫人闲聊片刻。不论是延期还是关于对手大竹七段，名人都不再提及。延后一天倒不算什么，但名人早已迫不及待，眼看着明日就要对局，这样的变化会挫伤心情，对弈战中的棋手并非不痛不痒。这些话，工作人员也不敢告诉名人。我来求他是万不得已。名人肯定敏锐地洞察到了这一点。他竟若无其事地应允，深深地感动了我。

我先到工作人员的房间报信，又来到大竹七段的房间。

"名人同意延后一天，后天也行的……"

七段似乎很意外。

"这样，等于名人给大竹先生让步了；下次遇上什么事儿，大竹先生也让让他吧。"我说。

七段夫人在床边照料患病的孩子。她向我郑重地道谢。房间里凌乱不堪。

三十五

约定后的第三天即十一月二十五日，是自十八日以来时隔七日续弈。列席的小野田六段和岩本六段在棋院段位赛中轮空，头天晚上也赶了过来。

名人的绯红缎面坐垫配着紫色的凭几，酷似僧侣的座席。本因坊自名人棋家初代日海即算砂以来，皆入了僧籍。

"现在的名人也是出家人,僧名日温,还穿袈裟呢。"八幡干事说。

对局室里挂着一块半峰[1]匾额,有"生涯一片山水"字样。我看着右下方的题字,想起报上有关高田早苗博士危笃的报道。另一块匾额是中洲三岛毅[2]博士的伊东十二胜记。另一间八叠榻榻米的房间里,挂着云水僧的流浪诗卷轴。

名人侧旁是一个椭圆形的梧桐木大火盆。为避风邪,身后还放了个冒热气的长方形火盆。七段说了声"请自便"。名人顺势绕上了围巾,裹上外褂似的御寒服,里面是毛线织品。听说他有点儿低烧。

黑棋一百零五手启封,白棋一百零六手名人用时两分钟。接着大竹七段又长时间想棋,且梦呓般地絮叨说:

"真是奇怪啊。又超了时间?竟然用得了四十个小时,就连豪杰也会吃惊。开天辟地第一次。岂不是白白地浪费时间?本来这一手,一分钟就能解决战斗……"

阴天,白头鸟鸣啭不停。来到廊下,泉畔开了两朵杜鹃花,还有含苞欲放的蓓蕾。黄鹡鸰飞近过廊。远处传来

---

[1] 即高田早苗,日本大正、昭和时期的政治家、教育家、文学评论家,号半峰。
[2] 三岛毅,字远叔,号中洲。日本近代汉学家、阳明学者。

水泵抽取温泉的马达声。

七段执黑一百零七手用时一小时零三分。而黑棋一百零一手已经打入右下方的白棋领地，此即先手十四五目。黑棋一百零七手便在左下角扩大地盘，这一手是后手约二十目。两手大获实利的都是黑棋。有目共睹。还是黑子顺手。

然而随后该由白棋先手。名人满脸严肃的表情，瞑目屏息，脸竟由红润变成了紫铜色，脸颊上的肌肉微微抽动，仿佛连风声和法华大鼓都听不见。名人这一手用了四十七分钟。这是名人在伊东破天荒的一次长考。然而下一轮执黑一百零九手，至最后封盘，大竹七段又耗时两小时四十三分钟。这一天只下出四手。七段耗时三小时四十六分，名人仅用时四十九分。

"这种生死存亡在此一线……屡见不鲜啊。简直是杀人啊！"午休时分，七段半开玩笑地说。

白棋一百零八手具有双层意义——威胁左上角的黑棋且削减中部黑棋的厚势，同时兼顾守卫左边的白棋。吴清源也做了如下解说：

"白棋一百零八手是非常难得的一手。我们抱着极大的兴趣，就想看他这枚棋子落在什么地方……"

三十六

中间休息了两天。对局的第三天早晨,名人和七段都说肚子痛。据说大竹七段五点就疼醒了。

黑一百零九手封盘,七段脱下裙裤离席。返回座席看见白一百一十手,他吃惊地问道:

"下好了么?"

"你离席就下了,不好意思……"名人说。

七段交抱双臂,听着外面的风声说:

"瑟瑟寒风噢。可称作寒风了吧?都十一月二十八日了……"

昨夜的西风,清晨才停息下来,但不时又呼啸着掠过长空。

盯住白棋一百一十手和左上角的黑子,七段以黑一百零九手和一百一十一手守角全盘皆活。角上黑子的阵形若被白棋攻入,或死或劫,仿佛珍珑棋谱[1],难就难在万千的变化之上。

"这个角上,补不补呢?长期的欠债,利息不得了。"黑一百零九手启封时,大竹七段这么说。

---

[1] 围棋术语,指全局性的巧妙创作,特点在于构思奇巧。

这角上的威胁也被黑子消除，局势便平稳下来。

当天非同寻常，上午十一点之前就下出五手。黑棋一百一十五手，终于赌出胜负手。黑棋将侵削大片白棋领地。生死关头，七段不会轻易落子。

名人等待着黑棋落子，一边扯出了热海鳗鱼铺的重箱和泽庄话题。都是一些往事——诸如火车只到横滨，转乘抬轿，在小田原夜宿一晚，才到了热海。

"我当年约莫十三岁，五十年前了……"

"真是老黄历了。那时候，家父都不知道出世没有……"大竹七段笑了。

七段想棋的时候说是肚子痛，两三次离席。他不在时，名人问：

"真有耐性啊。已经一个多小时了吧？"

"快一个半小时了。"记录的少女答道。恰好正午的汽笛嘶鸣。少女用她拿手的计时法，估算着汽笛的长鸣。

"正好一分钟，最紧的时候是五十五秒。"

七段回了座位，在额头抹点冬青油，使劲儿搓了搓手指。身旁放着微笑牌眼药。看他那副样子，众人以为十二点三十分午休前不会落子。不料十二点零八分，他却"啪"地落下一子。

依在凭几上的名人，不禁"唔"了一声。他端正坐姿，收紧下颚,上眼睑提起,双眼死死地盯着棋盘。名人的眼睑肉厚,睫毛至眼球间有道深痕。他的凝视澄澈生辉。

黑棋一百一十五手落子稳健,白棋唯有坚守中盘。已届午休时间。

下午,大竹七段在棋盘前小坐片刻,回到房间,往咽部喷了点药,散发出一股药味。他还滴了眼药,揣上两个怀炉。

白棋一百一十六手用时二十二分钟,直至白一百二十手都落子迅捷。名人的白棋一百二十手应对稳健而松弛,在处于劣势的三角地带严密防控。这是决定胜负的关键,略有松懈就将损失一目以上。棋局微妙不容疏忽。或许,将是微妙的一手定乾坤。名人竟然仅仅用时一分钟,对手为之胆战心寒。何况名人一百二十手落子之前,已经开始目算。他的脑袋微微发颤,快速地在棋盘上数目。名人的目算令人生畏。

人们议论,胜负约在一目上下。若是白棋力争两目,黑棋亦须示强。大竹七段坐立不安地扭动着,稚气的圆脸上开始暴出青筋,他"呼啦呼啦"地拼命扇着扇子。

连怕冷的名人也打开折扇,神经质地扇着。我不忍心再看他俩。一会儿,名人似乎如释重负显得轻松起来。该七段落子,他脱下了外褂。

"不好意思，想棋的时间太长。我都热了……"

受其影响，名人也用双手将衣领翻到后面，伸长了脖颈。一副滑稽相。

"热，真热！那么长时间，真要命。——看来凶多吉少，要出败招……"

大竹七段竭力控制焦躁情绪。用时一小时四十四分，终于在下午三点四十三分黑棋一百二十一手封盘。

伊东续弈以来的三日对局，从黑棋一百零一手下到黑棋一百二十一手，共下出二十一手。双方用时，黑棋是十一小时四十八分，白棋仅有一小时三十七分。若是平日的棋赛，大竹七段下出十一手就超时了。

白棋黑棋想棋时间的极度悬殊，只能令人感到，名人和七段在心理上和生理上都有着很大的差异。其实耗时推敲本也是名人的棋风。

三十七

每晚都刮西风。但对局的十二月一日早晨，却是阳气升腾的好天。

昨日昼间，名人下将棋后又到镇上打台球，晚上同岩本六段、村岛五段、八幡干事打麻将至十一点。早晨不到八点起床,到庭院里散步。那里落下一只红蜻蜓。

大竹七段的房间在二楼。楼下的枫树叶子半绿。七点半他起床说肚子剧痛或将罹病。桌上放着十来种药。

老名人的感冒好歹痊愈。年轻的七段又来了这样那样的毛病。七段比起名人更加神经质。两人的体格表面上看不出来。名人离开对局室,就想尽力地忘却棋局而沉溺于别样的比赛。在自己的房间里,他绝不触摸棋子。而七段在休息日也惦记着棋盘,一心不乱地研究着暂停后的棋路。这可能不光缘于年龄的差异,棋风亦相异。

"'神鹰'号到了吧?昨晚十点半。……真快啊。"十二月一日的早晨,名人来到工作人员的房间说道。

光灿灿的朝阳,照射在朝东南的对局室的拉窗上。

可是续弈之前,谁会知道发生了一桩奇怪的事情呢?

八幡干事让对局者看过封印,打开信封取出棋谱伏在棋盘上摆子,且在棋谱上找寻封盘的黑棋一百二十一手,却没有找到……

封盘须由轮到的棋手亲自记在棋谱上放入信封,对手和工作人员是不能看的。上次中途暂停,大竹七段是在过廊里记录。对弈者在信封上加封,放入一个大信封,再由八幡干事加封。到下次续弈的早晨,大信封一直存在旅馆的保险柜里。所以名人和八幡都无从知晓大竹七段的封盘棋子。但旁观者猜来猜去，大致上可以推测出来。黑一百二十一手封子，究竟下在了何处呢？它是此棋局的高潮，连我们这些观战者都屏声敛息。

这封子怎会找不到？八幡慌里慌张地窥着棋谱乱找，一时竟找不到。好不容易找到了，发出"啊"的一声。

黑子已布下。而我离棋盘稍远，也不知道落在了什么地方。就算知道他落子的去处，也不晓得其用意何在。那一手竟莫名其妙地远离了酣战的中原，下在了棋盘的上边。

连外行人也能感觉到，这一手简直就是打劫。我心中顿时阴云密布。大竹七段这是为封盘打出的封盘手，还是将封盘手作为战术运用？我怀疑这是卑怯与陋劣的表现。

"我以为会打在中部呢……"八幡干事苦笑着，退离了棋盘。

黑棋面临着一场攻防鏖战，要消减右下方延至中央的大片的白棋领地。鏖战正酣，显然无法顾及其他。八幡干事当然一直在中央往右下的战场上搜索。

针对黑棋的一百二十一手，名人以白棋一百二十二手，做眼成活了上边的白棋。若有疏忽，八目的一团白棋就可能被吃，且将无力应劫。

七段把手伸进棋匣，抓起棋子，又是长时间的想棋。名人紧握双拳，放在膝上，歪着头屏住气息。

黑棋一百二十三手用时三分钟，果然返手消减白地，首先侵入右下。又以黑一百二十七手再度指向中央。黑棋一百二十九手遂攻入中腹白地，首先打掉了名人以白一百二十手扩大为三角形的突出部。

"受到白棋一百二十手的强烈抑制，黑棋或也下定了决心，推出了强力手段一百二十三手至一百二十九手。黑棋的这种打法，细棋里经常出现。此乃决一雌雄的气势。"吴六段这样解说。

名人对黑棋的拼死一搏却不予理会。他腾出手来逆袭右边，压住黑棋出击。我吃了一惊，这一手出乎意料，心头一紧，惊异于名人的鬼气。莫非在大竹七段堪谓绝杀的一百二十九手中，名人也窥见了什么漏洞，从而杀了一个回马枪？抑或奋勇搏杀，不惜自伤灭敌？与其说白棋一百三十手靠的是决胜的气势，莫如说那是名人的愤怒一手。

"棋局惨烈。真不得了啊！这……"大竹七段絮絮叨叨地反复说。在考量黑棋的下一手一百三十一手时，已是午饭时间。列席的岩本六段也感叹说：

"恐怖杀手。这步棋够绝。确实是惊天动地啊！眼看着就要收官,不料竟被杀了回马枪……"

"战争中,这是常有的事吧……"

实战之中,风云变幻,突发事件决定命运。白棋一百三十手即是这般情况。外行人自不消说,对弈者的苦心孤诣和专业棋手的所有盘算,都因这一手而顿时落空。

我这个门外汉自然无法理解——白棋一百三十手为何致使"不败名人"走麦城。

三十八

然而,这是非同寻常的局面。午休时间,不知是我们恍恍惚惚跟着名人走还是名人不知不觉带着我们走。回到名人的房间刚要落座,名人就对我们说:

"这盘棋就算结束了。大竹封盘的一步棋搞坏了这盘棋。这像在精心描绘的图画上涂抹了黑墨……"

声音不大,却是十分激动的样子。

"看到那一手,想着索性放弃。就是说到此为止……我觉得放弃更好,却下不了那个决心,便又改了主意。"

记不清是八幡干事在场,还是五井记者在场,或是两人都在场,反正我们都一言不发。

"下了那一手,休息两天。他还要背后研究啊?真是滑头。"

名人吐出这样一句。我们没应答。我们不便附和名人也不能为七段辩护。不过,我们跟名人持有同感。

我却没有觉察到名人竟要放弃,还有他的激动、愤怒和沮丧。面对棋盘的名人,并没有将那般情绪流露在脸色和举止上。没人觉察到名人的内心竟发生了那么大的动摇。

八幡干事在棋谱上找不着黑棋一百二十一手封子,后来好歹找到了。我们的注意力放在这里,没人留意此间名人的表情。然而暂停后不过一分钟,名人便下出白一百二十二手。难怪我们没有觉察到名人的内心悸动。这手棋不是出在八幡找到封子后的一分钟,而是在离开始计时还有少许时间就下了。名人在短暂的时间里按捺住自己的情绪动摇,保持了对弈的态度。

若无其事继续对弈的名人突然让我听了他内心的愤怒,令我心中不安。从六月到十二月的今天,名人坚持下这场告别棋赛,令我感慨。

名人一直把棋赛当作艺术作品。这盘棋仿佛一幅绘画,在画家情绪高涨、灵感涌现之时,突然被涂抹了一块黑墨。围棋也是一样黑白叠加,包含着创造的意图和结构,像音乐一样体现了心绪的流动与旋律。音乐中跳出一个古怪的音阶，或二重奏中突然出现一个变调，无异于破坏了整个演奏。围棋时因对方错看或漏看，也会毁掉一盘名局。总之无可争议的是，大家都对大竹七段的黑一百二十一手，感到意外、震惊、怪异与怀疑，它破坏了这盘棋的旋律和节奏。

果然，这一封盘在棋坛和世间颇具物议。即便在我等外行眼中，黑棋一百二十一手也令人感到异常和不自然，的确让人心里不舒服。但在专业棋手中，后则有人认为在此出黑一百二十一手是适时有效的。

大竹七段在《对弈者的感想》一文里写道：

"其实早晚罢了，黑一百二十一手早在我的考虑之中。"

据吴六段解说，若白棋下出"五·一""六·一"的一扳一粘，"即使黑下出一百二十一手，白则可以不跟一百二十二手，而以'八·一'位求活，黑棋便难以打劫"。

吴六段简单触及了黑一百二十一手的意义。无疑，大竹七段也是在此意义上打出这一手。

中原酣战，又是封手，惹怒了名人且令众人生疑。就是说中途暂停的这一手即那日的最后一手，若是在举步维艰时采取的权宜之计，那么三日后的续弈之前，就有充分的时间研究那天理应下的最后一手。在日本棋院的段位大赛中，也有棋手在最后一分钟读秒的阶段，迫不得已下出类似打劫的一手以延长一分钟寿命。也有棋手钻研中途暂停或封盘时于己有利的战术。新的规则产生新的战术。伊东续弈后，一连四次轮黑封盘，也许不尽是偶然。名人也说：

"若放在松弛的状态下，一百二十手是有漏洞的。"

可见名人是在紧张的状态下出手的。接着就是黑棋一百二十一手。

总之大竹七段的黑一百二十一手，让当天早晨的名人愤怒、沮丧和动摇。这是事实。

下完这盘棋，名人讲评的时候没有提及黑一百二十一手。

而一年后，名人在《名人围棋全集》一书中的《棋谱选集》讲评里明确地写道：

"黑棋一百二十一手抓住了有利的时机。"又说，"要注意，如果犹豫（即白下扳粘之后），黑一百二十一就可能无法发挥效用。"

对弈的名人承认，想必也就没有问题。名人愤怒的原因，乃在当时的出乎意料。他怀疑大竹七段的用心，也缘自气急败坏时的误解。

名人或是自愧于昏聩，才在这里特别提及黑棋一百二十一手。但是，《棋谱选集》的出版时间是告别赛结束的一年之后，他去世前约半年。彼时名人想起了大竹七段执黑一百二十一手引发物议之事，才自觉应心平气和地认可这一手。

大竹七段所谓的"早晚"，莫非就是名人所谓的"现在"？我这个外行还是不甚了了。

三十九

为什么名人会打出一百三十手的败招呢？这也是一个谜。

名人的这一手想棋二十七分钟，上午十一点三十四分落子。想棋近半个小时失误乃属偶然，可他为何不拖延一个小时午休以后再战？我事后颇觉惋惜。离开赛场休息一小时，想必会有正确的选择。莫非是一时鬼迷心窍？白棋的规定时间尚余二十三个小时，一两个小时不是问题。名人未将午休当作战术，黑一百三十一手却利用了午休。

白一百三十手像是回马枪。大竹七段说"受到了掣肘"。吴六段也说：

"这里是微妙的地方,就是说,黑棋一百二十九手断,白棋则有了一百三十手抢断的意味……"

白棋严阵以待黑棋的断。双方呈紧张的对峙,一方有了松懈,就将被另一方瞬间击溃。

伊东重开对局,大竹七段稳健慎重,苦心孤诣钻研对策。黑棋张扬的力量终于爆发,这便是一百二十九手的断。我们惊异于白棋一百三十手的失算。七段谅必毫发无伤。倘白棋吃掉右边的黑棋四子,黑则可长驱直入踏破中央白地。七段未应白棋的一百三十手,由黑一百二十九长到一百三十一。名人果然回粘白棋一百三十二手,以应对中央的战事。其实白棋一百三十手直接应黑棋一百二十九手就好了。

名人讲评时,叹息道:

"白棋一百三十手是败招。这一手直接断在'十七·九'位上,才是等待黑棋回应的一步。黑棋倘应'十七·八'位,白棋一百三十就是正确的选择。就是说黑棋即使接着一百三十一手长,白棋也大可不必考虑黑'十六·十二'位,可悠然地防备'十二·十一'位。此外,即使看到了什么变化,局势也要比棋谱复杂,所以是十分微妙的一场争夺战。黑棋一百三十三手的强劲一断,恰给白棋留下了致命伤。后力争平息,但狂澜既倒回天无术了。"

白棋那决定命运的一手,或许反映出名人心理或生理上的破绽。白棋的一百三十手,表面上强劲而老到。在我这个外行看来,处于守势的名人要反攻了。名人像似已忍无可忍,暴躁得就要拼死一搏。据说在此之前,白棋若能投出一子断黑将大功告成。而这白棋一百三十手的败招,莫非是大竹七段封盘引发的名人愤怒之余波?真相如何不得而知。名人自己,恐怕也不了解自己心中的命运波澜或妖魔魅引。

名人打出白一百三十手以后,不知哪儿传来悦耳的尺八声,略微缓和了棋盘上的狂澜。名人侧耳倾听,仿佛想起什么似的。

"从高山俯瞰谷底,瓜儿和茄子的花盛开……初学尺八,先要学这个。有一种乐器比尺八少一个洞,叫作竖笛。"

轮到大竹七段执黑一百三十一手时,间遇午休,他一心不乱地想棋一小时十五分,下午两点抓起棋子,又"唉"的一声再想,一分钟后好歹落子。

名人看到黑棋的一百三十一手,便挺直胸脯伸长脖子,焦灼地敲击着桐木火盆的边缘,目光炯炯地扫视着棋盘目算。

黑棋一百二十九手断，黑棋一百三十三手再断，叫吃三目危及白棋三角地带的另一侧。然后是黑棋一百三十九手连续叫吃，强力挺进，终于发生了大竹七段所谓"惊天动地"的巨大变化。黑棋突入一片白棋的中央，我仿佛听见了白棋阵地稀里哗啦的崩塌声。

白棋一百四十手是直接逃脱还是吃掉旁边的二目黑子呢？名人不住地哗啦啦扇着扇子。

"不懂。像是没救了……看不懂了。"

他一味下意识地嘟囔着——

"不懂，看不懂啊。"

但这手棋同样迅速，意外地用时二十八分钟。

过了一会儿，上了三点的点心。名人对七段说：

"吃点蒸寿司吧？"

"我有点儿肚子疼……"

"没准儿寿司能治肚子疼呢……"名人说。

大竹七段看着名人下出白一百四十手说：

"我以为这就封盘了呢。还有棋？……还劈头盖脸的，真厉害啊。再打下去就累死人了。"

名人一直下到白一百四十四手，轮黑一百四十五手封盘。大竹七段抓起棋子准备落下，却又陷入沉思。此刻到了暂停时间。七段走出廊下封盘。名人却一动不动定地注视着棋盘。他的下眼睑有点儿发热有点儿浮肿。伊东对局时,名人一个劲儿看钟表。

四十

"今天能下完,就把它下完吧。"十二月四日早晨,名人对工作人员说。上午对局时他对大竹七段也说:

"今天下完这盘棋吧。"

七段默默地点了点头。

我作为忠实的观战记者,想到长达半年的棋局将在当日结束,也心情激动。而名人败北,早已是尽人皆知。

还在上午,七段在棋盘前起身离去时,名人望了望我们,微微一笑道:

"没辙了。已没有落子的地方……"

早上,不知何时名人叫来理发师,理短发剃了个和尚头。住院时他留的是长发分头,来伊东还染黑了白发。突然理成极短的平头,令人感到名人有点儿做戏。他仿佛涤净了污浊,显得光润而年轻。

四日是周日,庭院里绽开了一两朵梅花。周末的访客较多,当日将对局室移至新馆。我经常下榻于名人邻室。名人的房间在新馆的深处。在他楼上的二楼两间房,前一天晚上住进了棋赛工作人员。就是说不住进其他客人以保证名人安眠。大竹七段原住新馆二楼,据说身体欠佳上下楼梯不便,昨天还是前天迁住一楼。

新馆正南向庭院宽广,阳光普照在棋盘近旁。等待黑棋一百四十五手启封的时间里,名人歪起脑袋紧锁双眉直视棋盘,一副严阵以待的模样。大竹七段想必看到了胜利在望,落子也加快了速度。

进入收官阶段,棋手的紧张同布局或中盘时大相径庭。神经过敏的探身姿势也加剧了紧张气氛。恍若尖利的短刀相接刀光剑影,智慧的火花迸射。

若是一般的棋赛,最后一分钟大竹七段可下百手穷追猛打。可这盘棋,七段还有六七个小时的从容时间,一旦收官,竞赛的神经就会像急流一般直泻。好像自己在催促自己,不由得屡屡把手伸入棋匣,又倏忽陷入沉思。名人也一度抓起棋子,犹豫不决。

看到这种收官,使人产生愉悦的、秩序井然的美感,恍如看到敏捷的机械、锐敏的数理疾速运转。虽说是弈战,却以匀整的形式展现。目不斜视的棋手更增添了特异的美感。

黑一百七十七至一百八十,大竹七段心境恍惚,仿佛陶醉于自己澎湃高涨的心绪。丰满的圆脸,活脱脱一副功德圆满的佛容。或许已入艺术的法悦境界，乃是无以形容的容貌。什么肚子疼，早已不在话下。

大竹夫人或因担心，之前在房间里坐立不安，便抱着桃太郎般漂亮的婴儿去院里散步，一边远远地注视着对局室。

海边传来汽笛长鸣声。停息时名人落下白一百八十六手，他突然抬起头来冲着我们，和蔼可亲地招呼道：

"空着呢。这里的座位空着呢。"

当日，小野田六段在秋季升段大赛结束后列席观战。此外还有八幡干事、五井和砂田两位记者，以及《东京日日新闻》驻伊东的通讯员等。棋赛的工作人员也聚拢一处，一起观战临近终盘的棋赛。贴邻的另一个房间人满为患，有的站在槅扇后面。名人招呼大家近前观摩。

转眼间，大竹七段的佛面又激奋起来。名人瘦小的身躯安坐于彼，镇住了环境，竟显得十分高大。他一味目算着棋局。七段的黑一百九十一手一出，名人耷拉下脑袋，猛地睁大了眼睛，腿脚前伸。只听见两人扇子急促的扇动声。黑棋一百九十五手落子后，便到了午休时间。

下午，对局室移至旧馆六号室。过午天阴，鸟儿啁啾。棋盘上方点灯。百瓦的灯泡太亮，用了六十瓦的。棋盘上隐约可见棋子阴影。最后一天，旅馆主人特别用心地装饰,壁龛挂轴换上了川端玉章的双幅山水画,摆物是骑象的佛像,旁边是盛满胡萝卜、黄瓜、西红柿、香菇、鸭儿芹的供品。

我曾听说,像这盘棋这样的大棋赛临近终局,杀戮残酷得目不忍睹。可名人却不动声色。光从态度上,看不出名人的失败。约莫从二百手起,名人的脸颊泛了红。他第一次摘下了围巾,情绪逼人,却依旧保持着凛然的姿势。黑棋二百三十七手落子后,名人的情绪平静下来。在这默默无言、胜负已定的瞬间,小野田六段问:

"五目吗?"

"嗯,是五目……"名人喃喃道,抬起略呈浮肿的眼睑,已无意复盘清点。终局是下午两点四十二分。

翌日,名人说完对弈者感想,微笑着进行了复盘。

"没有复盘,就说是五目……当时目算,是六十八对七十三。实际上复盘会更少一些。"

结果是黑五十六目,白五十一目。五目之差。因为白棋的一百三十手败招,黑棋攻破了白棋的阵势。谁都没有料到如此结果。白棋一百三十手之后,约莫在白棋一百六十手,不觉疏忽了"十七·十八"先手的断,失去了名人所谓的"缩小几分败差"的机会。这样看来,即使有白棋一百三十手的败招,也可将败差控制在五目以下三目左右。假如没有白一百三十的败招，就不会发生"惊天动地"的巨大变化，那么这盘棋的胜败将会如何呢？黑棋会输吗？外行人是看不懂的。我认为黑棋不会输。目睹大竹七段的临场状态与精神准备，我几乎完全相信，即使被白棋吃掉几个棋子，黑棋也必胜无疑。

不过，六十五岁的老名人在病痛的折磨下，毕竟下出了一盘好棋。他令现役棋坛第一人的必死绝杀，基本失却了先手之效。名人并未趁势利用黑棋的恶手，也不施展白棋的计谋。名人主动将棋局引导至一决胜负的微妙局面。最后或因疾病引发的不安，他失去了决战的耐性。

"不败名人"在告别赛上败北。一名弟子说：

"听说名人有如下主张，一般对第二位的继任者亦即仅次于自己的人，才会全力以赴地对弈。"

不知道名人是否真有此说，但他确实终生践行了这个信念。

终局次日，我从伊东返回了镰仓的家，迫不及待地写完了这篇长达六十六天的观战记。仿佛要从这盘棋局中逃逸，我去了伊势、京都旅行。

听说名人还在伊东，体重增加了一公斤多，有四十一公斤了。还听说他携带二十盒棋到疗养所慰问伤兵病员。昭和十三年底，温泉旅馆已开始用作伤兵病员疗养所。

四十一

撰写秀哉名人告别赛的观战记,成为我的一个功绩,日本棋院赠予我初段名誉。在主办此次围棋大赛的《东京日日新闻》(现在的《每日新闻》)的斡旋下,这想必是名人和大竹七段的推荐。业余者的初段形形色色,也有许多跟我一样是五级。有人持有异议也是自然,因为其他的初段缘自棋道钻研、提升技艺,我这个初段来自观战记的慰劳。

我的观战记是成功的。昭和十三年算有较多的报纸版面,我的观战记一天刊载四百字稿纸的三张半,跟当时连载小说的刊载量相当。作为一局棋赛的长度,前后六十六回,可谓空前绝后。我那舞文弄墨的观战记,在报社举办的棋赛中毕其功于一役。一般来说,都是对局的棋手为主、观战记者为辅,对我这个围棋素人而言,名人的棋高深莫测,因此常常会夸张地把棋士看作英雄。而这样的高调渲染恰恰产生了忽悠读者之功效。然而,当时的我沉迷于围棋,特别是在名人告别赛观战记的撰稿时期,在新鲜的好奇心和冲动感情的作用下,我的文章也十分生动。十四回的对弈观战,竟没有一次缺席。

我一动不动地坐在对局室,专心致志地为名人和大竹七段写生。对局的天数有十四五天，对局日的前后与棋手住在同一个旅馆。到棋赛结束历时半年，在此期间，我主动跟棋手建立了十分亲密的关系。尤其是名人，长我二十五岁，我的敬意油然而生。名人败北，棋赛结束后，我对名人仍保持着那般亲切感。

棋赛的讲评结束后，名人感谢报社的后援，且说道："对浦上秋男君的悉心关照深表谢意。"他竟特别提到我这个观战记者的名字。看到相关的报纸时，我流下了眼泪。

大竹七段拥有一个大家族。他儿时起师从久保松八段，师傅故去后，便将师母和孩子们带回家中孝养。大竹七段显然是个重情重义之人，观战记刊出十五年后的如今，他还念念不忘与我的交往。而名人对我那样致谢，却让我感觉意外。告别赛的观战期间，我当然是毕恭毕敬地守护着名人和七段。棋赛中的棋手处于异常的神经亢奋状态，根本无暇顾及旁人的存在。而诸如此类的感触，倒让我感觉异常的珍贵。

观战记大多是在棋赛结束后撰写。那样自由且轻松。此次告别赛的观战记却是伴着棋赛的进程撰写而后发给报社。那让我感觉痛苦、辛劳。就是说，名人和七段每天都能看到我写的观战记，同时继续着他们的棋赛。对局日也能看到报上的观战记。名人和七段是我的描写对象，同时两人又是我的读者。我隔几日便与两人会面，同时将两人的行为举止写到观战记中。我必须小心翼翼地下笔，以免惹恼了对局中的棋手。此外，我是一个腼腆的人，自己写的文章被人阅读竟让我产生羞耻感，因而我害怕见到自己描写的对象。在箱根的宫下续弈时，我竟然无法在名人和七段下榻的旅馆下笔，而去了较为廉宜的塔泽旅馆。名人和七段对局期间，当然从未提及我的观战记。我当然也不会提起……

然而，棋赛结束我的观战记也竣稿之后，我并不焦急地期待着跟名人再会的日子。

四十二

十二月四日漫长的棋赛结束后，对手大竹七段和工作人员都感觉获得了解放如释重负。他们迫不及待地各奔西东。唯有败北的名人，还留在对局的旅馆。我颇觉惊异，感知到名人无限的孤寂。据说，名人要留在伊东过冬。但是住处由暖香园迁至松喜。

大正十五年，名人与雁金七段对决后罹患肺炎。所以，名人害怕冬天，常常去热海避寒。即便到了开春时节，从温暖的热海径直返回寒冷的东京也有风险，所以会在热海和东京的中段、温度适宜的汤河原过渡几天。名人跟我说过那般情况,却使用了"中转"一词。

可我也觉得奇怪。伊东比热海要冷,名人为何不转移到热海去呢?说是在热海没有找到适宜的旅馆,我却觉得匪夷所思。要说瘦骨嶙峋,我跟名人可谓半斤八两。我在寒冷的冬季,就时不时带着工作去热海。那年岁末,我也去了热海的富士屋,打算正月里去伊东拜访名人。

《东京日日新闻》的围棋记者砂田在去给名人拜年的途中,来我的住处相邀。说是恰巧,名人的弟子亦即坊门的前田六段、村岛五段、高桥四段等四五人,今日会聚名人的旅馆。

砂田记者和我先行拜访了名人夫妻的客房,恭贺新年,而后加入了二楼的坊门弟子席。酒过一巡,席间热闹起来。我稍稍坐了片刻,便溜出酒席回了热海的宿处。门徒们会聚一处,专门去伊东的名人宿处拜年还开了新年会。名人却只是木然地瑟缩在寒冷的居室。而当时的时辰尚早。

四五天后的上午十点前后,或是作为回礼,名人夫妻来到热海我的宿处。女佣进来传话说:

"有一位叫田村的客人来访……"

田村这个姓我听着陌生,一时间摸不着头脑。若说是

"本因坊名人",我岂不一听就明白?

"一个瘦小的老人,还带着夫人。"

"啊,我知道了,是名人……"

我跟妻子对视了一眼,起身迎客。

"有将棋盘么?"名人到屋里一落座便问,"下一盘如何?"

"哦。"

我有点儿发懵。将棋我倒是略知一二,却并不喜欢也从未与人对弈。此番可谓中了招,名人一向不接受对手的退缩。在伊东和箱根时对手无缺,自然不会抓我顶差。我想落两马或出两桂。我只是勉为其难地挪动着棋子,既没有情致也没有胜负心。对手这般没有斗志,名人却像似浑然不知,耗时良久一心不二地专念于读棋。我却于心不忍,感觉对不住名人。总算接近了中午时间,我请名人夫妇去了鳗鱼屋。

"离中午还早着呢。再下一盘吧。"名人仍未尽兴。可是车来了。

鳗鱼倒是名人爱吃的料理。我热心款待,在夏季的轻井泽和冬季的热海,要的都是西山的重箱。老板娘是个爽快之人,说起话来滔滔不绝。名人受其影响心境颇好,话也多了起来,且在老板娘的款待下多喝了几盅。

"你大病之后,还是第一次这样喝酒啊。"名人的夫人看着害怕,有些不安地说。

名人的饭量却太小。菜肴是烤鳗鱼片、烤胆串、鲤洗鱼片、鲤鱼酱汤,外加鲇鱼锅。那鲇鱼锅,名人只是吸了几口汤汁。老板娘觉得遗憾,鲇鱼锅是她拿手的菜肴。吃饭用了很长时间。名人话多,饭后意犹未尽。

我叫了车,名人却说:

"回程是下坡,走回去吧。"

重箱的老板娘也搭讪说:

"是呢。走回去吧。住在来宫吧?五分钟的路程。慢慢走,不碍事的。对吧先生……"

"饭后走走,没问题的。坐车多没意思啊。"

我却有些担心,名人的心脏不好。

我们把名人送到伊东,途中决定一起去南伊豆的下贺茂温泉。在来宫站,名人的夫人和我妻子去买车票,不意妻子从检票口小跑到我跟前。

"名人说买三等车票,行么?"

"三等么?行啊……"

妻子已经给名人买了车票,才来问我。

到了站台上楼梯时,名人的夫人在身后帮他提着衣裾。

到了伊东,我们赶忙乘上开往下田的巴士。巴士开过镇上的五六条街。

"哎呀,你看名人走到那里去了……"妻子惊异地说。

"哪里,哪里?"

"你看啊,那里……不是有两个人在走路嘛。"

"喔。"

"走得不慢咃。"

我们在巴士的车窗里示意。

"我真的没有发现。"

巴士追过了名人夫妻。名人一副认真的面孔,小步幅往前走着,噘出的嘴唇紧抿。车站不断涌出正月的客流。杂沓的车辆和人群。灯火璀璨的繁华街上,名人的身影异常瘦小。

妻子感慨地说:

"他喜欢走路啊。"

"嗯,这么个小镇,到松喜也用不了几个钱。五角钱?一元?显然是非常节俭的人啊。"

而从车站走到旅馆,毋宁说风景不同。对名人这样地位的老人尤其难得。而细想起来,那么点距离走两步不算什么,从车站坐车回旅馆,与其说是顾及温泉客的面子,不过是一种习惯。

"可是，名人的腿脚像枯枝一样。刚才在来宫站，你看到了么……？"妻子在巴士上回首一看，名人已没了踪影，便小声这样说。

"倒是没看。可我知道啊。"我答道。

"不看，还真是难以想象啊。在来宫站上阶梯时，夫人在身后替名人掀起衣裾。真是老人了啊。在下面看他上楼梯，那双腿真是瘦骨嶙峋、细如枯枝啊。周围的乘客看着，也是一副吃惊的表情。真像是扭曲的鸡腿，生着白苔。看着总有一种可怜兮兮的感觉。"

四十三

在伊东的松喜旅馆，我们夫妇又一次造访了名人，也是在去下贺茂的途中顺路。下贺茂建有伊古奈温泉旅馆。我的一个老朋友，就在那里招待了吴清源六段和我。那位老朋友和吴六段，是在富士见的高原疗养所相识的。

吴六段在富士见解说了名人的告别赛。没多久就下了高原，与大竹七段进行三番战。与战胜了不败名人的大竹七段对弈，乃是吴六段病愈后的初次弈战。日日新闻社举办了名人告别赛后，主办了大竹七段和吴六段的新棋赛。名人则承诺担任解说。第一局由丰岛与志雄撰写观战记,第二局则由我来承担。

第一局是大竹七段执白大胜。而第一局和第二局的间歇,吴六段和我们就被招待去了伊古奈。吴六段比我们先行抵达。

这天气像是已入二月。午后,我们去了松喜,名人正在居室的一隅喝粥。粥里像是放了少许菜末。那板角式火盆有些粗陋,火盆上坐着土锅。这就是名人的午餐。没有其他的菜肴。

一楼是六叠铺席的房间和一间二叠的小房间。一侧是遮雨的廊檐,正对着中庭。中庭是四坪大小的水泥地,四周围着三层建筑的客房,恍若身处井底。整日里不见阳光,生冷瘆冷的感觉。名人的房子镶嵌着玻璃窗,从窗里窥望混凝土的中庭,像似泉水的浅水池里,锦鲤像冻住了一样静止。客厅墙里下到廊下,像是一处便所。每当听到急促的脚步声,随之就会听到开启便所玻璃门的声响,似金属推车般尖利刺耳。而且从玄关过来,一间房间挨着一间。

与其说名人给人惨兮兮的感觉,毋宁说给名人安排此等住处让人生气。

"住在这里不冷吗?换个向阳的房间不好么……?"我说。

"嗳，二楼倒是有暖和的房间。可他说上楼梯，走不动。动一下就心慌，喘不过气来啊。"夫人说明了理由。

"倒不是二楼三楼的问题，年岁大了，离厕所那么远，夜里起床，着凉感冒了如何是好啊？对不对啊？我说的是这间房子有问题……"

名人一言不发，仿佛事不关己。诸如此类，一般都是夫人打理。名人并不在意让我们看到简单的餐食和穷酸的居室。

不知缘何，名人兴致颇高地打开了话匣子，开始没完没了地述说往事。将近三个小时，就听他一个人说话。他说年轻的时候浪迹房州，在温泉浴场帮工。开始阶段最难办的是劈柴。据说得窍便不难。于是到处学习劈柴的方法。据说要放松坐姿，手几乎不动。而那种若无其事的放松，颇有些枯淡滋味。名人的话语之中，全然没有成功者回忆录的那种矫情。他既不炫耀夸耀自己，也不卑下地仰人鼻息。他就像个好好老头儿，平易近人地侃侃而谈，自然显露出独自的气品。不事雕琢却充满了幽默。他的话语中掺杂了明治二十年代青年人那样的人生冒险和特立独行，给人以亲切的人生温馨感。名人不厌其烦地述说着温泉浴场帮工的故事，夫人竟也初次闻听，带着惊讶的表情。

时近傍晚，我们该坐巴士回返了，名人却一再地挽留。

"住一晚吧，我接着说。晚上还有很多更有意思的故事。给你的小说提供很多素材啊。"

夫人也是两眼放光，听名人趣味津津地说故事。她也觉得我们如约返回有点儿煞风景。

开往下田的巴士沐浴在夕阳下。我凝视着桃色的大海，懵懂中回味着沁入心脾的名人。

名人生于明治七年，十一岁到方圆社学棋，十三岁成为初段。他是塾生。在入塾的前一年，母亲故去。十八岁时父亲也死了。此时，他离开了方圆社，舍弃了围棋。当时靠围棋生活是困难的。舍弃围棋也是一种青春的叛逆。他企划成立一个寻人会合所，东京府却不予许可。他立志赴美发展，却也未能成行。后暂于周旋屋做出纳，一度落户房州，还受过平郡东福园僧侣的照拂。而翌年十九岁入本因坊秀荣门下，成为四段，回归围棋界。三十五岁时，进取为八段成为本因坊家继承人。四十一岁时升为名人。

四十四

在伊东听了名人的故事，我们到了下贺茂的伊古奈，又跟吴清源一起畅叙到那日的深夜。名人和吴清源都是寡默少语之人。那天的吴清源竟也兴致勃勃地说个没完。吴六段的日语不够流利,沉稳老成中不时冒出孩童腔。不过这位年轻的天才,语言中透显出清高的气息。我洗耳恭听,名人的往昔逸事余香犹存,又嗅到吴六段新的清香。

儒教、道教、佛教、神道、心灵学等等,多为求道悟道的话题。他言之凿凿地说着自己信奉的灵魂不灭与精神力量,给我留下了深刻印象。他问我一流文学家的信奉之道,我不知如何应答,反问道:

"围棋呢……?要下好围棋,最重要的是什么呢?"

"祛除头脑里一切杂念。"吴清源答道,又说,"先生写小说,应该也是一样的吧?"

"嗯,怎么说呢,肯定亦是同理。可是,小说没有围棋那么纯粹,必然有杂物掺杂其中……"

应答中我是守势。我念及直木三十五临终之前,在报纸上看到秀哉名人和吴清源的棋赛,思考了大众小说和围棋的纯粹性。

"我羡慕围棋的棋手。"他这样写道。

吴六段读过谷崎润一郎和吉屋信子的小说,时不时冒出几句感想。我听了如雷击顶,实乃出乎意料的尖锐批评。我们一直聊到半夜两点前后,吴六段也惊异于自己的健谈,笑道:

"来富士见养病的……却变了味道。心情舒畅啊。"

"围棋也有变化么?"

"围棋嘛,只有迎战哪。"

翌日带着便当郊游。从伊豆半岛南端的石廊岬去了妻良、子浦等地。西风强劲,妻子用肩披包住了脸。我们在俯望见海的草地洼处展开了便当。吴六段身着和服,外罩一个坎肩。翻越一个山丘走了两三里地,他却全无疲态。妻良和子浦,是模型一般海色浓郁的小港。

吴六段跟大竹七段,第一局苦战二百五十目,人都瘦了。来到下贺茂的翌晨又出门,回到旅馆就乐呵呵地说话。吴六段和我每天早晚泡温泉,然后称体重。

"吴兄,体重到十一贯时,咱得庆祝一下。"我说。

我的体重仅有十贯五百目上下,吴六段也不足十一贯。——十五六年后的今日,我还是在十贯五百目至十一贯之间上下浮动。可是四十岁的吴清源,像是已有十三贯[1]。

在伊古奈滞留了三四天。我们先于吴六段回到了热海的富士屋。吴六段说是直接由下贺茂去往热海的对局旅馆。

---

[1] 贯、百目均为重量单位,一贯约合三千七百五十克,一百目约合三百七十五克。

四十五

二月八日第二局的对局场,设在热海的桃山庄。担当讲评的名人和撰写观战记的我,都是前一天晚上住进旅馆。

七日傍晚,大竹七段和吴六段一起受邀,赴小菅剑之助的别墅用晚餐。

藤泽库之助五段,彼时也寄宿在小菅别墅。因病不能现场观战的小菅老,便请藤泽五段来此为之复盘棋赛。

此番也跟第一局一样使用小菅的棋盘。我也留有关乎这个棋盘的回忆。昭和七年一月,名人与吴四段在热海的水口园试下让二子局,名人用的棋盘背后写着"小波"二字。那是国民新闻报社主办的棋赛,直木三十五提供了许多帮助。我也受邀撰写简短的观战记。名人和吴少年初次见面。间歇时,名人、吴少年和直木三十五一起去泡温泉。我见过那般情景,傍晚光线阴暗的大池子里,雾气蒸腾,三个人瘦得像饿鬼一般。翌日续弈,正看着,接到三宅安子去世的电话。我即刻返回了东京。说来,大竹七段跟吴六段三番战时,正值昭和十四年冬季,同样接到林房雄的电话——冈本花子去世。我于是从热海去了东京。而此番棋赛的讲评者名人,也在次年的一月过世。

桃山庄位于热海站后山南面的中腹。二楼的对局室,望得见伊东对面的川奈富士。虽是暖海,山巅处仍有积雪。

"吴君这一身,焕然一新啊。"盘腿而坐的大竹七段亲切地说。

吴六段今日穿的是缝纹羽织。五曜纹——五个版印式的十字花纹。吴清源是中国人,没有家徽纹章。那图案像是模拟了棋盘的网格。

大竹七段执黑,第一手果然是旧布局小目。

"哦,大竹君很久不下小目棋了……"吴六段说。

"六年——哦,不,约莫八年了呢。"大竹七段答道。

"我也是,升了五段之后就没下过小目棋。三三倒是有……"吴六段说着,布下星阵。黑三还是小目,白四又打星阵。

"黑棋这般阵势,很少走二星布阵,对吧?"

"是啊。那是你的阵势。五年前对吧?……记不得想棋用时多久了,反正经验上讲有点儿那个……"

"嚯,不错的场子啊。"名人进屋便说。

我由此联想到名人在伊东的房间。对局的两人对名人道早安。

藤泽五段也来了,比名人略迟。他红光满面的,哪有大病初愈的样子。他有意坐得离火盆较远，也不用坐垫，像力士一般握着拳头，大口喘息着，看年龄二十一岁上下，一身素朴的藏青底碎白花纹服饰。

黑五收于一隅。白六又在黑小目处一间高挂。黑棋则在白棋的下部一粘。白棋受到压制。黑棋看似普通的一记定式，却是大竹七段的高目隔断了白棋。

"老师，这一手可谓定式吧？"大竹七段回望着名人说。

当然绝非戏谈，名人只是微微地苦笑。

"毕竟还是新手啊。"

"是啊。"名人笑道。

"哇，这一手可没领教过，得好好想想啊。"吴六段半开玩笑地说。

"这是定式啊。中国也有的。"

"哦，不是新招，中国招儿吗？厉害。绝招儿啊……"

接着又下了约莫二十手。大竹七段说：

"六段压得我抬不起头来。服了。"

"七段是放水啊。平地绝杀。服了。"吴六段答。

"你俩真是……两个犟鬼。"

"没办法啊。跟大竹先生下棋，总是死掐。"

像似轻松的语气。可白棋约莫在二十二手吧，落子后名人也时不时歪着脖子,露出诧异的表情。

然而,专业棋手不会在棋盘旁长时间定定地观望。黄昏时分,观战记者就我一人。五点,暂停的时间确实是五点。我到邻室的八幡干事处提醒了一下,又急急返回了对弈室。就这么点工夫,大竹七段打出了封盘手。对局者竟完全忘记了时限。记录员好像也没有意识到。

"还以为才三点左右呢。这个如何是好?"大竹七段想了想,"吴兄,下一手封盘吧?"

"我来封盘么?我再打一手,阁下来封盘吧。大竹先生,您有权利封了我这一手。"吴六段谦让说。

这如何是好?于是到邻室请名人和小野田六段定夺。商量的结果,便是吴六段打出一手,由大竹七段下封盘手。一来一去,封盘延时约莫一个小时。

第二天,罹病的小菅剑之助起身来观战。此人乃将棋的名誉名人,围棋属业余,却也下得一手好棋。但他很少下棋,喜欢观战。即便是旅馆的聚乐围棋赛,他也是每日必到。就连我等的烂棋,他也看得十分仔细。他是四日市的实业家,冬季来热海的别墅过冬。

这盘棋下了三天。丰岛与志雄、村松梢风、前田六段、村岛五段、聚乐棋席的赤木三木三段等,会聚一堂观战。三日都是晴天,热海的海色,三天里就充满了春的气息。

第三天午后，早到的吴六段执白，第四十六手竟想棋五十五分钟。他脸色通红，莫非是病后留下了病根？他手指细长，美丽的手掌支着下颚，偌大的耳朵、高高的鼻梁、敏锐的目光，那侧脸像结晶了纯粹智慧，光灿照人。但过于纯粹就给人以脆弱柔弱之感。白棋三十手也是巨大的失误，吴六段陷入了窘境。这时段名人也在身边，全神贯注地观战棋赛。

五点半用晚餐。拉开对局室的槅扇，紫色的夕照美不胜收。汤町的夜灯尽收眼下。

"啊，说真的，真是一场大战争啊……"吴六段说。

血色残留在耳垂。两位棋手好像都忘了三点的馒头点心。这会儿才突然看到。

"真是一场激战哪。"众人面面相觑。

六点半，棋手又回到棋盘前。下到一个钟头后的七点半以后。

"这下没了……"吴六段投子认输。

两人在现场草草复盘，述怀感想，外加名人的讲评。竟延续了三个小时，直至十一点。

回到自己的房间，吴六段就躺上了床。大竹七段却把他叫起来，一起玩放松心情的将棋。大竹七段兴致勃勃，在他的影响下，吴六段也兴奋起来，一边下棋一边欢快地唱起了像似浪花曲[1]的歌谣。第二天,他又带着吴六段去了平塚的大竹七段后援会。两人是现役双璧,是艺友又是艺敌。三番战的第一局、第二局,都是大竹七段取胜,因此取消了第三局。

对局三日,我一直守在棋盘边,时不时去名人的房间看看他在做什么。某日他又抓住了藤泽五段,从上午下将棋到半夜三点。第二天一照面,又抓住新的对手开练。这名人真是耽于胜负之事。在箱根、在伊东,他皆乐此不疲。名人这样的高人,竟也接受了讲评之职。然而,告别赛失利便不再有棋赛,眼下只是退役的名人发挥余热罢了。我心中感到寂然,在年轻人风光无限的棋赛旁,不忍目睹名人的凄寂神色。

四十六

我从桃山庄回到镰仓的家中,未能再访伊东的名人。秋季的段位大赛,我又去日本棋院观摩。名人也来了,见面只是简短的问候。本想着到了冬天,去温泉场还有机会慢慢叙旧。

---

[1] 一种三弦伴奏的民间说唱歌曲。

然而翌年一月七日,名人却来了镰仓。夫人的弟弟高桥四段,在镰仓的和田塚自宅开授围棋班,我也时不时参加学习。正月的练棋典礼,名人也出席了。他还带来了内弟、同门弟子前田六段和村岛五段,并亲自下了两盘练习棋。

名人几乎已捏不住,棋子动辄顺着指缝无声无息地滑落。在第二局的四目棋中,他不时耸动着肩膀喘气,眼神也有点儿恍惚。旁人或许并无觉察。而我目睹了名人箱根对局时的病苦。我感觉到心痛,显然是相似的轻微症状。我悲痛地想起了名人当时的病痛。这里的棋赛不过是业余对手的练棋,没必要太认真。名人却不会漫不经心,同样沉浸在无我的境地之中。此刻反倒让我看到了名人的真实性情。

对手是坂内顺荣初段,不过是日日新闻业余选手权比赛的参加者。虽说是业余初段,比之我等也要强过三目。下到中盘才见功力。白棋的中部发生溃败,即便是我们这样的素人,也看出名人是败了。黑棋三十手时,高桥四段说:

"老师,吃饭时间到了。我们就下到这里吧……"

名人却没有马上站起来,神态恍恍惚惚。

参会者二十余人,去海岸边的酒店用晚餐。我上着阶梯问高桥四段：

"黑棋像是很占优势啊？"

"嗯。黑棋赢了。黑棋确实更厚，白棋已无力回天。"他干脆地答道。

"名人真是恍恍惚惚的啊。脆弱不堪。告别赛之后，明显衰老了。"

"好像突然间衰老了啊。"

"没有精神。如今完全变成了一个好好老头儿……告别赛若是赢了，想必就不会这样。"高桥四段的语气像义弟一般亲切。

"啊。"我只是发出这样的一声。

然而我做梦都没有想到，七日的这场练棋，竟是名人的最后一盘棋。坂内初段靠着这盘棋，不久拿到了二段证书。

和田塚离海滨酒店几步远。而镰仓的寒风凛冽，近海的松林呼啸。面对着洋食餐桌，名人的心情颇佳。棋会的工作人员给名人预订了酒店的客房。

"夜里风寒。晚上就别回世田谷了。……感冒就麻烦了。今晚一定就住在这里吧……"我热心地跟名人说。

"嗯，说得是啊。就住在这里吧。"名人对夫人小声说。

"你不行啊。明天不是有事么？忘了可就麻烦了啊。你不是约了会见客人的吗？走吧。别误了车。失礼了……"夫人硬是把名人拉走了。名人还是恍恍惚惚地发怔。

送到玄关，我说了一句：

"什么时候，热海再见吧。"

"啊，他也愿意有人说话呢。期待下次啊。我们十五日就会去的，宿处是在鳞屋。"

"那我一定先去。在聚乐恭候。"

四十七

聚乐棋席，是围棋同好常去的处所。每年正月，围棋客相聚于此。棋席栏间悬着秀哉名人的匾额。我下着棋仰望匾额，衷心期待着名人抵达热海。

十五日我对妻子说：

"名人今日应该到了鳞屋。坐火车，今天累了。明天再给他打电话吧。"

第二天，热海却少有地纷纷扬扬飘起了雪花，十分寒冷。过了午后，妻子试探着往鳞屋那边挂了电话。

"真的，昨日就到了呢……夫人出门了。说是一会儿过来吧。"妻子手持电话,回头对我说。

"今天太冷了。说找个暖和的日子过来……那样也好对吧。名人怕冷呀……"

"说是今天太冷了啊。找个暖和的日子过来。……啊,谢谢。"

妻子又转过头来对我说:

"先生说他不在意,方便的话,请我们过去呢……说是高高兴兴等着我们呢。"

"那好,我们这就过去吧。"

我让妻子在电话中快点儿回话。

"过去就是问候一下,坐一会儿就回来。"

从聚乐横过一条马路就是鳞屋。穿过旅馆间的小路,分道而去。在那小路上,妻子问:

"名人为何要住在鳞屋呢?"

"是啊。略微便宜一点儿?名人住店方面好像很节俭呢。"

我想起了去年名人在伊东的住店。

不过,鳞屋的玄关直通廊下,顶靠里便是八叠和四叠半的角屋,透过镶着玻璃的槅扇,望得见大海。

"这真是不错的客房啊。"我对名人说。

"舟桥君住过的客房啊。"我看了妻子一眼对夫人说明道。

"舟桥圣一是小说家,我的朋友。每次就住这间客房。我们上次来玩也住过的啊。"

"是么?幸亏今年这房间暖和……"夫人说。

"先生怎么样?坐火车一定累坏了吧?"

"哦。"名人只是应了一声。夫人接过了话头。

"啊,谢谢了啊。出发前想问问医生,去了医院,所以晚到了一天。说是热海很近的,没有什么问题。又担心路上坐车,好歹平安到达。安心了。"

听夫人言,真是担惊受怕。

"昨天两点出了家门,三点几分上了热海的火车。一路顺畅。可像是出了横滨,就嚷嚷着屁股疼。真是不好意思。一坐下,不就挨着臀部的骨头么?大腿瘦得屁股上没肉了。早先相当长时间的旅行,都没嚷嚷过屁股痛。看来真是骨瘦如柴了,身体瘦弱便没有了忍耐力。看着可怜兮兮的样子啊。我便把自己的肩披垫在他的屁股下,让他坐在上面。他才说,啊,舒服了。就那样到了热海,没再喊疼。年纪大了,各种毛病就出来,真是烦人啊。"

"骑马久了变桃尻。"名人嘟囔道。

夫人又转回圣路加医院的话题,我更加不安的是诊察的结果不够清晰,但又不好刨根问底地细问。

夫人提到我写的告别赛观战记。其中写到名人的长眉毛,有长命相。她说为了来热海,十二日名人叫来了理发匠,让千万别把自己的寿眉剃掉了。

等夫人说完了话,名人便自己把将棋盘放在了膝前。

"来吧。下一盘吧。"

我比去年在富士屋的时候更加困惑。

"今天就免了吧。就住在附近,改日再来。况且先生也路途劳顿……"

"不打紧。今天不急不忙地下一盘吧。"

名人静静地开始摆棋,我便也无处逃匿。本来我就不喜欢将棋,加之担心名人的健康,更是满心的无奈。好在只是一局。心里想着快点儿输棋,名人却全神贯注的样子。

第二局下了一半,夫人去廊下喊女佣,想必是让人给我们送来晚餐。心中焦虑。总算到了收尾阶段,我心急如焚地表示即此回返。名人却说:

"嗳,急什么呀?好久不见了,多待一会儿。一起用餐吧。"

"是啊。已经跟旅馆打过招呼,都准备好了啊。好不容易来一趟,请一定用餐之后再……"夫人也这样劝说道。

我却毫无迟疑地起身告辞。

名人送客到屋外。我们急忙阻止道：

"外面很冷。请回吧……请留步吧。"

黄昏的廊下一派寂冷，真的异常寒冷。

我回首望了望不远处的汤船。

"这里的温泉水很热吧……"

"哦。他很少泡温泉呢。心脏不好……偶尔去一次，也是我两手抱着他的腋下，下池子小泡一会儿罢了。"

"我听舟桥君说过，这里的温泉很有名啊。服务周到，水温适宜，调温时就让客人一边候着。"

富士屋旅馆里也有这般顽固的汤番[1]。

名人夫妻一直送到寂冷宽敞的玄关。我三下两下系上了鞋带。

"谢谢，谢谢。请多加保重！暖和的日子，邀您去竹叶[2]。"

"今晚太冷了。先生快回去休息吧。屋里暖和……"妻子也说。

玄关的玻璃门拉上了。回头一望，名人还站在那里。

---

1 在温泉浴池里为客人调控水温的侍者。
2 日本著名的足立美术馆近旁的温泉旅馆。

我们鞠躬示意。旅馆间的小路上,粉雪飞舞,名人给我留下的永生难忘的余香也是寒冷的。

这是与名人的永别。当夜他病危。第三天凌晨,高桥四段的电话搅了我们的睡梦。名人死了。

解说

日本上武大学专任讲师　原田桂　文
侯为　译

对于川端康成来说,《名人》是具有"无拘无束的爱"的作品。这从长达十六年加工修改的过程也能明显地看出。另外,作为跨越战时和战后岁月的作品,也是堪与《雪国》相提并论的代表作之一。

一九三八年,本因坊秀哉名人与木谷实七段(作品中为大竹七段)的对弈,以《本因坊名人围棋引退战观战记》(七月二十三日到十二月二十八日)为题连载于《东京日日新闻》和《大阪每日新闻》。其后,作者强烈"希望有机会将此改写为小说",经过中断、分期连载、加工和修改,完成了现在的《名人》。必须注意的是,《名人》有多个原始文本,最终形成了以下两种文本(A、B):

A 四十一节稿——十六卷本《川端康成全集》(一九五二年)收入四十一节构成的《名人》

B 四十七节稿——删除A中的第四十一节,添加《名

人余香》构成四十七节的《名人》

川端生前的全集、选集和文库本全都收入 A 版，与此相对，B 版被收入《吴清源棋谈·名人》(一九五四年)和川端去世后出版的三十五卷本全集(一九八〇年)。在解读《名人》时，首先遇到以哪版作为最终文本的问题。在研究者之间也有定本二分化的见解。

川端自己在收入四十七节稿的《后记》中有如下解释："作为小说来看记录的要素居多，作为记录则小说的要素居多。关于棋手的心理描写都是我自己的推测，没有一处询问过本人。即使是天气的描写，也还是我的小说。"正如此言所示，观战记并非单纯记录本因坊秀哉名人技艺登峰造极的状态及其技艺世界的终结，而是成了"我的小说"。在将 A 稿修改成 B 稿时，通过大幅削减作品中"我"的感情描述，避免了观战记这种非虚构文体的私小说化。这样的四十七节稿，也被收入前述最新全集，所以本书的文本采用了 B 版。

川端康成的魔力

日本川端康成学会常任理事　原善　文
魏大海　译

川端康成诞生于一八九九年六月，二〇一九年是其诞辰一百二十周年。二〇一九年也是日本的令和元年，节庆气氛浓重。但就干支而论，相当于己亥年。对于出生于一八九九己亥年的川端康成，二〇一九年是第十个轮回，因而其诞辰一百二十周年是值得纪念的。有趣的是，二〇一九年同时也是新中国成立七十周年。时过三年的今年，则是川端康成逝世五十周年，巧合的是，同时也是值得纪念的中日邦交正常化五十周年。川端值得纪念的周年和中国值得纪念的年份重叠，这件事本身颇具意味，让人感受到川端康成与中国的奇缘。

二〇一九年，即川端康成诞辰一百二十周年，在中国绍兴召开了纪念川端康成诞辰一百二十周年的国际学术研讨会。主持盛会的是浙江越秀外国语学院外国语言文化研究院的魏大海教授。而今年时届川端康成逝世五十周年，又是魏大海教授主编、翻译了别具特色的五卷本"川端康成精选集"。相反在日本，虽有几部纪念性研究书籍将面世，新潮文库出版了迄今受到忽略的早期作品《少年》，却并没有一个大型的川端康成作品精选集出版计划。这令我等日本的川端文学研究者汗颜不已。有幸参与魏大海教授主编、翻译的"川端康成精选集"，乃是我等巨大的缘分。

首先我想说说，在川端康成逝世五十周年的今年，日本将出版我和仁平政人共同主编的论文集《文学通信：〈转生〉中的川端康成》、深泽晴美女士的论著《川端康成：基于新资料的探究》（鼎书房）。就是说，日本的川端文学研究方兴未艾。但不可否认，许多研究性出版物乃应景之作，应和着纪念川端康成逝世五十年这样的事实。遗憾的是，日本的川端文学研究已届瓶颈，许多问题已说透，难免有停滞之感。从这个意义上说，面对日本学界相对僵硬的川端文学研究视角，我更期待通过魏大海教授等名家推出的川端文学译著，推动并展开新的基于中国视角的川端文学研究。

在日本，川端文学的研究确有下降趋势。但无可否认的是，现代作家的创作仍受川端文学的刺激或在川端文学的对象意识中进行。比如,吉本芭娜娜的《白河夜船》(一九八九年)与《睡美人》、祐光正的《浅草有色不良少年团》(二〇〇七年)与《浅草红团》皆有关系;川上未映子的《牙齿或世界里我的比率》(二〇〇七年)则将《雪国》中一节作为重要的主题嵌入;小川洋子的《人体缺视症治疗药》(二〇一四年)则是以《蒲公英》中的"人体缺视症"为基础,标题中也一目了然。类似的例证不一而足。许多日本的现代作家,都可以追溯到川端文学的系谱。更早一些,如在松本清张的《越过天城》(一九五九年)中,看得见《伊豆舞女》的面影;荻野安娜的《雪国舞女》(一九九一年)亦关联于川端康成的《雪国》和《伊豆舞女》。除此之外,笹仓明的《新·雪国》(一九九九年)更是不言自明。还有,中国台湾作家朱天心的《古都》(一九九七年)显然也与川端康成的《古都》相涉;哥伦比亚的加西亚·马尔克斯则有小说《苦妓回忆录》(二〇〇四年),关联于川端康成的《睡美人》;英国的石黑一雄的《远山淡影》(一九八二年)关联的是《山音》;中国台湾作家李昂的《睡美男》(二〇一七年)也与川端的《睡美人》有着关系。

其实不仅限于文学作品,川端原作的电视剧化、电影化、歌剧化、漫画化等二次创作和改编也在川端逝世后持久延续。二〇〇九年,《睡美人》推出了歌剧(作曲克里斯·狄福特)。二〇一六年,《古都》再度拍成了电影(导演斋藤永贵,主演松雪泰子)。配合今年川端逝世五十周年,日本放送协会(NHK)还播出了《雪国》的新作电视剧(编剧藤本有纪,主演高桥一生)。由此可见,川端文学的影响力不仅局限于文学,其作品具备了这样一种力量,同时魅惑刺激了诸般领域、不同类型的艺术创作者和表演者。

希望通过魏大海教授主编的新译本,中国读者可以领略川端康成文学具有的恒久魅力。

川端康成生于大阪市。一岁半时,父亲荣吉去世。一年后满两岁半时母亲也过世了。满七岁时祖母去世,此后和祖父三八郎过着寄人篱下的生活。姐姐芳子在川端满十岁时离世。川端十四岁时,祖父也离他而去,他成了孤苦伶仃的孤儿。以当时的日记为基础,后来写出本选集中收录的《十六岁的日记》(一九二五年八月、九月)。作品题名中的十六岁是虚岁,实足年龄十四岁。那段时间,川端坚持写日记,守护着最后一个亲人。这些日记正是川端康成的文学原点。祖父的葬礼上,他是当然的丧主。之后,即便寄身亲戚家也总是一家的户主,作为年幼的家长,他多次出席了远亲家的葬礼,竟得了一个绰号"葬礼名人"。后写出作品《葬礼名人》(一九二三年五月)。由此人们可以感受到川端"背负在身的孤寂",他还不断地在其作品中反刍他的孤儿境遇,青年时期特有的自我意识更以"孤儿根性"的形式展现。很多年以后,川端在一篇题为《忆事潸然》(一九六九年)的文章中有过回顾:

> 我两岁时父亲死了,三岁时母亲死了,我成了孤儿。我是孤儿。所有论者总拿我的"孤儿根性"说事。如今我已七十岁,不觉得自己是孤儿。可我却仍旧无法反抗论者。我曾经是那个充满感伤的少年。莫非,感伤也会沁入骨髓、植下病根。

这"病根"成长为"孤儿根性",而后形成了"畸形"的意识。

> 打小开始,我就不是普通人,不幸地不自然地成长起来,因此我坚信自己变成了顽固而扭曲的人,将受欺凌的心封闭在小小的壳里痛苦不已。我这样一个人,更能感受他人的好意。我感觉自己的心是畸形的,我反而难以从那般畸形中逃脱出来。(《少年》,

一九四八年五月——一九四九年三月）

因此，在有名作之誉的《伊豆舞女》（一九二六年一月、二月）中，才有这样纯净的描写："持续的一阵窸窣声音，才听到舞女说。/真是个好人啊。/我说，真像一个好人哪。/怎么有这样的好人啊。好人真好。/这个故事单纯而明朗。少女的声音仿佛将感情的倾斜度轻盈地抛出。我自己也能直接地感知自己是好人。快意地眺望着亮丽的群山。眼睑内微有痛感。"这样的高潮感动了主人公，让其流泪。因为他正是那个孤儿。前面述及的《少年》中也有这样一句话："我在意幼少年时代遗留的精神疾病，不堪忍受那般自我怜悯和自我厌弃。所以我去了伊豆。"在《伊豆舞女》中还有如下描写：

> 二十岁的我深刻地一再反省因孤儿根性扭曲的自我性格，无法忍受那种令人窒息的忧郁，才有了伊豆之旅。所以从世间一般的意义上说，自己由衷感激那个舞女将自己看作好人。

对孤儿本性做出深刻反省的正是作家川端康成。川端在青年时代长期受到这种负面意识的束缚，他长期摸索着从中获得拯救。对这种"孤儿根性"的自我反省,也纠缠在以重回幸福童年时代的形式、超越孤儿根性的恋爱中。一九二一年时川端康成二十二岁,恋爱对象是十五岁的少女伊藤初代。下面引文中的时雄是川端,弓子是初代。

> 时雄空想的结婚并不是成为夫妻,而是他和弓子两个人都变回孩子,还能带着儿时的童心嬉戏。他和弓子从小失去了家庭,所以是真正的童心生活缺失。两人合力挖掘埋藏日久的童心。他一门心思考虑的,只是把弓子叫来东京,让她像孩子一样开心地玩耍。/他的平日烦恼,正是自己缺失的孩子般的那种日常,而这种缺失扭曲了自己的心灵。结婚正是为了疗伤。此时,他才第一次看到了自己面前光明的人生之路,他为之欣喜。他的爱会让弓子变成孩子吧。弓子的爱会让他找回童心吧。(《南方之火》,一九四八年八月)

就是说,在成人男女的恋爱前,两人要找回失去的幸福的童年时代。但具有讽刺意义的是,少女的逃离亦因男人具有那样的恋爱观,这其实正是川端具有的独特的恋爱观和婚姻观。必须承认,川端恋爱的特殊性关乎其孤儿体验。川端希望通过恋爱"取回"的,莫非正是日后《少年》中不断回首、"求之不得"的"少年心"。

> 我周围的少年们让我厌烦。统统眼睛发光带着轻蔑的眼神,让人感觉充满了敌意。我沉默不语,变得心情郁闷情绪低落。一想到统统起因于我的自虐之心或扭曲之心,就感觉羞耻。看到单纯坦率的人,自己竟会不由自主地自惭形秽。我疑心深重心术不正,已无法找回少年童心。

但少时对他来说有切肤之痛的恋爱,却因对方的退出而终结。

以当时的经验为基础,川端创作了一系列初期的恋爱小说,如《篝火》(一九二四年)、《非常》(一九二四年)、《霰》(一九二七年)、《南方之火》(一九二三年,定稿于一九四八年)等。这些作品具有"私小说"的特征,也是川端很有意思的系列作品。由此可见川端如何看待并书写少时的失恋,借以克服早期的孤儿状况和孤儿根性。凡人皆有一次两次失恋的经验,川端康成的失恋经验却对他的文学创作产生了巨大的影响。其实与之紧密关联的乃是他的"孤儿"状况。由如下的"私小说"亦可看出,失恋不仅使川端康成失去了"心爱的女孩儿",也使他找回幸福童年时代的梦想破碎。

> 我想在那个姑娘膝上好好睡一觉。从那个睡眠中醒来,我以为自己还是个孩子。在不解幼年心和少年心的时候,一步跨入了青年时代,这让我感受到不堪忍受的孤寂。在失去女孩儿的同时,我告别了童年时代。(《大黑像与轿子》,一九二六年九月)

此外,《少年》涉及中学寄宿时代与同室低年级学生的同性爱恋体验。本选集《名人》一卷中收录的《抒情歌》,也明确提示了川端文学历史中的特殊事项——如初期的万物一如、轮回转世思想和心灵学喜好等,这些皆为超越"孤儿"生态引致的悲伤和由此而生的"孤儿根性"。"少年"亦如伊豆舞女,将川端看作"好人"且寄予了全面的信赖。川端康成由此获得了救赎。若有灵界通信,失去亲人的悲伤便会淡化;若有轮回转世,也能纾解失去亲人的悲伤,哪怕转世为身旁的植物。我们从中可以看到川端康成的万物一如思想。

川端十四岁时,就曾说到"天涯孤独、孤儿身世"。其实就"孤独"的本义来讲,"孤儿"正确地使用"天涯孤独"一词为时尚早。

经历了如上所述的痛苦失恋,他在一九二六年,开始了和一生伴侣秀子夫人的婚姻生活。

两岁半失去双亲,十四岁失去了祖父,川端康成确实置身于"孤儿"的"孤独"状态。为排解所谓的孤独感、孤寂感,一般人求诸朋友或恋人。事实上,川端的那般体验也为研究者准备了"同性恋""失恋"之类的标签。超越孤寂需要世间绝无仅有的浓厚的血缘,否则来自外界的"血缘"将会带来疏远感。仅仅作为恋人延长线的配偶,其实也无法施以拯救。只有他和她之间的孩子,也就是说自己创造了新的血缘之后,才能实现那般救赎。川端在初期作品《油》(一九二一年)中也说过:

> 小时候与亲人死别给我的影响,在我成为别人的丈夫、成为别人的父亲、被亲人包围之前是不会消失的。

但是川端康成没有孩子。他早年失去了父母同胞"孤独"一生,为了超越这无奈接受的孤独,主动创造新的血缘或许是最为有效的途径,然而这样的可能性也遭到了封闭。多次流产的经历使川端夫妇一生没有孩子。其实"孤独"一词,"孤"是没有父母,"独"是没有孩子,即在血缘的溪流中无论上下都遭到了封闭。川端康成正是"孤独"本义式的一个存在。那般孤独日后进一步深化。《故园》(一九四三年——一九四五年)和之后的《天授之子》(一九五〇年)中描述的是将表兄黑田秀孝的三女(政子/麻纱子)收为养女的体验。他决定接受那个命运。由此,川端康成的"孤独"成为川端文学决定性的要素。

不难察知,血缘的上下封闭、"孤独"的境遇,在其人生和文学作品中都留下了巨大的阴影。川端康成作品背后的寓意也是川端文学的魅力所在,可借此理解川端文学的真实厚度。希望本选集的读者也能在所收录名作的背后读出川端拥有的无尽的"孤独"。

战争时期的川端康成迎来养女,借此了解到自己决定性的"孤独",同时也和在世界上孤立的国家命运重叠在了一起。可以说,在乱世的战争时期,他所熟悉的古典作品使他加深了所谓"末世之人"的意识,在预感到国家即将失败的同时,也彻底完成了自己的著名随笔《临终之眼》(一九三三年)。

他从小就亲历了近亲之死,作品中便飘溢着浓厚的死亡色彩。战争时期的"死"的阴影,使之变得愈发深刻。正如《少年》一作中描述的,"不足七个月出生的、爷爷奶奶溺爱下长大的、异常虚弱的孩子,竟然存活了五十年,真是我意料之外的幸福"。发育不良的早产儿,幼失护恃的虚弱儿,早逝的不安始终伴随着他颇具讽刺性的长寿,在战后他竟也活了四分之一世纪。之前看到的"葬礼名人"川端,之后也为自己的悲惨宿命留着尾巴。战时战后,从北条民雄、岛木健作到堀辰雄以至三岛由纪夫,川端一直目送着前辈、友人乃至后辈的死亡,知己、文友、文学家,每逢此时,都是川端宣读哀切的悼词(或是担任葬礼委员长)。青年时代便有"葬礼名人"之谓,此时又获"悼词作家"之异名。总之,他一生伴随着"死"的阴影。战时看到太多死亡,战败前后的这个时期,又看到文学创作初期一直给予其恩惠或相互影响的前辈知友,如片冈铁兵、横光利一、菊池宽等相继离世,川端的"死"的意识更趋深刻。

日本战败,川端幸存。认识到自己的人生是"余生""残生"的他,在《岛木健作追悼》(一九四五年)、《哀愁》(一九四七年)、《横光利一悼词》(一九四八年)等文章中,决意表明要回归日本、回归古典。例如,在《岛木

健作追悼》中,他是这样阐述的:

> 我痛感自己的一生没有"出发",而是已然结束。我只是孑然一身回到了古老的山河里。我作为一个已经死去的人,除了哀愁的日本之美,我不想再多写一行。(《岛木健作追悼》)

自创作初期以来的盟友横光利一离世之际,他宣读了如下哀切至极的悼词:

> 横光君／在这里和你,真的是与君,到了生死分别之际。敬慕和哀惜你的人们在你的遗体前,对我说让我长寿。沁入我骨髓的却是你的情爱之声。而我那国破时形同枯木的朽骨,失去了君的护恃便寒天碎骨。／(……)在此感知寂寞的年龄,竟迎来这样极端的寂寞。年来朋友们一个个离我而去,我的生命也到了消弭之际。却仍旧苟存于世,百思不得其解。今日应是文学栋梁的君,在这个国家天寒地冻的岁暮波涛中,使我们遭受了巨大的打击。君的灵柩聚集了知友的爱,祈祷君的灵魂高山仰止、雨后天晴。／横光君／聊作我的悼词吧。／我将以日本的山河为灵魂,

在你的身后苟存于世。幸而君的遗属无后忧。(《横光利一悼词》)

就这样，像实践回归日本之宣言般，战后的川端展开了丰饶的作品世界。本选集收录的一些作品都是战后的名作。

略觉遗憾的是，本选集中未能收录《反桥》(一九四八年)、《雨》(一九四九年)和《住吉》(一九四九年)三部作品。一般认为，这三部作品直接实现了川端的战后宣言。川端生前发表的最后一部小说《隅田川》(一九七一年)，则被称作三部作的续作，统共是四部作品。也就是说，战后川端康成丰饶的文学世界，全部镶嵌在从三部作到《隅田川》的"反桥"系列大圆环中。我在论述战后川端文学时也频频使用了"魔界"概念，关注的正是如上作品。从这个意义上说，战后的川端文学整体可以概括为"魔界"的文学。

川端文学中的"魔界"备受瞩目的契机，正是本选集《雪国》一卷收录的《日本的美与我》(一九六八年)。在这篇诺贝尔文学奖获奖演讲中，川端康成引用了一休禅师的一句偈颂"入佛界易，入魔界难"，同时讲述了自己的文学。回顾一下,《名人》一卷收录的《湖》(一九五四年)和《雪国》一卷收录的《睡美人》(一九六〇年——九六一年)中,也出现了备受瞩目的"魔界"一词。再追溯到《千鹤》一卷收录的《舞姬》(一九五〇年——九五一年),作品中不仅有"魔界"一词,也可以看到《日本的美与我》引用的一休偈颂"入佛界易,入魔界难"。

此外,从《舞姬》中矢木的虚无主义、《名人》中棋士(也相通于艺术家)那鬼气逼人的执念都可发现魔性,《湖》中银平的美女追踪癖、《睡美人》中与裸体美少女的同衾颓废等也正是"魔界"的表征。《千鹤》和《山音》并未出现"魔界"一词,但在这两部作品中,前者的主人公菊治与父亲的情人乃至父亲情人的女儿有染,《山音》则是老者信吾执迷于儿媳。这些均被视作"魔界"式的存在或表征,战后的川端文学整体上关联于"魔界"。

川端作品中主人公的恋母倾向,亦可与他的孤儿思绪联系起来,关乎川端血缘的乃是一种二律背反(求之不得而后否定了自身)。这样的倾向厌弃父亲但不知不觉间又在模仿父亲,《千鹤》中的菊治便是这样的存在。《山音》中的信吾则是厌弃自己亲生的儿子和女儿,却去追求没有血缘关系的儿媳菊子。同样,《古都》中的太吉郎也钟爱没有血缘关系的养女千重子。而这一切，都发端于川端康成所谓绝望的"孤独"。川端康成的"魔界"，一半是颓废式的下降趋向，另一半是求救式的上升志向。由川端康成的"魔界"，应看到他意欲打破的是制度化、形骸化的道德、常识假象。实际上关注川端康成的"魔界"，亦应读懂川端具有的二元论无化指向。基于心灵学读解川端康成，空间已无此世／彼世之界线，轮回转世则是时间上超越了今生／来世的境界，万物一如则在《千鹤》中体现为女／陶器、在《禽兽》中体现为女／狗，物与物之间的界线趋于消无，不仅是佛界／魔界，生／死、现实／非现实（现实／记忆）、圣／俗、东洋／西洋、近代／古典、主体／客体，在诸如此类多样的次元，二项对立都体现出无化的指向。在川端康成逝世五十年、诞生一百二十多年的今日，其文学仍旧保持了思想层面的有效性。川端文学的真正意义不妨说正在于此。

二〇二二年十二月

图书在版编目(CIP)数据

名人/(日)川端康成著;魏大海,谢志宇,侯为译. —上海:上海书店出版社,2023.3
(川端康成精选集)
ISBN 978-7-5458-2196-3

Ⅰ.①名… Ⅱ.①川…②魏…③谢…④侯… Ⅲ.①中篇小说-小说集-日本-现代 Ⅳ.①I313.45

中国版本图书馆CIP数据核字(2022)第147864号

策　　划	黄文杰　湛　畅
责任编辑	范　晶
营销编辑	王　慧
装帧设计	周伟伟

名人

[日]川端康成 著

魏大海　谢志宇　侯为 译

出　　版	上海书店出版社
	(201101　上海市闵行区号景路159弄C座)
发　　行	上海人民出版社发行中心
印　　刷	江阴市机关印刷服务有限公司
开　　本	787×1092　1/32
印　　张	11.75
字　　数	160,000
版　　次	2023年3月第1版
印　　次	2023年3月第1次印刷
ISBN 978-7-5458-2196-3/I·548	
定　　价	48.00元